AF200512

BITTERSWEET LIES

MEL HOPE
›BITTERSWEET‹·REIHE 1

ÜBER DIE AUTORIN

Mel Hope wurde 1992 in Augsburg geboren und lebt mittlerweile gemeinsam mit ihrem Freund im schönen Allgäu. Mel war schon immer eine begeisterte Leserin und ein großer Fan von erotischen Romanen und Thrillern.

Erst spät entdeckte sie ihre Liebe zum Schreiben und hat sich mit ihrem Debüt ›Secret Dreams – Gefährliche Leidenschaft‹ ihren größten Traum erfüllt.

Bibliografische Information der Deutschen Nationalbibliothek: Die Deutsche Nationalbibliothek verzeichnet diese Publikation in der Deutschen Nationalbibliografie; detaillierte bibliografische Daten sind im Internet über dnb.dnb.de abrufbar.

Erstausgabe Oktober 2017

Cover © Sabrina Dahlenburg/Art for your book
Lektorat © R. R.
Korrektorat © A. H.
Satz und eBook © Mel Hope

Impressum
Melanie Suffner
Valckenburghstr. 11
28201 Bremen
E-Mail: contact@mel-hope.de
http://www.mel-hope.de

Herstellung und Verlag
BoD - Books on Demand, Norderstedt
ISBN: 978-3-7448-9955-0

KURZBESCHREIBUNG

Jede Lüge wirft einen dunklen Schatten auf deine Seele ...

BROOKE
Wenn er glaubt, dass er mich mit seiner herablassenden Art verletzen kann, dann haben wir uns weiter voneinander entfernt, als ich erwartet habe.

BLAKE
Sie kann noch so oft abstreiten, dass sie mich will, aber am Ende wird sie mir gehören.
Ein weiteres Mal werde ich sie nicht davonkommen lassen ...

LIAM
Brooke hat etwas Besonderes an sich, das mich reizt - ich weiß nur noch nicht, was.

VORWORT

Liebe Leserin, lieber Leser,

meine Protagonisten drücken sich deutlich aus, sie fluchen und werden auch die ein oder andere irrationale Entscheidung treffen. Aber soll ich dir mal was sagen?
Sie dürfen das.
Du fragst dich, warum das so ist?
Weil ich sie erfunden habe. Und seien wir doch mal ehrlich: Niemand ist perfekt.
In der Geschichte werden Songs genannt und Songtexte beschrieben, die jedoch mit den Originaltexten nichts zu tun haben.
Sollte schon dieses Vorwort nicht deinem Geschmack entsprechen, wäre jetzt der richtige Moment, das Buch zur Seite zu legen.
Solltest du auf Bad Boys, raue Sexszenen und komplizierte Beziehungen stehen, wünsche ich dir viel Spaß beim Lesen!

Deine Mel

PROLOG

Unschlüssig, was ich tun soll, stehe ich wie angewurzelt vor seiner verdammten Zimmertür. Ich lasse den Blick immer wieder zwischen dem dunklen Holz und dem Buch, das ich krampfhaft in meinen Händen halte, hin und her schweifen.

»Das ist so typisch für dich«, zische ich leise und möchte am liebsten genervt die Augen verdrehen, unterdrücke den Drang allerdings.

Meine Mutter wäre stolz auf mich. Sie ist nämlich der Meinung, dass sich eine so unflätige Geste für eine wohlerzogene Dame nicht gehört.

Jahrelang habe ich mich ihrem Willen und ihren völlig überzogenen Ansichten gebeugt. Damals war ich noch so naiv zu glauben, dass ich mir damit ihren Respekt verdiene. Heute weiß ich, dass ich nie gut genug war, nie gut genug sein *werde*. Zumindest nicht in ihren Augen.

Ohne einen weiteren Gedanken an meine Mutter oder diese Situation zu verschwenden, klopfe ich an.

Nichts. Keine Regung. Dabei hätte ich schwören können, dass er da ist.

Was nun? Später wiederkommen? Erneut klopfen? Ins Zimmer stürmen? Oder das Buch einfach vor seine Tür legen?

Ich muss zugeben, dass sich Letzteres in meinen Ohren wahnsinnig verlockend anhört, aber das würde

bedeuten, dass ich zu feige bin, ihm persönlich gegen-
überzutreten. Was ich natürlich nicht bin.

Nein. Damit liefere ich ihm nur weiteren Zündstoff
und die Genugtuung gönne ich ihm unter gar keinen
Umständen. Also setze ich erneut zu einem Klopfen an,
dieses Mal energischer, ja fast schon aggressiv.

Nichts.

Ich habe mit einem selbstgefälligen Kommentar gerechnet, aber gar nichts?

Himmel, wieso höre ich mich so enttäuscht an?

Man könnte meinen, ich würde mich nach seiner ar-
roganten Art sehnen, dabei bin ich ganz bestimmt nicht
masochistisch veranlagt.

In einem letzten, völlig bescheuerten Versuch lehne
ich mich vorsichtig gegen seine Tür und presse mein Ohr
dagegen. Kaum zu glauben, wie tief ich gesunken bin ...

Verdammt. Wenn mich jemand in dieser unmissver-
ständlichen Pose erwischt, bin ich erledigt. DAS kann ich
nicht erklären. Zumindest nicht, ohne wie eine durch-
geknallte Stalkerin zu wirken. Also mache ich das Beste
draus ... und lausche.

Bilde ich mir das nur ein oder sind da tatsächlich satte
Beats, die an mein Ohr dringen?

Ich höre angestrengter hin, halte sogar den verfluchten
Atem an und komme zu dem Ergebnis, dass mit meinem
Gehör alles in bester Ordnung ist.

Mr. White hat also keinen Bock auf mich?

Na ja, was habe ich auch erwartet? Dass wir Freunde
werden?

Nein, so naiv bin ich nicht.

Dabei hatte ich gestern Nacht - zum ersten Mal, seitdem
ich hier bin - das Gefühl, dass wir uns wirklich nähergе-
kommen sind.

Scheiß drauf!

»Sorry, wenn ich einfach so reinplatze, ich wollte dir nur dein Bu-«, setze ich an, während ich die Tür schwungvoll öffne. Bei der Szene, die sich mir bietet, bleibt mir der Rest allerdings im Hals stecken.

Heilige ...

Nackte Haut. *Viel* nackte Haut.

Wie gebannt starre ich auf den gebräunten, leicht verschwitzten Rücken vor mir und die komplexen Motive, die in schwarzer Tinte darauf abgebildet sind. Den Mittelpunkt stellt eine wunderschöne Sonne dar, die von spitzen Zähnen umgeben ist.

Unfreiwillig, aber neugierig streift mein Blick immer weiter nach unten und bleibt an der ebenfalls nackten und sehr wohlgeformten Kehrseite hängen, die ...

»Fuck!«, schlüpft mir der Fluch über die Lippen, als ich endlich realisiere, in *wessen* Zimmer ich mich gerade befinde und was sich da vor meinen Augen abspielt.

Die Seifenblase aus Faszination, in der ich mich bis vor wenigen Sekunden noch befunden habe, zerplatzt so unerwartet wie sie gekommen ist und lässt mich nach Sauerstoff japsend zurück.

Die satten Beats, die aus den Boxen dröhnen, brechen über mich herein und rauben mir zusammen mit der schummrigen Beleuchtung jegliche Orientierung.

Wie konnte ich die Musik nur überhören?

Ich fühle mich wie berauscht. Berauscht von der testosterongeschwängerten Luft und dem Geruch nach Sex.

Das hemmungslose, eindeutig weibliche Stöhnen, das immer lauter zu werden scheint, lenkt meine Aufmerksamkeit zurück auf die Szene vor mir.

Die schwarzhaarige Frau kniet in deutlicher Pose auf

dem Bett, den runden Arsch erwartungsvoll in die Höhe gereckt, dazu bereit, sich den aggressiven Stößen entgegenzustemmen.

Ich möchte wegsehen, möchte den Blick abwenden und aus dem Zimmer stürmen. Aber ich kann es nicht. Stattdessen starre ich weiterhin zum Bett und komme mir dabei wie eine perverse Voyeurin vor, die etwas Verbotenes beobachtet. Etwas verboten *Heißes*.

Und dann fällt mein Blick wieder auf *ihn* und die Zeit scheint stillzustehen.

Die leicht zerzausten dunklen Haare wecken in mir den Drang, meine Hände darin zu vergraben und diese unglaublich glänzenden und weichen Strähnen durch meine Finger rinnen zu lassen.

Den Kopf hat er vor Ekstase in den Nacken gelegt, während seine Hände die zierliche Taille vor ihm fest umschlossen halten, um sie seinen harten, fordernden Stößen entgegenzutreiben.

Ich schlucke.

Einfach *alles* an ihm ist unsagbar sexy.

Eine dunkle Aura umgibt ihn, er strahlt Macht und Dominanz aus, eine berauschende Kombination, der sich kein weibliches Wesen entziehen kann. Nicht einmal ich.

Mein Atem, der inzwischen an ein Keuchen erinnert, passt sich dem Takt seiner Stöße an. Mir ist heiß. So unendlich heiß.

Es wäre so leicht, mir einfach die Klamotten vom Leib zu reißen, rüber zum Bett zu schlendern und seine Berührungen für mich zu beanspruchen.

Seine erfahrenen Hände, die über meine nackte Haut streichen und kleine unsichtbare Muster hinterlassen, die nur ich sehen kann.

Seine Zähne, die mich necken und um den Verstand

bringen, wenn er meinen Körper als seinen Besitz zeichnet.

Sein Mund - sein unglaublich schöner Mund -, der mich einfach nur anlächelt. Mich, und nicht irgendeine andere Frau.

Was zur Hölle denke ich denn da?

Während er seinen Spaß hat, stehe ich wie eine Bescheuerte in seinem Zimmer herum und beobachte ihn bei seinen Sexspielchen.

Das Buch! Ich bin wegen dem verdammten Buch hier und nicht, um sein Ego auch noch zu pushen. Ehrlich, ich könnte mir für mein dämliches Verhalten selbst in den Arsch treten!

Bevor ich auffliege, lege ich besagtes Buch so vorsichtig wie möglich auf die Kommode neben mir. Dass meine Flucht nicht wie gedacht ein Kinderspiel werden wird, sondern in einer mittleren Katastrophe endet, hätte ich mir eigentlich denken können.

Das Höllenbuch - wegen dem bescheuerten Buch befinde ich mich doch erst in dieser peinlichen Situation - bleibt nicht, wie erwartet, auf der Kommode liegen. Nein, es landet - Höllenbuch! - mit voller Wucht auf dem Fußboden.

Wie das möglich ist? Das würde ich auch gerne wissen.

Ich riskiere einen letzten zaghaften Blick in Richtung Bett, in der Hoffnung, dass das - mittlerweile sehr penetrante - weibliche Gestöhne meinen kleinen Ausrutscher übertönt hat. Als ich jedoch ein auf dunkelblaues durchdringendes Augenpaar treffe, das mich unverhohlen anstarrt, bleibt mein Herz für den Bruchteil einer Sekunde stehen.

Mein Mund wird in dem Moment, als sein intensiver Blick auf meinen trifft, umgehend staubtrocken, weshalb ich mir zaghaft mit der Zungenspitze über die spröden Lippen lecke.

Ich bilde mir ein, dass seine Augen eine Spur dunkler geworden sind. Doch einen Wimpernschlag später verzieht sich sein betörender Mund bereits wieder zu diesem unwiderstehlichen Lächeln, das meinen Puls sofort in die Höhe schnellen lässt.

Er weiß, dass ich zugesehen habe. Und er *weiß* auch, dass es mir gefallen hat. Und dennoch rührt sich mein Körper keinen Millimeter von der Stelle.

Den intensiven blauen Blick, dem ich mich - egal, wie sehr ich dagegen anzukämpfen versuche - einfach nicht entziehen kann, weiterhin nur auf mich gerichtet, erreicht er wenige Sekunden später seinen Höhepunkt.

Dass er *mich* und nicht *sie* ansieht, obwohl er gerade in *ihr* steckt, erregt und widert mich gleichermaßen an.

Als er ihr kurz darauf einen zärtlichen Kuss auf die Schulter drückt und mich dabei keinen Moment aus den Augen lässt, gelingt es mir endlich, mich aus meiner Schockstarre zu befreien und aus dem Zimmer zu stürmen.

BROOKE

2 Wochen zuvor

Heute ist mein großer Tag. Na ja, zumindest einer davon. Denn ab heute gewinne ich ein Stückchen Unabhängigkeit. Zwar nicht viel, aber für den Anfang genügt mir das.

»Brooke? Hast du deine Sachen fertig gepackt?«, ertönt die autoritäre Stimme meiner Mutter vor der Tür.

»Ich bin gleich so weit«, antworte ich ausgelassen und überhöre den unterschwelligen Vorwurf, der immer mitzuschwingen scheint, wenn sie das Wort an mich richtet.

»Du weißt, dass der Wagen in einer halben Stunde da ist und-«, zetert sie, während sie ins Zimmer stürmt und mich fassungslos anstarrt.

Ich werfe einen unauffälligen Blick nach unten, kann allerdings nicht ausmachen, was sie so schockiert hat, denn ich sehe aus wie ... ich. Die enge dunkelblaue Röhrenjeans sitzt perfekt und schmiegt sich wie eine zweite Haut an Beine und Hintern. Meine Füße sind barfuß - ich hasse Socken! - und an meinem schlichten schwarzen Top kann ich auch nichts Verwerfliches erkennen. Meine langen blonden Haare habe ich mir zu einem lässigen Knoten nach oben gebunden, damit sie mir beim Packen nicht ständig in die Augen fallen.

»Du bist gleich so weit? Hast du mal einen Blick in

den Spiegel geworfen, junge Dame?«, will sie wissen und versucht dabei nicht in Hysterie zu verfallen. Das sehe ich an ihren verdächtig aufgeblähten Nasenflügeln und ihrer Unterlippe, die minimal zu zittern beginnt. Zwei deutliche Indizien dafür, dass sie sich zusammenreißt.

»Ich w-«, aber da fällt sie mir auch schon ins Wort.

»In weniger als 30 Minuten wirst du abgeholt und du hältst es noch nicht einmal für nötig, dir etwas Anständiges anzuziehen, geschweige denn dieses grässliche Vogelnest auf deinem Kopf zu richten!« Inzwischen gibt sie sich keine Mühe mehr, nicht vor Wut zu kochen.

»Mutter, jetzt beruhige dich doch bitte«, sage ich so ruhig wie möglich und appelliere damit an ihre Vernunft.

»Wie soll ich mich beruhigen, wenn es sich meine Tochter scheinbar zur Aufgabe gemacht hat, mich bei jeder sich bietenden Gelegenheit zu blamieren?«, keift sie und funkelt mich vorwurfsvoll an.

Es war nicht immer so zwischen uns. Als ich klein war, waren wir ein Herz und eine Seele. Ich weiß, kaum zu glauben, aber wahr. Doch seit mein Vater sie ... *uns* vor knapp zehn Jahren verlassen hat, ist sie wie ausgewechselt. Meine *Mum* gibt es schon lange nicht mehr, zurückgeblieben ist lediglich *das hier*.

Insgeheim weiß ich, dass sie mir die Schuld an allem gibt, obwohl sie mir das nie ins Gesicht gesagt hat. Ihr anklagender Blick, mit dem sie mich ansieht, wenn sie glaubt, ich würde nicht hinsehen, verrät sie.

Anfangs habe ich mich bemüht und versucht, es ihr irgendwie recht zu machen, mit den Jahren ist mir klar geworden, dass meine Mühen vergeblich sind. Und so wurde es irgendwann zur Gewohnheit, dass ich mich anpasse. Weniger aus dem Grund, ihr gefallen zu wollen, sondern weil es auf diese Art einfacher für mich war, damit umzugehen. Ich wollte ihr nicht noch mehr Zündstoff liefern, der ihren Hass weiter schürt, also habe ich mich für den feigen Weg entschieden und den Mund gehalten.

»Ich werde dich nicht blamieren«, erwidere ich nach wie vor ruhig und mache mich daran, meine restlichen Sachen in die Koffer zu packen. Eine Eigenschaft, die ich mir über die Jahre hinweg angeeignet habe.

»Ich werde Emilia umgehend über das Problem in Kenntnis setzen, damit sie sich darum kümmert«, lamentiert sie unbeeindruckt weiter und verlässt eilig den Raum.

Emilia ist unsere Haushälterin und das *Problem*, das sie meint, bin ich. Genauer gesagt mein - in ihren Augen - katastrophales Auftreten.

»Typisch«, seufze ich leicht genervt. Wie habe ich auch nur für einen einzigen Moment glauben können, dass sie mir an meinem letzten Tag keine Szene macht? Weil sie meine Mutter ist und mich vermissen wird?

Ja klar!

Ihr geht es doch nur um ihr Ansehen und um ihren Status. Wenn ich genauer darüber nachdenke, kommt ihr mein Auszug sogar ziemlich gelegen. Ihre missratene Tochter ist nun endlich nicht mehr ihr Problem.

Ohne weiter über meine aktuelle Situation nachzudenken und mir damit womöglich noch den Tag zu versauen, verstaue ich mein restliches Zeug, als es auch schon an der Tür klopft.

»Mir bleibt wirklich gar nichts erspart«, maule ich übellaunig und wenig amüsiert.

»Uns rennt die Zeit davon, Miss Nightengale«, legt Emilia los, als sie wie ein Wirbelwind durch mein Zimmer fegt, um alles für mein ›Makeover‹ vorzubereiten. »Sie wollen an Ihrem ersten Tag sicherlich einen guten

Eindruck hinterlassen, nicht wahr?«, quasselt sie - ohne eine Antwort abzuwarten - weiter und bedeutet mir mit einem freundlichen Lächeln auf den Lippen und der dezenten Geste in Richtung Stuhl, mich meinem Schicksal zu fügen.

Zehn Minuten später blickt mir ein völlig neuer Mensch im Spiegel entgegen. Meine langen blonden Haare fallen mir in engelsgleichen Locken über den Rücken und mein ehemals müdes Gesicht wirkt nun ebenmäßig und frisch.

Keine Ahnung, wie sie das jedes Mal hinbekommt, aber ich mag diese aufgeweckte Frohnatur einfach.

»Danke Emilia«, murmel ich und hauche ihr einen kleinen Kuss auf die Wange.

»Du wirst mir fehlen, Brooke«, sagt sie wehmütig und schließt mich kurz in ihre pummeligen Arme. ›Miss Nightengale‹ nennt sie mich nur dann, wenn meine Mutter in der Nähe ist; die biederen Förmlichkeiten haben wir schon vor vielen Jahren abgelegt.

»Du mir auch«, schniefe ich traurig und löse mich nur widerwillig aus ihrer Umarmung. »Meine Mitfahrgelegenheit wird in wenigen Minuten eintreffen, ich sollte meine Sachen langsam nach unten bringen, bevor meine Mutter ihren nächsten Anfall bekommt«, erwidere ich lächelnd und zwinkere ihr zu.

»Was würdest du von einem anderen Outfit halten?«, fragt sie vorsichtig. Als sie meinen finsteren Blick bemerkt, verstummt sie allerdings. »Das habe ich mir schon gedacht«, kichert sie.

»Brooke!«, donnert die Stimme meiner Mutter von unten. »Muss ich dich etwa persönlich abholen?«, droht sie.

»Ich komme!«, rufe ich gut gelaunt, den Blick auf Emilia gerichtet, die mir ein aufmunterndes Lächeln schenkt.

»Das wurde aber auch Zeit«, beschwert sie sich, als wir vollgepackt in der Eingangshalle ankommen. »Sie sollten sich lediglich um ihr Äußeres kümmern und nicht meine wertvolle Zeit verschwenden«, fügt sie mit einem tadelnden Blick in Emilias Richtung hinzu.

»Verzeihen Sie bitte, Ms. Nightengale«, entschuldigt sie sich doch tatsächlich bei ihr, dabei trifft sie keinerlei Schuld. Als sie sieht, dass ich sie in Schutz nehmen möchte, schüttelt sie ihren Kopf und formt mit dem Mund ein lautloses ›Nein‹.

»Und wieso läufst du immer noch in diesen schrecklichen Lumpen herum?«, wendet sie das Wort nun wieder an mich, als sie mich von oben bis unten kritisch mustert. »Na ja, wenigstens deine Haare und dein Gesicht sehen nun ganz akzeptabel aus.«

Beruhige dich. In wenigen Minuten bist du endlich frei.

»Das sind keine Lumpen. So etwas tragen junge Frauen heutzutage«, erkläre ich, obwohl ich weiß, dass es null Sinn macht, mit meiner Mutter über meinen Kleidungsstil zu diskutieren.

Im Gegensatz zu mir sind ihre dunkelbraunen Haare stets top frisiert, ihr Gesicht makellos geschminkt und ihr Outfit auf die aktuelle Kollektion abgestimmt. Alles ausschließlich hochwertige Designerwaren, aber das versteht sich natürlich von selbst.

Gerade als sie zu einer Antwort ansetzen möchte, klingelt es an der Tür. Ich muss Shane später unbedingt für sein perfektes Timing danken.

Mit einem missmutigen Blick in meine Richtung stolziert meine Mutter hoch erhobenen Hauptes an mir vorbei zur Eingangstür.

»Shane, wie schön dich zu sehen«, empfängt sie meinen Retter und drückt ihm links und rechts ein züchtiges

Küsschen auf die Wange; genau so, wie es die Gesellschaft von ihr erwartet.

»Die Freude ist ganz meinerseits, Meredith«, raunt er charmant, während er ihre Hand sanft an seine Lippen führt. Die zarte Röte, die sich kurz darauf auf ihren blassen Wangen bildet, zeigt, dass die Geste keinesfalls ihre Wirkung verfehlt hat. Er weiß eben, wie er sie um den kleinen Finger wickeln kann.

»Und wie ich sehe, ist deine bezaubernde Tochter bereit zur Abfahrt«, sagt er mit einem breiten Grinsen an mich gewandt.

»Ich kann es kaum noch erwarten«, erwidere ich - wie ich an der wenig begeisterten Miene meiner Mutter erkennen kann - eine Spur zu fröhlich.

Ein paar Minuten später sind alle meine Sachen im Auto verstaut. Meinem neuen Leben steht demnach nichts mehr im Weg; das versuche ich mir zumindest einzureden.

»Ich melde mich, wenn wir angekommen sind«, sage ich und hauche ihr anstandshalber einen kleinen Kuss auf die Wange. Bevor ich mich jedoch von Emilia verabschieden kann, hält sie mich am Oberarm fest.

»Nur ein falscher Schritt von dir und ich werde deine lächerliche Seifenblase zum Platzen bringen. Ich hoffe, ich habe mich deutlich genug ausgedrückt«, wispert sie mir eiskalt ins Ohr und lässt mich abrupt los.

Keine lieben Worte, kein ›viel Glück‹, kein ›fahrt vorsichtig, ich werde dich vermissen‹; nur pure Boshaftigkeit und Hass.

»Dafür wirst du keinen Grund haben, denn ich *werde* dich nicht enttäuschen«, antworte ich mit fester Stimme und wende mich ab.

»Pass auf dich auf, Brooke«, bittet Emilia. Die Frau,

die die letzten Jahre über mein Fels in der Brandung war und mich aufgezogen hat.

»Wir bleiben in Kontakt. Versprochen«, flüstere ich, als ich den wehmütigen Ausdruck in ihrem Gesicht sehe.

Wer hätte zu diesem Zeitpunkt ahnen können, dass nichts mehr so sein würde, wie es einmal war?

BROOKE

Die Worte meiner Mutter wollen mir einfach nicht aus dem Kopf gehen, egal wie sehr ich mich auch bemühe, an etwas anderes, etwas *Schönes* zu denken. Ihre Stimme war eiskalt, als sie mir ihre Drohung leise ins Ohr geflüstert hat und bereitet mir nach wie vor eine unangenehme Gänsehaut.

Ein Fehler, nur eine kleine Unachtsamkeit und ich bin geliefert, das weiß ich. Aber diese Genugtuung werde ich ihr nicht liefern, dafür habe ich viel zu lange durchgehalten.

»Alles in Ordnung bei dir?«, will Shane wissen und reißt mich damit aus meinen trübseligen Gedanken.

»Mir geht's gut«, antworte ich mit einem schnellen Blick in seine Richtung. Er hatte schon immer ein Talent dafür, meine Lügen zu entlarven und die wahren Gefühle hinter der Fassade aus Gleichgültigkeit zu erkennen.

»Wie lange kennen wir uns jetzt? 14 Jahre?«, fragt er mit einem verschmitzten Lächeln auf den Lippen.

»Lange genug, um zu wissen, dass Sie mich durchschauen, Detective«, erwidere ich schmunzelnd.

»Also? Was betrübt dich, Brooke? Hat dir deine Mutter etwa wieder irgendeinen Blödsinn eingeredet?«

Meine Antwort besteht lediglich aus einem genervten Schnauben.

»Du weißt, dass sie es nicht so meint«, sagt er ruhig.

Shane ist jemand, der in jedem Menschen das Gute sieht, selbst wenn es da nichts Gutes zu sehen gibt.

»Sie meint es *genau so*«, beharre ich und blicke ihn eindringlich an. »Mum ist nicht mehr diejenige, die sie vor zehn Jahren einmal war, Shane. Die Trennung hat sie verändert. Sie hasst mich.«

»Tut sie nicht und das weißt du auch.«

Weiß ich das wirklich? Ich schätze, nicht mal sie kann diese Frage beantworten.

»Wir werden sehen«, murmel ich leise. »Danke übrigens für deine Unterstützung, ohne dich hätte sie mir das niemals erlaubt.«

»Du bist jederzeit herzlich willkommen bei uns«, erwidert er mit diesem ganz speziellen Lächeln, das die zahlreichen winzigen Lachfältchen in seinem Gesicht zum Vorschein bringt.

»Danke«, hauche ich, erleichtert darüber, dass er nach all der Zeit noch immer zu mir steht.

»Ich habe dich vermisst, Kleines.«

»Ich dich auch«, lautet meine ehrliche Antwort. »Wie läuft es eigentlich mit Liam und Blake? Geht's ihnen gut?«

Früher habe ich jede einzelne freie Minute mit den beiden verbracht, sie waren fast so etwas wie meine großen Brüder. Als sie vor ein paar Jahren unerwartet umziehen mussten, ist der Kontakt allmählich abgebrochen.

»Schätze schon. Liam ist immer noch Liam und Blake hat sich, na ja ... *verändert*«, sagt er vorsichtig.

»Verändert? Inwiefern?«

»Er vermisst dich, Brooke. Ihr wart damals unzertrennlich. Nach unserem Umzug habe ich ihn fast nicht wiedererkannt. Irgendwas hat ihm ziemlich zugesetzt und ich bin mir sicher, dass du der Schlüssel zu allem bist.«

»Ich kann ja mal versuchen, mit ihm zu reden«, biete ich an.

»Du warst die Einzige, die immer zu ihm durchdringen konnte. Wenn er sich jemandem anvertraut, dann dir.«

»Das gilt es herauszufinden«, seufze ich.

Den Rest der Fahrt verbringen wir damit, in alten Erinnerungen zu schwelgen und uns gegenseitig zum Lachen zu bringen. Es tut unglaublich gut, endlich wieder *ich* sein zu dürfen und mir keine Gedanken darüber machen zu müssen, welche möglichen Konsequenzen meine Worte haben könnten. Kalifornien ist mein Sprungbrett in ein neues, glücklicheres Leben.

Auf das, was mich dort erwarten würde, hätte mich allerdings niemand vorbereiten können ...

BLAKE

»Ist heute nicht der Tag, an dem die Kleine von deinen Bildern bei euch einzieht?«, will Carter wissen und wirft mir einen eindeutigen Blick zu.

»Was interessiert dich das?«, knurre ich gereizt.

»Alter, du musst mit ihr reden«, labert mich dieser Idiot weiter voll. Er weiß wirklich nicht, wann es an der Zeit für ihn ist, die Klappe zu halten.

Ich verenge die Augen zu Schlitzen und baue mich bedrohlich vor ihm auf. »Soll ich dir mal sagen, was ich *muss*?«, frage ich mit gefährlich leiser Stimme.

Er weicht einen Schritt zurück und hebt abwehrend die Hände vor seinen Körper. »Ich wollte dir damit nicht zu nahe treten«, verteidigt er sich. »Denk einfach mal über meine Worte nach.«

Carter ist, seit wir unser altes Leben aufgegeben haben und nach San Francisco gezogen sind, einer meiner engsten Freunde. Falls es so was wie echte Freundschaften überhaupt noch gibt.

Ja, das hört sich pessimistisch an, aber es ist verdammt noch mal die beschissene, unverfälschte Wahrheit. Mal im Ernst, die wenigsten Freundschaften halten ein Leben lang, sie überdauern höchstens die Schulzeit und selbst die ist für viele eine unüberwindbare Hürde.

»Halt dich einfach von dem Teil meines Lebens fern«, knurre ich und zünde mir eine Kippe an.

»Ich kann ja verstehen, dass du angespannt bist«, fährt er nun die verständnisvolle Schiene. Genau das, was ich im Moment brauche. »Aber seit dich dein Vater vor vollendete Tatsachen gestellt hat, bist du ganz schön gereizt«, stellt er achselzuckend fest und zündet sich ebenfalls eine Zigarette an.

»Wundert dich das etwa?«

Er sieht mich nachdenklich an. »Na ja«, setzt er an, nimmt einen tiefen Zug und formt aus dem Rauch perfekte Kreise. »Immerhin wart ihr mal beste Freunde oder nicht? Was ist so verkehrt daran, ein bisschen nett zu ihr zu sein?«

Scheiße. Da hat es heute aber wirklich jemand darauf angelegt, mich zu reizen.

»Kein Bedarf«, wehre ich übellaunig ab. Es ist schon schlimm genug, dass sie sich gegen meinen Willen in meinem Leben breitmacht und ab sofort bei uns wohnen wird. Und ich soll ihr dafür auch noch dankbar sein und den Arsch küssen? Darauf kann das kleine Prinzesschen lange warten.

Nur, weil sie meinen Vater mit diesen braunen Kulleraugen um ihren kleinen Finger gewickelt hat, muss ich mich nicht genauso von ihr einlullen lassen.

»Vielleicht änderst du ja deine Meinung, wenn du sie später wiedersiehst«, überlegt er laut.

Ich schnaube abfällig. »Ja klar.«

»Warts ab«, murmelt er. »Triffst du dich heute Abend eigentlich wieder mit dieser Cindy?«, will er wissen. Sein Tonfall verrät mir, was er von der Vorstellung hält.

»Kann sein«, erwidere ich gelangweilt. »Sie wird sicher auch auf der Party sein.«

Er verengt die Augen und sieht mich abschätzend an. »Dir ist aber schon klar, welchen Ruf sie genießt, oder?«

»Das Thema hatten wir bereits«, sage ich unbeeindruckt und gehe an ihm vorbei zum Auto. »Sie ist leicht zu vögeln, macht das, was ich ihr sage und sieht gut aus. Der Rest interessiert mich nicht.«

»Und dass sie die Campusnutte ist, die es mit jedem treibt, stört dich gar nicht? Mal abgesehen davon, dass sie so intelligent wie ein Toastbrot ist, frage ich mich, was du an ihr findest.« Er schüttelt fassungslos den Kopf und zerdrückt die Kippe mit dem Fuß. »Schon mal an Geschlechtskrankheiten gedacht?«

»Steigst du jetzt ein oder soll ich dich hierlassen?«, knurre ich und starte den Motor, um ihm klarzumachen, dass es mir ernst ist.

Carter schlendert in aller Seelenruhe zum Auto und nimmt neben mir auf dem Beifahrersitz Platz. Er ist wohl davon überzeugt, dass ich ihn nicht sitzenlassen würde. In meinem derzeitigen Zustand wäre ich mir da allerdings nicht so sicher. Heute ist der Scheißtag schlechthin und er verspricht nicht besser zu werden.

»Du solltest mich eigentlich besser kennen«, gebe ich ihm mit einem düsteren Seitenblick zu verstehen und fahre los. »Wir benutzen immer Gummis. Außerdem verlange ich von ihr in regelmäßigen Abständen einen Test. Sie ist clean, der Rest interessiert mich wie gesagt nicht.«

»Sorry, ich kapier es nur einfach nicht«, seufzt er und fährt sich mit einer Hand verzweifelt durch seine blonden Locken. »*Jede* Frau leckt sich die Finger nach dir und würde *alles* für eine einzige Nacht mir dir geben und du suchst dir davon ausgerechnet so eine wie sie aus. Hilf mir, dich zu verstehen, denn ich komme nicht dahinter, was an diesem schwarzhaarigen Barbieverschnitt so toll sein soll.«

»Sie ist gut im Bett«, spreche ich das Offensichtliche aus und setze den Blinker. »Okay, eigentlich ist sie nur gut darin, sich ficken zu *lassen*, weil sie *alles* mit sich machen lässt«, korrigiere ich mich. »Außerdem verwechselt sie das, was wir teilen, nicht wie viele andere, mit einer Beziehung. Sie weiß, woran sie bei mir ist und dass ich in ihr nichts weiter als eine austauschbare Fickfreundin sehe.«

»Und damit bist du glücklich?«, hakt er nach.

»Seit wann interessiert es dich, was mich glücklich macht?«, frage ich mit hochgezogener Augenbraue.

»Ich bin hier von uns beiden nicht das gefühlskalte Arschloch«, erwidert er ruhig und sieht aus dem Fenster. »Wir sind Freunde. Natürlich interessiert mich, wie es dir dabei geht«, fügt er ernst hinzu.

Scheiße. Was ist denn in letzter Zeit plötzlich mit allen los?

Daran, dass sich mein Vater ständig in mein Leben einzumischen versucht, bin ich ja schon gewöhnt, aber jetzt auch noch meine Freunde?

Zuerst Nathan und nun Carter. Als hätten sie sich abgesprochen und gegen mich verbündet, um mich mit ihren Fragen in den Wahnsinn zu treiben.

»Mir geht's gut«, versichere ich ihm. »*Wirklich*«, setze ich nach, als er mich nur zweifelnd ansieht.

»Okay.«

»Okay?«, wiederhole ich seine Antwort ungläubig. »Das wars? Du glaubst mir?«

»Was soll ich denn sonst machen? Ich kann dich ja schlecht zu deinem Glück zwingen und mit Gewalt von dieser falschen Schlange fernhalten. Du bist eben der Typ, der zuerst in sein eigenes Verderben laufen muss, damit er was an seiner Situation ändert.«

Ich umklammere das Lenkrad fester und presse den Mund zu einer harten Linie zusammen, damit ich nichts sage, was ich später womöglich noch bereuen werde. »Na danke auch«, stoße ich zwischen zusammengebissenen Zähnen hervor, trete aufs Gas und biege extra scharf um die nächste Kurve.

»Scheiße, Blake!«, flucht er und versucht nicht gegen die Tür zu prallen, indem er sich mit einer Hand an der Armlehne abstützt.

Habe ich schon erwähnt, dass ich mein Auto liebe?

Meinen Ford Mustang Super Snake mit der schwarzen Vollederausstattung und den 750 PS würde ich für nichts auf der Welt hergeben. Nicht einmal für eine Frau.

»Geht's noch?«, keift Carter und sieht mich mordlustig an. Mit seinen 1,84 m Körpergröße, dem im Fitnessstudio gestählten Körper und dem verbissenen Gesichtsausdruck wirkt er zwar nicht gerade wie der nette Nachbar von nebenan, aber der Schein trügt. Außerdem würde er niemals ohne Grund zuschlagen.

Okay, den Grund, mir eine zu verpassen, habe ich ihm wohl soeben geliefert, doch dafür respektiert er mich viel zu sehr. Hinzu kommt, dass er einen halben Kopf kleiner ist als ich und ich - im Gegensatz zu ihm -, wenn es die Situation erfordert, nicht zögern würde, im richtigen Moment einzugreifen.

»Krieg dich wieder ein«, sage ich gelassen und ignoriere seine angepissten Blicke. »Du hast dir das selbst zuzuschreiben.«

»Und deswegen musst du wie ein Wahnsinniger um die Kurve preschen?«, beschwert er sich zischend. »Außerdem weißt du, dass ich recht habe.«

»Warum? Weil ich über mein eigenes Leben bestimme und das mache, worauf ich Lust habe?«

»Weil du dir von niemandem etwas sagen lässt und immer mit dem Kopf durch die Wand musst«, verbessert er mich. »Wann bekommst du es endlich in deinen Dickschädel, dass ich dir nur helfen möchte und nicht will, dass du dich den Rest deines Lebens durch irgendwelche Betten schläfst.«

Ein abfälliges Schnauben ist das Einzige, was ich nach seiner Ansage herausbringe. Warum glaubt jeder besser zu wissen, was gut für mich ist? Mein Sexleben hat keinen etwas anzugehen, wieso mischen sich dann alle ein?

Meinem Vater ist mein ›unmögliches‹ Verhalten schon bitter aufgestoßen. Und seit ich Carter von Brooke erzählt habe, bildet er sich ein, in ihr die Ursache für alle meine Probleme zu sehen. So auch für meine verkorkste Art, mit Frauen umzugehen. Dass seine Vermutung völliger Schwachsinn ist, will er einfach nicht einsehen.

Der Einzige, der mich mit dem ganzen Scheiß in Ruhe lässt, ist Liam. Auf ihn kann ich mich immer verlassen. Er ist der letzte Mensch, der mir mit diesem pseudomoralischen Mist ankommen würde.

»Und wann bekommst du es endlich in deinen Kopf, dass ich deine Hilfe nicht brauche, und *ficke*, wen und wann ich *will*?«, knurre ich.

»Ich hoffe wirklich für dich, dass dich die Kleine zur Vernunft bringt«, stöhnt er missmutig. »Wohin fahren wir eigentlich?«

»Die *Kleine* hat einen Namen«, knirsche ich genervt. Keine Ahnung, warum es mich so anpisst, dass er sie ›Kleine‹ nennt. Normalerweise sollte es mir am Arsch vorbeigehen. Die Tatsache, dass das nicht der Fall ist, trägt nicht gerade zu meiner ohnehin schon beschissenen Laune bei.

»Was?«

»Wir fahren in einen Stripclub«, antworte ich stattdessen und ignoriere seinen neugierigen Blick.

»Ich bin mir sicher, dass du was völlig anderes gesagt hast«, bohrt er weiter. Carter stellt meine Nerven heute echt auf eine Zerreißprobe.

»Dann musst du dich wohl verhört haben.«

»Hältst du mich für total bescheuert? Dir liegt etwas an der Kleinen, das kannst du noch so oft abstreiten. Warum solltest du dich sonst darüber aufregen, dass ich sie Kleine nenne?«

»Carter. Es reicht«, presse ich zwischen zusammengebissenen Zähnen hervor und werfe ihm einen warnenden Blick zu, der sagen soll, dass er gefälligst die Fresse halten soll, falls ihm was an seiner Nase liegt.

Weshalb zur Hölle fragt er überhaupt nach, wenn er *jedes einzelne verfickte Wort* verstanden hat?

»Dein Geknurre zieht vielleicht bei anderen, aber nicht bei mir«, erwidert er unbeeindruckt und lehnt sich in seinem Sitz zurück. »Wieso gibst du nicht einfach zu, dass sie dir nicht so scheißegal ist, wie du immer behauptest? Die Frau geht dir unter die Haut, ob es dir passt oder nicht.«

»Nicht. Heute.«

Er seufzt schwer. »Gibt es dafür denn überhaupt einen passenden Zeitpunkt?«

»Können wir nicht einfach in diesen Stripclub gehen, Spaß haben und die Situation später zu Tode analysieren?«, schlage ich vor und weiche seiner Frage aus.

Carter starrt mich einige Sekunden lang an und scheint abzuwägen, ob er auf meinen Vorschlag eingehen oder weiter auf mich einreden soll. »Fuck, Blake, daran müssen wir echt noch arbeiten«, erwidert er grinsend. »Was willst du eigentlich am helllichten Tag in einem Stripclub?«, will er wissen.

Ich lass das Fenster runter, zünde mir die nächste Kippe an und lehne meinen Arm nach draußen, bevor ich ihm antworte. »Spaß haben, was sonst?«

Als ich sehe, dass ihn meine Antwort nicht zufriedenzustellen scheint, starte ich einen neuen Versuch. »Hör mal, heute ist einfach nicht mein Tag. Sobald Brooke abends ankommt, wird sich mein Leben grundlegend ändern, das *weiß* ich. Bis es so weit ist, möchte ich abschalten, den Tussis beim Tanzen zusehen und den ganzen Scheiß für ein paar Stunden vergessen. Vorzugsweise mit meinem besten Freund.« Ich sehe ihn vielsagend an. »Falls du aber keinen Bock haben solltest, setz ich dich gerne an der nächsten Bushaltestelle ab und fahr alleine weiter. Die Entscheidung liegt bei dir.«

»Fahr weiter, bevor ich es mir doch noch anders überlege und deinen Arsch nach Hause verfrachte«, brummt er, woraufhin ich das Gaspedal durchdrücke.

BROOKE

Wie wärs, wenn du dich erstmal in Ruhe umsiehst?«, schlägt Shane vor. »In der Zwischenzeit bringe ich deine Koffer aufs Zimmer.«

»Sicher, dass ich dir nicht helfen soll?«, frage ich mit hochgezogener Augenbraue. »Frauen sind für ihr schweres Gepäck bekannt und wir wollen doch nicht, dass du dir wehtust. Du hast schließlich ein Alter erreicht, das man nicht auf die leichte Schulter nehmen sollte«, stichel ich weiter und unterdrücke mühsam ein Lachen.

»Ich habe dein freches Mundwerk vermisst«, erwidert er grinsend, bevor er mit meinen Koffern im Schlepptau verschwindet.

Hier sieht es ganz anders aus, als in ihrem alten Zuhause. Vom schnuckligen Häuschen zum luxuriösen Anwesen.

Shanes Job als renommierter Staranwalt der Reichen und Schönen ermöglicht seinen beiden Söhnen ein ausgezeichnetes Studium und ein Leben im Luxus. Und ich gönne es ihnen von Herzen.

Zwölf Jahre. So lange ist es nun schon her, dass Lucie den Kampf gegen den Krebs verloren hat und ihre geliebte Familie alleine zurücklassen musste. Damals waren wir noch Kinder und viel zu jung, um das Ausmaß einer solchen Tragödie zu begreifen. Vielleicht wollten wir das auch gar nicht.

Shane liebt seine Söhne von ganzem Herzen und hat einfach alles dafür getan, um die schmerzliche Lücke, die Lucie nach ihrem Tod hinterlassen hat, so gut es geht zu füllen.

Ich tapse leichtfüßig und mit nackten Füßen durchs Haus, streife hier und da vereinzelt Gegenstände mit den Fingerspitzen, bis ich letztlich vor ein paar Fotos stehenbleibe. Nachdenklich betrachte ich die Familienfotos, die auf der Kommode im Wohnzimmer fein säuberlich aufgereiht stehen.

Lucie und Shane - mit einem strahlenden Lächeln auf den Lippen-, wie sie versuchen, ihre beiden aufgeweckten Knirpse zu einem Foto zu überreden. Derjenige, der das Bild geschossen hat, hat den perfekten Augenblick abgewartet und damit die Leichtigkeit des Lebens eingefangen.

Shane, der Lucie verträumt ansieht und dabei wie der glücklichste Mann auf Erden wirkt. Es ist genau der Blick, von dem jede Frau träumt, wenn sie ihr Herz verschenkt.

»Gefallen sie dir?«, raunt mir unerwartet eine tiefe männliche Stimme ins Ohr, die mich ertappt zusammenzucken lässt.

»Du hast wirklich ein Talent dafür, dich unbemerkt an andere heranzuschleichen«, sage ich vorwurfsvoll, als ich sehe, wer da hinter mir steht.

Liam.

Er ist groß, verdammt, und *wie* groß, gut aussehend und so gar nicht mit dem Bild in meinem Kopf vereinbar, das ich vom ihm in Erinnerung habe. Süß und irgendwie unschuldig. Zwei Worte, die heute - drei Jahre später - völlig absurd und unpassend erscheinen. Keine Ahnung, *was* genau passiert ist, aber der niedliche Nerd hat sich zu einem wahrgewordenen feuchten Traum einer jeden Frau entwickelt.

»Du bist einfach zu verlockend«, kontert er lächelnd. Die Doppeldeutigkeit seiner Aussage und der intensive Blick, mit dem er mich fixiert, entgehen mir dabei nicht. Bilde ich mir das nur ein oder flirtet Liam etwa gerade mit mir?

Seine schwarzen Haare sehen aus, als wäre er eben erst aus dem Bett gestiegen, was ihn irgendwie ... *sexy* wirken lässt. Wunderschöne bernsteinfarbene Augen mit dunkelgrünen Sprenkeln und Wimpern, für die jede Frau töten würde. Den hübschen Mund hat er zu einem selbstsicheren Lächeln verzogen, was die kleinen Grübchen in seinen Wangen zum Vorschein bringt. Sein Gesicht ist glattrasiert und attraktiv.

Interessiert lasse ich meinen Blick an seinem Körper nach unten gleiten und stelle erstaunt fest, dass wirklich gar nichts mehr an sein altes Ich erinnert.

Die oberen drei Knöpfe des weißen Hemds stehen offen, so dass ich einen Teil seiner muskulösen, leicht gebräunten Brust erkennen kann; die Ärmel lässig nach oben gekrempelt. Er trägt eine schwarze zerrissene Jeans, die ihm tief auf den schmalen Hüften sitzt und ebenfalls schwarze, ziemlich abgetragene Converse.

»Bist du fertig?«, will er wissen und lenkt meine Aufmerksamkeit wieder auf sein Gesicht.

»Was?«

»Ob du damit fertig bist, mich mit offenem Mund anzustarren?«, wiederholt er seine Frage und lässt mich dabei keine Sekunde aus den Augen.

»Ich habe dich nicht ange-«

»Hast du wohl und das weißt du auch«, unterbricht Liam meinen Einwand.

Er hat recht. Fuck!

Ich starre keine Männer an. Zumindest nicht so offensichtlich. Und doch muss es für ihn ausgesehen haben, als hätte ich ihn in Gedanken ausgezogen. Was ich nicht habe. Wirklich nicht! Ich konnte meinen Blick nur einfach nicht von ihm abwenden, dafür ist seine Veränderung zu extrem.

»Sorry, kommt nicht wieder vor«, nuschel ich ein wenig verlegen und spüre, wie mein Gesicht heiß wird.

»Ich mag die Art, wie du mich angesehen hast«, murmelt er und beugt sich zu mir herunter. Ein angenehmer Duft - eine Mischung aus teurem Aftershave, frisch gewaschener Wäsche und einem Eigengeruch - steigt mir in die Nase. Er riecht irgendwie ... *männlich*.

Zu nah. Er ist mir viel zu nah.

»Du findest mich heiß«, flüstert er mir mit betörend leiser Stimme ins Ohr. Sein Atem kitzelt auf meiner Haut und beschert mir eine Gänsehaut.

»Du hast dich verändert«, stelle ich das Offensichtliche fest.

»Ach ja?«, will er amüsiert wissen.

»Ja.«

»Sag Brooke«, fährt er fort, »mach ich dich nervös?«

Ich schlucke. »Wie kommst du darauf?«

»Beantwortest du Fragen immer mit Gegenfragen?«

»Ich sollte wohl besser mal nach Shane sehen«, weiche ich schwach aus und möchte an ihm vorbei zur Treppe gehen. Auch wenn ich das nicht gerne zugebe, aber seine Selbstsicherheit verwirrt mich und macht mich zunehmend unruhiger.

Bevor ich jedoch zur Flucht ansetzen kann, stützt er sich mit beiden Händen auf der Kommode hinter mir ab und kesselt mich damit vollkommen mit seinem Körper ein.

»Du hast mir noch nicht meine Frage beantwortet«, stellt er nüchtern fest.

»Was bitte willst du von mir hören?«, frage ich provokant und sehe ihn herausfordernd an. »Dass ich dich heiß finde? Dass ich auf dich stehe? Dass ich will, dass du mich hier und jetzt fickst? Was?« Der letzte Teil klingt beinahe wie ein Knurren.

Es ist seine selbstsichere Art, die mich einfach nur nervös macht und für die winzigen Ausfälle in meinem Gehirn verantwortlich ist.

»Es geht nicht darum, was ich hören will; es geht darum, was in deinem kleinen hübschen Kopf vorgeht«, antwortet er ruhig und streicht mir sanft eine widerspenstige Haarsträhne aus dem Gesicht. Diese zärtliche Geste reicht aus, um meinen Puls in die Höhe schnellen zu lassen.

Keine Ahnung, womit ich gerechnet habe, aber ganz sicher nicht *damit*.

»Brooke? Alles klar bei dir?«, ruft Shane, woraufhin ich erleichtert aufatme.

»Ich muss gehen«, sage ich und sehe an ihm vorbei zur Treppe.

Einige endlose Sekunden verstreichen, bevor ich seinen heißen Atem plötzlich auf meinem Gesicht spüre. Im nächsten Moment legt er seine glattrasierte Wange vorsichtig an meine und wispert mir etwas ins Ohr.

»Du kannst nicht ewig vor mir davonlaufen, Brooke.« Mit diesem Satz löst er sich von mir und lässt mich einfach stehen.

Was zur Hölle?

BROOKE

Was war das denn bitte?

Der Liam, den ich kenne, hätte sich mir gegenüber niemals so ... so selbstbewusst und verflucht *heiß* benommen. Aus dem ehemals süßen ›Bruder‹ ist ein echter Mann geworden, der Gefallen daran gefunden zu haben scheint, meine Gefühle ordentlich durcheinanderzuwirbeln.

Warum macht mich seine Nähe nur so unglaublich nervös?

»Was hältst du davon, wenn ich dir dein Zimmer zeige?«, fragt Shane, als ich mich zu ihm geselle.

Vergiss es, *ihn* einfach. Du bist hier, weil du die einmalige Chance erhalten hast, ein neues Leben zu beginnen und deinen Traum endlich Wirklichkeit werden zu lassen.

Ich lächle ihn dankbar an. »Gerne.«

»Alles in Ordnung bei dir? Du wirkst irgendwie durch den Wind.«

»Ich bin wahrscheinlich nur etwas von der langen Fahrt erschöpft«, murmel ich entschuldigend. Dass der Grund eigentlich ein ganz anderer ist, kann ich ihm ja wohl schlecht sagen.

Shane sieht mich mit leicht gerunzelter Stirn an und berührt mich sanft an der Schulter. »Sicher, dass sonst alles okay ist?«

Unschlüssig, was ich darauf antworten soll und ja,

auch ein wenig aus Angst, doch noch mit der Wahrheit rauszuplatzen, wenn er mich weiterhin so eindringlich ansieht, nicke ich lediglich mit dem Kopf. Sein Blick gibt mir jedes Mal das Gefühl, dass er geradewegs durch mich hindurchsehen kann.

»Du gehörst zur Familie, Brooke und weißt, dass du mit mir über alles reden kannst, oder?«

Ein erneutes Nicken.

»Gut«, sagt er zufrieden. »Dein Zimmer befindet sich im ersten Stock. Komm, ich zeig dir den Weg.«

Der Raum sieht ganz anders aus, als ich ihn mir vorgestellt habe. Erwartet habe ich einen gewöhnlichen Schreibtisch, ein Bett und einen Kleiderschrank, verteilt auf ein paar Quadratmetern; mit einem so liebevoll eingerichteten Zimmer hätte ich jedoch nie gerechnet.

Das Sonnenlicht, das durch die großen Fenster hereinfällt, macht den Raum hell und freundlich. Die Wände sind in einem schlichten Weiß gestrichen - was langweilig wirken könnte, tut es aber nicht! -, und das Bett zu meiner Rechten ist einfach riesig und sieht mit den vielen Kissen super bequem aus. Der Schreibtisch - direkt an der Fensterfront platziert - ist ebenfalls groß und aus edlem dunklen Holz. Ein cremeweißer Kleiderschrank, in dem ich alle meine Klamotten mit Leichtigkeit unterbringen kann, steht neben dem Bett und als ob das noch nicht genug wäre, befindet sich daneben der Traum einer jeden Frau. Mein. Eigener. Begehbarer. Kleiderschrank.

Das hier ist so viel mehr, als ich erwartet habe.

»Du bist doch verrückt ...«, hauche ich nach wie vor überwältigt und falle ihm dankbar um den Hals.

»Ich habe gehofft, dass es dir gefallen wird«, antwortet er erleichtert und schließt mich in eine herzliche Umarmung. »Dir soll es bei uns an nichts fehlen, Brooke.«

»Wird es nicht, da bin ich mir sicher«, murmel ich und meine jedes Wort ernst.

Shane ist der Vater, den ich nie hatte. Nur wenige Jahre nach meiner Geburt ist die Ehe meiner Eltern in die Brüche gegangen; kurze Zeit später hat uns mein Vater von jetzt auf gleich verlassen. Den wahren Grund dafür habe ich bis heute nicht in Erfahrung bringen können, was vermutlich daran liegt, dass das Thema für meine Mutter absolut tabu ist.

Lucie und Shane sind enge Freunde meiner Eltern. Seit ich denken kann, sind die beiden ein Teil meines Lebens. Lucies Tod hat deshalb auch mich schwer getroffen.

Bis zu ihrem Umzug nach Kalifornien haben wir uns beinahe täglich gesehen. Liam, Blake und ich waren damals einfach unzertrennlich und Lucie und Shane haben mich von Anfang an wie ihre eigene Tochter behandelt. Wenn ich mit ihnen zusammen war, hat es sich für mich immer wie ›nach Hause kommen‹ angefühlt. Ein Gefühl, das ich seit der Trennung meiner Eltern nicht mehr kannte.

»Leg dich am besten hin und ruh dich etwas aus, deine Koffer kannst du heute Abend auch noch auspacken«, schlägt er vor. »Ich bin im Garten, falls du mich brauchen solltest.«

»Ja, du hast wahrscheinlich recht.«

»Wir sehen uns dann später«, sagt er und wendet sich zum Gehen ab.

»Shane?«

»Ja?«

»Danke«, flüstere ich. »Für alles.«

Seine Lippen verziehen sich zu einem Lächeln. »Gern geschehen«, flüstert er ebenfalls und schließt die Tür hinter sich.

BROOKE

Als ich aufwache, ist es draußen bereits dunkel. Ich muss eingeschlafen sein, als ich testen wollte, ob die Kissen wirklich so weich sind, wie sie aussehen. Die Antwort ist wohl überflüssig, oder?

Schlaftrunken werfe ich einen Blick auf mein Handy. 21 Uhr. Tja, das Abendessen hätte ich damit erfolgreich verpasst.

Verdammt. Dabei hatte ich nicht vor, den ganzen restlichen Tag zu verschlafen. Stattdessen wollte ich in Ruhe meine Sachen auspacken, Shane ein wenig im Garten helfen und ... Scheiße! Meine Mutter!

Bevor wir von Zuhause losgefahren sind, hatte ich ›versprochen‹, mich bei ihr zu melden, wenn wir angekommen sind; das ist nun ungefähr fünf Stunden her ...

Eigentlich hatte ich vorgehabt, sie anzurufen. *Eigentlich.* Da ich mir allerdings sicher bin, dass sie mir sowieso nur wieder eine Predigt halten wird, spar ich mir das und schicke ihr stattdessen eine Nachricht.

Gott, ich weiß jetzt schon, dass ich meine Entscheidung spätestens morgen bereuen werde, aber das ist mir gerade vollkommen egal.

Das, was ich im Moment am meisten brauche, ist eine heiße Dusche und etwas zu essen. Es ist mir sowieso ein Rätsel, wie ich es so lange ohne Nahrung ausgehalten habe. Normalerweise meldet sich mein Magen im

3-Stunden-Takt bei mir und fordert sofortige Befriedigung.

Wenn ich hungrig bin, sollte man mir besser nicht über den Weg laufen, außer man verspürt das dringende Bedürfnis, zu sterben. Dagegen ist eine übellaunige Katze noch harmlos.

Ich krame in einem meiner Koffer nach Wechselkleidung, dem Kulturbeutel und Duschzeug. Anschließend ziehe ich mir das Top mit einer einzigen fließenden Bewegung über den Kopf, schäle mich aus der engen Jeanshose und schlüpfe aus meiner Unterwäsche. Shane hat daran gedacht, mir Handtücher bereitzulegen, und da ich keine Lust habe, meine getragenen Klamotten im Anschluss an die Dusche wieder mit aufs Zimmer zu nehmen, lasse ich sie gleich hier.

Shane ist bestimmt im Wohnzimmer oder auf der Terrasse und Liam und Blake sind mit Sicherheit auf irgendeiner Party, schließlich ist heute Freitag. Die Wahrscheinlichkeit, dass mir jemand über den Weg läuft, geht demnach gegen Null.

Und wenn schon. Das Handtuch verdeckt im Notfall die wichtigsten Körperstellen, kein Grund zur Sorge also.

Ich verlasse eilig das Zimmer und biege direkt um die Ecke. Das Badezimmer befindet sich am anderen Ende des Gangs und da ich nur ungern verhungern möchte, beschleunige ich meine Schritte. In Gedanken mache ich mich bereits über mein Essen her - man merkt kaum, dass ich Hunger habe, oder? -, bis ich plötzlich gegen etwas Hartes pralle und das Gleichgewicht verliere.

Scheiße. Ich werde fallen und mir bei meinem Glück vermutlich irgendein wichtiges Körperteil brechen, schießt es mir panisch durch den Kopf. Aber statt Bekanntschaft mit dem Boden zu machen, werde ich ruckartig an einen warmen Körper gepresst. Einen harten, feuchten und ziemlich nackten Körper, wie ich feststellen muss.

Ich hebe den Kopf leicht an, um vorsichtig nach oben zu blinzeln, und sehe geradewegs in ein attraktives und ganz schön angepisstes Gesicht. Die dunkelblauen stürmischen Augen sind verengt, sein intensiver Blick wirkt bedrohlich und den betörenden Mund hat er zu einer glatten Linie zusammengepresst.

Er ist sauer, oh fuck, und *wie* sauer.

»Ähm, hi?«, krächze ich unbeholfen. Während meinem Beinah-Sturz muss ich mir in Gedanken die Seele aus dem Leib geschrien haben, oder wo ist meine Stimme sonst abgeblieben?

Er antwortet nicht. Er starrt mich nur weiterhin an. Und genau das ist das Problem.

Nicht der Zusammenprall, auch nicht die Tatsache, dass meine Sachen auf dem kompletten Fußboden verstreut liegen, sind das Problem, sondern er. Er und dieser verdammte Blick, mit dem er mir regelrecht den lächerlichen Stofffetzen vom Körper zu brennen scheint.

Er fickt mich mit seinen Augen. Und ich lasse es zu.

Weil ich nicht anders kann. Weil es sich *zu gut* anfühlt, nach all den Jahren so von ihm angesehen zu werden.

Mir ist schwindelig, das Blut rauscht in meinen Ohren, während ich jegliches Zeitgefühl verliere. Unbewusst legen sich meine Hände auf seinen nackten Oberkörper, berühren die heiße Haut. Als ob mein Gehirn einfach ausgesetzt und mein Körper die Führung übernommen hätte. Wie in Trance beginne ich mit den Fingerspitzen kleine Muster auf seine Brust zu malen. Seine Muskeln zucken unter meiner Berührung kaum merklich zusammen, geben mir die Bestätigung, die ich brauche; die Gewissheit, dass er *es* - unsere Verbindung - auch spürt.

Er erwidert meine Annäherung nicht, fasst mich nicht an, beinahe so, als würde er das hier nicht wollen. Und doch hindert er mich nicht daran, mit dem fortzufahren, was ich angefangen habe.

Dort, wo sich seine Finger bestimmend um meine Handgelenke geschlossen haben, mich festhalten, prickelt meine Haut auf angenehme Weise. Und mit einem Mal ist alles vorbei.

Gerade lag ich in seinen Armen, den Körper fest an seinen gepresst und im nächsten Moment schiebt er mich unsanft von sich. Einfach so.

Er starrt mich nach wie vor an, doch seine Augen sind dunkler geworden und sein Blick wirkt - anders, als noch vor wenigen Sekunden - irgendwie gleichgültig und ... kalt.

»Kannst du nicht aufpassen?«, blafft er mich an und verschränkt die Arme vor der muskulösen Brust. Die Brust, die ich einen Augenblick zuvor mit den Fingerspitzen berühren durfte.

Fuck! Diese. Stimme. So tief, rau und sexy.

Wie vielen Frauen hat er damit bereits ein feuchtes Höschen beschert?

»Äh, sorry«, entschlüpft es mir unüberlegt. Die Worte haben meinen Mund verlassen, bevor mir eine schlaue Antwort eingefallen ist.

»Mehr fällt dir nicht ein?« Er lächelt nicht, verzieht keine Miene. Einzig und allein sein unterkühlter Blick ist mir vergönnt.

Warum nur siehst du mich so an ...?

»Wir sehen uns heute das erste Mal seit drei Jahren wieder und dir fällt nichts Besseres ein, als mich blöd von der Seite anzumachen?«, frage ich fassungslos. »Du hättest übrigens genauso aufpassen können, oder bin ich hier die Einzige, die Augen im Kopf hat?«

Shit. Ich hatte nicht vor, so gereizt zu klingen. Er hatte schon immer etwas an sich, das mich regelrecht in den Wahnsinn getrieben hat.

»Wenn mein Dad auf mich gehört hätte, wärst du jetzt nicht hier«, sagt er mit emotionsloser Stimme. »Glaub mir, du bist die letzte Person, die ich sehen will.«

Autsch. Das hat gesessen.

Bedeute ich ihm wirklich so wenig?

»Ich habe dir nichts getan, warum verhältst du dich mir gegenüber so verflucht arschig?«

»Deine Gefühle interessieren mich nicht.«, erwidert er kalt. »Sei also ein braves Mädchen und steck deine Nase nicht in meine Angelegenheiten. Ich dulde deinen Arsch nur, weil du meinem Vater wichtig bist.«

Was für ein eingebildetes Arschloch! Und dennoch kann ich meinen Blick nicht von ihm lösen.

Die schwarzen Haare sind feucht und ungebändigt. Auf seinem durchtrainierten Oberkörper tummeln sich unzählige winzige Wassertropfen, die sich langsam ihren Weg bahnen und unter dem knappen Stoff verschwinden.

Seine ganze Erscheinung ist eindrucksvoll. Groß, feucht, heiß und mit nichts weiter als diesem Handtuch um die Hüften geschlungen steht er vor mir; die dunklen Augen bedrohlich auf mich gerichtet.

»Sag mir, was passiert ist, Blake«, bitte ich sanft und erwidere fest seinen Blick. »Wieso schließt du mich aus?«

Er lächelt mich bittersüß an, ehe er die Distanz zwischen uns kurzerhand überwindet, die Hände um meine Taille und seine Lippen an mein Ohr legt.

»Jetzt hör mir mal gut zu, *Baby*«, knurrt er mit rauer Stimme und ich erstarre. »Wenn du willst, ficke ich dich direkt gegen die Wand oder auf dem Fußboden, bis deine Pussy so wund ist, dass du morgen nicht mehr laufen kannst, aber lass mich eins klarstellen: Fordere mich nie, ich wiederhole, NIE wieder dazu auf, mein beschissenes Leben vor dir breitzutreten. Habe ich mich klar genug ausgedrückt?«

Wie zur Bestätigung seiner Worte drängt er seinen muskulösen Körper fester gegen meinen, während eine Hand langsam unter den Stoff meines Handtuchs wandert und sich bestimmend auf meinen nackten Arsch legt. Als ich die steinharte Erektion an meinem Bauch spüre, keuche ich erschrocken auf.

»Ich könnte etwas Ablenkung gebrauchen«, raunt er und knabbert sanft an meinem Ohrläppchen, was mir ein leises Stöhnen entlockt.

Ich weiß, dass ich ihn von mir stoßen und in seine Schranken weisen sollte. Aber es fühlt sich einfach zu gut an, von ihm berührt zu werden.

»Du kannst nicht abstreiten, dass du mich auch willst«, flüstert er. »Dein Körper verrät dich.«

Er hat recht. Mein Körper *will* ihn um jeden Preis. Doch mein Selbsterhaltungstrieb hindert mich daran, dem Verlangen nachzugeben und ihm die Führung zu überlassen. Er ist nicht gut für mich. Das sagt mir mein Gefühl.

Mein Gefühl sagt mir aber auch, dass ich irgendwann nachgeben werde, falls ich nicht etwas dagegen unternehme.

»Das bildest du dir ein«, wende ich gelassen ein und versuche seine Hände von meinem Körper zu schieben.

»Ist das so?«, fragt er nachdenklich und löst den Griff um meine Hüfte. Seine Fingerspitzen streichen sanft an meinem Bauch entlang, weiter über die Mulde zwischen meinen Brüsten, bis sich seine Hand besitzergreifend um meinen Hals legt. »Hast du Angst?«, will er wissen und drückt leicht zu.

Nervös beiße ich mir auf die Unterlippe und schüttle den Kopf.

»Das solltest du aber«, knurrt er und beißt mir unerwartet in den Hals. Fest.

Ehe ich es verhindern kann, entschlüpft meinem Mund ein überraschtes Stöhnen. Der Schmerz vermischt sich mit meiner Lust, löscht jeglichen vernünftigen Gedanken aus und lässt mich wimmernd zurück. Hilflos kralle ich die Fingernägel in seinen Rücken, woraufhin er die Hände knurrend um meinen Hintern legt, mich abrupt hochhebt und meinen Körper gegen die Wand befördert.

Wie von selbst lege ich die Arme um seinen Nacken, presse meine Brüste gegen seinen nackten Oberkörper und schlinge die Beine um seine Taille. Das Handtuch, in das ich mich wenige Minuten zuvor so sorgsam gehüllt habe, fällt genau in dem Moment zu Boden.

»Ich will dich«, stöhnt er an meinem Hals und reibt seinen Unterleib an meiner entblößten Mitte. »Sag, dass du mich auch willst«, verlangt er.

In meinem Kopf ist nur noch Platz für ihn und die Dinge, die er mit mir und meinem Körper anstellt. Seine Nähe ist berauschend wie eine Droge, absolut süchtig machend.

Jeder Muskel in mir ist angespannt und nur auf den Mann vor mir, der mich wie selbstverständlich in seinen Armen hält, fixiert. Mein Atem geht stoßweise und das Herz schlägt wie wild gegen meine Brust, als er mich erneut mit diesem intensiven, fordernden Blick ansieht.

Seine Augen sind dunkel und vor Verlangen verschleiert. Die vollen, weichen Lippen hat er zu einem selbstsicheren Lächeln verzogen. Der dunkle Bartschatten lässt sein attraktives Gesicht noch heißer wirken und weckt in mir die Frage, wie sich die rauen Bartstoppeln wohl an einer gewissen Stelle anfühlen würden.

Nackt, erregt und völlig ausgeliefert liege ich in seinen Armen. Mein Schamgefühl ist wie weggeblasen, übrig geblieben ist mein Verlangen, das wie kochende Lava durch meine Adern fließt.

»Blake, ich ...«, stöhne ich gequält auf, als er sich mit rhythmischen Bewegungen seiner Hüften an mir zu reiben beginnt.

»Du bist heiß auf meinen Schwanz, Baby«, sagt er selbstzufrieden. »Genau wie all die anderen Schlampen.«

Ich erstarre. Seine Worte brechen wie ein Eimer mit eiskaltem Wasser über mir zusammen, der mich schlagartig wieder in die Realität befördert. Plötzlich fühlen sich seine Berührungen nicht mehr berauschend, sondern nur noch widerlich an. Mir ist zum Heulen und Schreien zumute. Wie hatte ich nur so dämlich sein können?

»Lass mich runter«, fordere ich ihn mit kalter Stimme auf und meide seinen eindringlichen Blick auf mir.

»Wieso?«, fragt er mit dieser tiefen, heiseren Sexstimme, die mich vor wenigen Sekunden noch schier um den Verstand gebracht hat. Inzwischen löst sie in mir nur Wut und Übelkeit aus.

»Lass. Mich. Runter.«, wiederhole ich meine Forderung. »Jetzt sofort!«

»Wenn du mir einen blasen willst, kannst du das auch einfach sagen«, erwidert er mit einem dreckigen Grinsen auf den Lippen und kommt meiner Aufforderung nach.

Mit einem gezielten Stoß gegen seine Brust schaffe ich wieder etwas Abstand zwischen uns, bevor ich mich, so anmutig, wie möglich, nach meinem Handtuch bücke.

Er lässt mich keine Sekunde aus den Augen, beobachtet jede meiner Bewegungen genauestens. »Fuck!«, stöhnt er. »Sicher, dass du nicht unten bleiben willst?«

Den Blick stur auf sein Gesicht gerichtet, versuche ich die Erektion, die sich deutlich unter dem weißen Stoff abzeichnet, zu ignorieren. »Ich bin nicht irgendeine deiner Schlampen, die dir sabbernd hinterherlaufen wird. Merk dir das gefälligst, White.«

»Gerade lagst du noch feucht und willig in meinen Armen und jetzt möchtest du mir weismachen, dass du mich nicht willst?«, fragt er und kommt einen Schritt näher. »Wem willst du hier etwas vormachen, Baby?

Nervös weiche ich zurück, bis ich die harte Wand in meinem Rücken spüre. »Jeder leidet mal unter Geschmacksverirrung«, spotte ich. »Mein Hirn hat wohl für eine Weile ausgesetzt.«

Unerwartet stützt er sich mit den Händen neben meinem Kopf ab und kesselt mich mit seinem halbnackten Körper ein. »Du kannst es noch so oft abstreiten«, knurrt er. »Aber am Ende wirst du schreiend unter mir liegen und um mehr betteln.«

Er klingt arrogant und selbstsicher. Für ihn ist es nur eine Frage der Zeit, bis ich nachgebe.

»Fick dich, Blake«, knurre ich ebenfalls, schlüpfe eilig unter seinem Arm hindurch und lasse ihn einfach stehen.

BROOKE

Im Badezimmer angekommen, schließe ich schnell hinter mir ab und lasse den Kopf erschöpft gegen die kühle Tür sinken.

Ich kann es nicht fassen. Was ist nur in ihn, in *mich* gefahren? Warum habe ich nicht auf mein Gefühl gehört? Er ist nicht gut für mich, das habe ich selbst gesagt und dennoch habe ich mich wie eine rollige Katze an ihm gerieben!

Er hat sich an mich rangemacht, mir schmutzige Dinge ins Ohr geflüstert, die er wahrscheinlich jeder Frau sagt, die er ins Bett - auf den Fußboden, die Wand oder wherever - bekommen möchte. Und ich habe es auch noch zugelassen. Scheiße!

Dabei will ich bestimmt keine seiner nächsten Eroberungen werden, mit der er anschließend vor seinen Freunden prahlen kann. Für ihn bin ich nichts weiter als eine Herausforderung, die es zu erobern gilt. Ein aufregendes Spiel, das er gewinnen möchte. Meine Gefühle interessieren ihn nicht, *ich* interessiere ihn nicht, das hat er deutlich gemacht. Fuck, er will mich ja noch nicht einmal hier haben!

Wir hätten beide erwischt werden können. Shane oder Liam hätten jederzeit nach oben kommen und uns in unmissverständlicher Pose antreffen können. Nackt, ich war nackt! Doch die Konsequenzen waren mir in dem Moment mehr als nur egal. Meine Sinne waren einzig und allein auf den atemberaubenden Mann vor mir, der mich so besitzergreifend in seinen Armen gehalten und nur Augen für mich hatte, fokussiert.

Ich bin so unfassbar wütend auf ihn. Aber noch viel wütender bin ich auf mich selbst.

»Brooke?«, ruft Liam und reißt mich damit schlagartig aus meiner Fassungslosigkeit. »Alles okay da drin?«

»Ja. Ich hatte auf dem Weg ins Bad nur einen kleinen Unfall.« *Wenn er wüsste ...*

»Bist du verletzt?«, will er wissen. Als ich höre, wie besorgt er um mich ist, meldet sich umgehend mein schlechtes Gewissen bei mir.

Sorry Liam, aber ich kann dir nicht die Wahrheit sagen. Noch nicht.

»Nein, nein. Mir geht's gut. Wirklich. Mach dir um mich bitte keine Sorgen. Ich bin gestolpert und habe dabei meine ...« Verdammt! Meine Sachen liegen nach wie vor auf dem Fußboden im Gang verstreut. Als mein Gehirn endlich wieder eingesetzt hat, konnte ich gar nicht schnell genug von Blake wegkommen und habe das Chaos einfach liegengelassen. Wie soll ich ihm das nur erklären?

»Deine Sachen?«, beendet er meinen Satz und ich nicke ergeben, obwohl ich weiß, dass er mich nicht sehen kann.

»Tut mir leid«, sage ich zerknirscht. »Ich werde mich sofort darum kümmern.«

»Worum wirst du dich kümmern? Dein Zeug liegt fein säuberlich neben der Tür.«

Was? Aber wie ...?

»Oh«, lautet meine wenig einfallsreiche Antwort. »Richtig«, korrigiere ich mich. »Ich habe meine Unterwäsche im Zimmer liegengelassen und die Sachen vor der

Badezimmertür abgelegt. Auf dem Rückweg muss ich sie wohl vor der Tür vergessen haben.«

»Ach, ist das so?«, höre ich Liam auf der anderen Seite der Tür schmunzeln.

Echt jetzt, Brooke? Deine Unterwäsche? Was Besseres ist dir nicht eingefallen?

Ich räuspere mich verlegen. »Wird nicht wieder vorkommen.«

»Was? Dass du deine Reizwäsche vergisst?«, fragt er neckend.

»Nicht. Witzig.«, beschwere ich mich und unterdrücke das Lächeln, das sich auf meine Lippen schleichen möchte. Diese Situation ist so seltsam, dass ich nicht weiß, ob ich schreien, weinen oder lachen soll. »Außerdem ist das KEINE Reizwäsche.«

»Soll ich mal einen Blick darauf werfen?«, bietet er selbstlos an.

Na klar!

»Danke, aber ich verzichte.«

»Spielverderberin«, murmelt er schmollend und klingt dabei irgendwie total süß.

»Wenn es dir nichts ausmacht, würde ich jetzt gerne duschen gehen.«

»Alleine?«

»Natürlich alleine.«

»Die Dusche ist groß genug für uns beide. Ich hätte Zeit und Lust ...«, sagt er vielsagend, woraufhin ich übertrieben die Augen verdrehe.

»Lass mich raten«, sage ich und tippe mir nachdenklich gegen's Kinn. »Du bietest an, mir den Rücken zu waschen?«

»Wenn du mich ganz nett darum bittest, helfe ich auch gerne bei anderen Körperstellen aus«, raunt er.

Bei seinen Worten breitet sich eine zarte Gänsehaut auf meinem gesamten Körper aus. »Ist das so?«.

Obwohl ich weiß, dass ich ihn wegschicken und unser kleines Spiel beenden sollte, kann ich es nicht. Dafür übt er einen zu großen Reiz auf mich aus.

Nur noch ein bisschen.

Uns trennt eine abgeschlossene Tür voneinander, was soll mir also großartig passieren? Außerdem könnte ich gerade etwas Ablenkung gebrauchen.

Ja, Liam ist verdammt heiß. Genau wie sein Bruder, den ich momentan übrigens zu vergessen versuche. Auf der anderen Seite kann er aber auch total süß und humorvoll sein. Das Arschlochgen ist ihm offenbar erspart geblieben.

»Schließ deine Augen und stell dir vor, ich wäre jetzt bei dir, Brooke. Nur wir beide. Nackt unter der Dusche. Mein Körper hinter deinem. Meine Hände, die das Duschgel mit sanften, kreisenden Bewegungen in deine weiche Haut einmassieren. Angefangen bei deinem Nacken, den ich spielerisch mit den Zähnen necke, weiter zu deinen Schultern, die ich zärtlich mit meinen Lippen streife. Mit den Fingerspitzen gleite ich über jeden einzelnen Wirbel, berühre die nasse, warme Haut und entlocke dir sehnsuchtsvolle Seufzer. Dein kleiner, wohlgeformter Arsch in meinen Händen, der nach mehr verlangt und mich beinahe um den Verstand bringt. Mein Sch-«

»Stopp!«, unterbreche ich ihn keuchend. »Ich würde jetzt gerne duschen gehen.« *Kalt*, füge ich in Gedanken hinzu.

»Mein Angebot steht«, sagt er mit rauer Stimme und überlässt mir die Entscheidung.

Eine Entscheidung, die eigentlich keine ist. Es gibt nur eine richtige Antwort, das weiß ich und doch zögere ich.

Ja, Liam und Blake sind für mich die personifizierte Verlockung schlechthin. Ich bin noch nicht mal einen Tag hier und die beiden haben meine Gefühlswelt bereits völlig auf den Kopf gestellt.

»Wir sehen uns dann später.« Meine Stimme ist so leise, dass ich nicht sicher bin, ob er mich überhaupt gehört hat.

Bitte geh einfach, flehe ich innerlich und schließe die Augen.

Ich brauche Zeit. Zeit, um das Chaos in meinem Kopf zu ordnen. Da sind so viele Fragen, auf die ich keine Antwort weiß.

Was ist der Grund für Blakes Veränderung? Warum will er mich nicht hier haben? Was habe ich ihm getan? Wieso behandelt er mich in der einen Sekunde wie irgendeine Fremde, die er nicht ausstehen kann, nur um mich im nächsten Augenblick besitzergreifend an seinen Körper zu pressen?

Warum verhält sich Liam mir gegenüber so anders? Woher rührt sein plötzliches Interesse an mir? Meint er es ernst oder will er mich nur testen?

Und wieso zur Hölle werde ich das Gefühl nicht los, dass es sich die beiden zur Aufgabe gemacht haben, mich in ihr Bett zu locken?

Ein Wettbewerb, der zeigen soll, wer besser ist? Ein Spiel, das beide um jeden Preis gewinnen möchten? Oder lediglich ein netter Zeitvertreib?

Gott, das ist alles so unglaublich verwirrend!

»Lauf bitte nicht weg, Brooke«, antwortet er ebenso leise. »Wir haben alle Zeit der Welt. Ich werde dich zu nichts drängen, okay?«

Wieso um alles in der Welt verhält er sich so rücksichtsvoll? Egal, wie ich es drehe und wende, ich werde aus ihm einfach nicht schlau.

»Okay«, gebe ich mich geschlagen.

»Gut.« Er klingt zufrieden. Ob das ein gutes Zeichen ist? »Wir sehen uns dann in einer halben Stunde in deinem Zimmer.«

»Was?«, hake ich verwirrt nach und warte auf seine Antwort, die allerdings ausbleibt.

Als er weg ist, schließe ich die Tür auf und trete langsam nach draußen.

Tatsächlich. Meine Sachen liegen fein säuberlich neben der Tür, genau wie er gesagt hat. Ich fass es nicht.

Wenig später stehe ich endlich unter der Dusche. Ich muss dringend den Kopf freibekommen, bevor ich durchdrehe.

Kopfschüttelnd lasse ich die heutigen Ereignisse Revue passieren, während das heiße Wasser auf meinen nackten Körper prasselt.

Ich habe gehofft, hier Antworten auf meine Fragen zu finden, doch stattdessen sind da jetzt nur noch weitere Fragezeichen.

Nichts ist so, wie es früher einmal war. Gelegentlich fühlt es sich so an, als würde ich die wichtigsten Menschen in meinem Leben nicht mehr kennen; als wären sie mir plötzlich fremd. Und dann gibt es wieder Momente, in denen es sich anfühlt, als wären sie niemals weg gewesen.

Mein Leben ist schon kompliziert genug und wird nur noch chaotischer werden, das weiß ich. Und doch habe ich die Entscheidung, die ich getroffen habe, für keine einzige Sekunde bereut. Ganz egal, welche Herausforderungen das Schicksal für mich bereithält, ich werde nicht aufgeben. Dafür bin ich zu weit gekommen.

Das heiße Wasser spült für einen Augenblick alle

meine Ängste und die Unsicherheit, die mich wie ein Schatten begleitet, weg. Nur eine Frage spiele ich in Gedanken immer und immer wieder ab.

Warum hast du das getan, Blake?

BROOKE

Als ich vom Duschen wiederkomme, wartet Liam bereits vor meiner Zimmertür. Meine Haare sind zwar nach wie vor feucht, aber immerhin habe ich was an und laufe ihm nicht halbnackt in die Arme. Der Vorfall mit Blake war mir eine Lehre und wird mir wohl oder übel im Gedächtnis bleiben.

»Hi«, begrüße ich ihn, da er keine Anstalten macht, etwas zu sagen. »Möchtest du reinkommen?«, frage ich und presse meine Sachen enger an mich. Die Atmosphäre zwischen uns ist seltsam aufgeladen.

»Hi«, antwortet er lächelnd und taxiert meine Aufmachung mit seinem Blick, was mir irgendwie unangenehm ist.

Ich sehe prüfend an mir herab und stelle erleichtert fest, dass noch alles an seinem Platz ist. Auf ein erneutes Desaster kann ich nämlich gut und gerne verzichten. Mein Pensum an Peinlichkeiten ist für heute definitiv erreicht.

»Gerne. Nach dir«, antwortet er, als er damit fertig ist, mich anzustarren.

Nervös gehe ich an ihm vorbei ins Zimmer, den Blick stur geradeaus gerichtet.

»Was wolltest du denn mit mir besprechen?«, will ich wissen und warte gespannt auf seine Antwort. In der Zwischenzeit verstaue ich mein Zeug, bevor das Chaos noch überhandnimmt.

Ich höre, wie er die Tür leise hinter uns schließt und spüre, wie ich zunehmend unruhiger werde.

Warum stelle ich mich so an? Er möchte nur mit mir reden und mir nicht an die Wäsche gehen.

»Ich habe mir Gedanken gemacht«, beginnt er ruhig und lenkt damit meine Aufmerksamkeit auf sich.

Gedanken? Worüber?

Da dieses ›ich meide seinen Blick, weil mich seine Nähe nervös macht‹-Ding lächerlich ist, setze ich mich aufs Bett und sehe ihn neugierig an.

Er macht keine Anstalten, sich zu mir zu gesellen. Stattdessen lehnt er lässig mit dem Rücken an der Wand, die Arme vor der Brust verschränkt und den Blick auf mich gerichtet.

Ich rutsche unruhig auf meinem Platz umher und hoffe, dass er es nicht bemerkt. »Über?«, hake ich nach.

»Darüber, dass du heute nicht alleine Zuhause rumsitzen solltest.«

»Okay«, sage ich langgezogen und versuche, aus seinen Worten schlau zu werden, was mir jedoch nicht gelingt. Wieso sprechen hier immer alle in Rätseln?

»Was sollte ich denn deiner Meinung nach tun?«

»Ab Montag bist du ein waschechtes College Girl und das muss unbedingt gefeiert werden«, erwidert er mit einem geheimnisvollen Lächeln, ehe er sich locker von der Wand abstößt und mit selbstsicheren Schritten auf mich zukommt.

Seine Bewegungen sind geschmeidig und sicher. Alles an ihm ist sexy. Männer wie er gehören so was von verboten!

Noch bevor ich etwas sagen kann, lässt er sich anmutig vor mir auf die Knie sinken und legt seine großen

Hände besitzergreifend auf meine Oberschenkel. Mit beiden Daumen zieht er kleine Kreise, streichelt sanft über die entblößte Haut. Dort, wo mich seine Finger berühren, breitet sich eine zarte Gänsehaut aus.

Wie hypnotisiert verfolge ich jede seiner Bewegungen, unfähig, auch nur für eine einzige Sekunde den Blick von ihm zu lösen.

»Was tust du da?«, hauche ich, die Hände hilfesuchend in den Stoff meiner Bettdecke krallend.

»Dich beruhigen«, antwortet er schlicht, den Blick seiner wunderschönen bernsteinfarbenen Augen weiterhin nur auf mich gerichtet.

»Mich beruhigen?«, hake ich verwirrt nach.

»Ich mache dich nervös«, stellt er das Offensichtliche fest, was mir etwas peinlich ist. Dass ich so leicht zu durchschauen bin, sagt mir ganz und gar nicht zu.

»Das tust du«, gebe ich widerwillig zu.

»Und das gefällt mir«, gesteht er. Sein Geständnis lässt meinen Puls in die Höhe schnellen. »Kannst du mich deshalb weniger gut leiden?«

»Nein«, sage ich ehrlich. Ich mag ihn. Sehr sogar. Wahrscheinlich mehr, als ich sollte.

Meine Antwort scheint ihn zufriedenzustellen, denn er schenkt mir ein strahlendes Lächeln.

»Ich bin gerne in deiner Nähe, Brooke«, sagt er und streift mit den Fingerknöcheln meine Wange. Diese unschuldige Berührung in Kombination mit seinen Worten reicht aus, um mich erneut völlig aus dem Konzept zu bringen.

»Vertraust du mir?«, will er wissen.

Ob ich ihm vertraue? Ein Teil von mir möchte am liebsten sofort mit ›Ja‹ antworten. Doch der andere, der rationale Teil erinnert mich daran, dass ich den Mann, der zu diesem Zeitpunkt vor mir kniet, eigentlich überhaupt nicht kenne. Da ich mir nicht sicher bin, welcher Teil überwiegt, entscheide ich mich dazu, ehrlich zu sein.

»Ich weiß es nicht.«

»Leg dein Vertrauen für heute Nacht in meine Hände«, bittet er sanft. »Nur dieses eine Mal.«

»Was hast du vor?«, frage ich, unentschlossen, ob ich mich wirklich darauf einlassen soll.

»Wir gehen aus. Feiern den Start in dein neues Leben. Keine Verpflichtungen, keine Sorgen, nur du und ich.«

Mir juckt es in den Fingern, denn sein Vorschlag hört sich mehr als nur verlockend an. Verlockend und gefährlich.

Gefährlich deshalb, weil wir hier von Liam reden und ich mir sicher bin, dass er keine halben Sachen macht. Doch genau das ist es, was mich so reizt.

Was habe ich zu verlieren? Es ist an der Zeit, aus dem goldenen Käfig, in dem ich nun schon viel zu lange gefangen bin, auszubrechen. Vorwürfe kann ich mir später immer noch machen.

»Bin dabei«, sage ich schnell, bevor ich es mir anders überlege.

»Du wirst es nicht bereuen, das verspreche ich dir.« In seiner Stimme schwingt Überzeugung mit. Er ist sich seiner Sache sicher.

Hoffentlich behält er recht.

»Wir treffen uns dann in einer Viertelstunde unten«, raunt er und steht auf. Nun ist er es, der auf mich herabsieht und mir mit einem Blick das Gefühl gibt, zierlich und weiblich zu sein.

Das plötzliche lautstarke Knurren meines Magens zerstört jäh die aufgeladene Stimmung.

»Keine Sorge, du wirst nicht verhungern«, erwidert er

belustigt, woraufhin ich ihn wütend anfunkle.

»Ich verdaue mich jeden Moment selbst. Meine Lage ist todernst«, motze ich wenig begeistert. Mein Hungergefühl ist mit einem Schlag wieder aufgetaucht und löst in mir eine Welle der Übelkeit aus.

»In der Küche liegt Obst. Das sollte deinen Magen vorläufig besänftigen. Und später lade ich dich zu einem ausgiebigen Essen ein. Abgemacht?«

»Abgemacht«, gebe ich nach und ignoriere das verräterische Zucken seiner Mundwinkel.

»Ach und Brooke?«

»Ja?«

»Wenn deine Haare bis dahin nicht trocken sind, werde ich mich persönlich darum kümmern.«

Ich schnappe hörbar nach Luft, als er grinsend aus dem Zimmer spaziert und mich einfach stehen lässt.

Auf was habe ich mich da nur eingelassen?

BROOKE

Nachdem ich mir in rekordverdächtiger Zeit die Haare geföhnt und anschließend zu einem französischen Zopf geflochten habe, eile ich zurück ins Zimmer, um mir etwas Passendes zum Anziehen auszusuchen.

Ich entscheide mich für eine hautenge kurze Jeans, eine schwarze schulterfreie Bluse mit dünnen Spaghettiträgern, die an den Seiten leicht ausgeschnitten ist und ebenfalls schwarze Riemchensandaletten. Bis auf ein wenig Wimperntusche, die meine dunklen Augen betont, lasse ich mein Gesicht ungeschminkt.

Ich werde nie verstehen können, wie man seine Haut freiwillig mit Make-up zukleistern kann. Solche Frauen verstecken ihre Unsicherheit hinter einer Maske, die ihnen das Gefühl gibt, begehrenswert zu sein.

Das Wichtigste ist, dass man sich in seinem Körper wohlfühlt, zu sich selbst steht und nicht auf das hört, was andere einem ständig einzureden versuchen.

Ein Blick auf die Uhr verrät mir, dass ich gut in der Zeit liege. Bevor ich mich auf den Weg nach unten mache, schnappe ich mir im Vorbeigehen meine kleine schwarze Umhängetasche und bleibe vor dem großen Spiegel stehen, um mich ein letztes Mal zu begutachten.

Meine Frisur sieht etwas unordentlich aus, was ich wohl oder übel dabei belassen muss, weil mir schlichtweg die Zeit fehlt, einen neuen Zopf zu flechten.

Was soll's, denke ich und zucke mit den Schultern. Dieser ›Messy-Look‹ soll doch sogar angesagt sein.

Mein Outfit hingegen gefällt mir. Es ist süß, wirkt ein wenig verspielt und ist somit genau mein Ding. Nicht unbedingt der Kracher für einen Clubbesuch, aber ich fühle mich darin wohl und das ist die Hauptsache.

Meine Finger wandern automatisch zu der Halskette um meinen Hals. Blake hat sie mir vor vielen Jahren geschenkt und ich habe es einfach nicht übers Herz gebracht, sie wegzuwerfen. Nicht einmal jetzt, wo er sich mir gegenüber so distanziert und herablassend verhält.

Ich muss klare Grenzen setzen, die mich davor schützen, ernsthaft verletzt zu werden.

Unten angekommen gehe ich schnurstracks in die Küche und schnappe mir einen der saftig aussehenden Äpfel. Mein Limit ist eindeutig erreicht und falls ich nicht bald etwas Richtiges zwischen die Zähne bekomme, kann ich für nichts mehr garantieren.

Im Moment würde ich einfach alles essen. Na gut, fast alles. Diese ekligen, schleimigen Dinger, die andere Pilze nennen, würde ich vermutlich noch nicht einmal anrühren, wenn mein Leben davon abhinge.

Während ich mich über den Apfel hermache, überlege ich, wo Shane eigentlich abgeblieben ist. Das letzte Mal habe ich ihn heute Nachmittag gesehen.

Mein schlechtes Gewissen meldet sich prompt bei mir und hinterlässt einen faden Beigeschmack. Er hat sich so viel Mühe gegeben und was mache ich? Verschlafe den halben Tag in meinem Zimmer und laufe von einem Fettnäpfchen in das nächste.

Wie ich ihn kenne, wird er mir das noch nicht einmal übelnehmen. Der Mann ist einfach zu gut für diese Welt.

Da Liam jeden Augenblick auftauchen wird, positioniere ich mich an unserem vereinbarten Treffpunkt und warte auf ihn.

Er hat nicht verraten, wohin er mich ausführen wird, was mich ehrlich gesagt ein wenig nervös macht.

Klar war ich schon ein paar mal in einem Club, heimlich natürlich - meine Mutter würde ausflippen, wenn sie davon Wind bekommen würde -, aber das ist eben nicht dasselbe. Hier in Kalifornien - hunderte Kilometer von Zuhause entfernt - fühlt es sich zum ersten Mal seit langem wieder richtig an und an diesem Gefühl möchte ich unbedingt festhalten.

»Wartest du schon lange?«, dringt eine mir nur allzu gut bekannte Stimme an mein Ohr. Ich war so tief in Gedanken versunken, dass ich ihn gar nicht bemerkt habe.

»Nein«, sage ich lächelnd und versuche meinen Puls, der in seiner Nähe jedes Mal schneller zu werden scheint, zu beruhigen.

»Du siehst umwerfend aus«, sagt Liam mit einem charmanten Lächeln und sieht mich eindringlich an.

»Danke. Du siehst aber auch nicht übel aus«, erwidere ich mit einem Augenzwinkern, was er mit einem Grinsen quittiert.

Nicht übel? Das ist wohl die Untertreibung des Jahrhunderts!

Seine dunklen Haare haben nach wie vor diesen sexy ›Out-of-Bed-Look‹, der ihm eine natürliche Coolness verleiht. Das weiße Hemd hat er gegen ein enges dunkelblaues Shirt getauscht, das sich wie eine zweite Haut an seinen Oberkörper schmiegt und seine Muskeln betont. Seine langen Beine stecken in einer hellen ausgewaschenen Jeans; nur die abgetragenen Converse sind geblieben.

»Was macht er denn hier?«, frage ich mit einem missmutigen Blick in Blakes Richtung, der mich nur unbeeindruckt ansieht.

»Er begleitet uns«, antwortet er, als wäre es das Normalste auf der Welt.

»Was ist aus dem ›nur du und ich‹ geworden?«, hake ich skeptisch nach und ignoriere die inzwischen neugierigen Blicke einer gewissen Person.

»Hey«, sagt er sanft. »Sieh mich an.« Seine Stimme klingt so weich und flehentlich, dass ich gar nicht anders kann, als seiner Bitte nachzukommen. »An meinem Versprechen hat sich nichts geändert. Der Abend gehört uns. Blake hat den gleichen Weg wie wir und hat lediglich angeboten, uns mitzunehmen.«

Angeboten? Er? Soll das ein Witz sein? Wieso sollte er so was machen?

Erst wirft er mir an den Kopf, dass ich der letzte Mensch bin, den er sehen will, nur um mich dann durch die Gegend zu kutschieren? An der Sache ist was faul, ich muss nur noch herausfinden, was.

»Bild dir bloß nichts darauf ein«, sagt Blake. Die Verachtung in seiner Stimme ist nicht zu überhören. »Ich mache das für ihn und nicht für dich.«

Ach ja? Und warum siehst du mich dann an, als würdest du mich am liebsten gegen die nächstbeste Wand drücken und mir die Klamotten vom Leib reißen wollen?

Seine Augen sprühen nur so vor Wut, aber auch vor Verwirrung und vor allem vor Verlangen, das er mühsam zu unterdrücken versucht.

»Du hast schlechte Laune? Okay, kommt vor. Soweit ich sehe, hast du drei Möglichkeiten: Du kannst Zuhause bleiben, dich zurücklehnen und das tun, was du immer tust, wenn du mal wieder angepisst bist. Du kannst den

Mund halten, mit uns mitkommen und einfach nur den Abend genießen. Oder du lässt dir ein paar Eier wachsen, benimmst dich endlich wie ein erwachsener Mann und sagst mir ins Gesicht, was dein gottverdammtes Problem ist. Aber hör gefälligst auf, dich wie ein pubertärer Teenager zu verhalten, der seinen Frust an anderen ablässt.«

Ich weiß nicht, was für ein mieses Spiel er spielt, doch der ständige Wechsel seiner Launen geht mir gehörig auf die Nerven.

Wieso kann er sich nicht einfach für eine entscheiden?

Entweder er benimmt sich mir gegenüber wie das letzte Arschloch oder er gibt mir zu verstehen, dass er mich und meinen Körper will. Wer soll denn da bitte noch durchblicken?

Statt mit mir über den Grund seiner plötzlichen Feindseligkeit zu reden, hüllt er sich in Ignoranz und Schweigen und straft mich mit Verachtung. Ich habe das Gefühl, dass wir uns weiter voneinander entfernt haben, als ich es je für möglich gehalten hätte.

»Wars das?«, fragt er gleichgültig und sieht mich finster an; die Hände lässig in den Taschen seiner schwarzen Jeans vergraben, den sinnlichen Mund zu einem dünnen Strich verzogen.

Echt jetzt? Mehr hat er nicht zu sagen? Er möchte also weiter machen, wie bisher und hält es nicht für nötig, mir zumindest eine halbwegs zufriedenstellende Antwort zu liefern?

Seine ganze Erscheinung strotzt nur so vor Selbstbewusstsein und Arroganz. Er weiß genau, wie er auf Frauen, auf *mich* wirkt und das pisst mich gewaltig an. Was würde ich nicht dafür geben, ihm etwas von seiner Überheblichkeit aus dem attraktiven Gesicht wischen zu können!

Ich will, dass es mir egal ist, dass er mir egal ist, doch das ist es nicht. Alles in mir brüllt danach, ihm aus dem Weg zu gehen, das, was wir hatten, ein für alle Mal aus meinem Herzen zu verbannen und mich nicht auf sein Spiel einzulassen. Warum kann ich es dann nicht?

»Wie lange willst du noch so weitermachen?«, frage ich schnippisch und sehe mit vor der Brust verschränkten Armen zu ihm auf.

Er erwidert meinen Blick. Herausfordernd und irgendwie ... kalt. »Keine Ahnung, wovon du redest.«

Lügner.

Er weiß genau, was ich meine.

Meine Augen verengen sich. »Wen willst du hier eigentlich verarschen, White?«

Liam mischt sich nicht ein, was gut ist. Das Letzte, was ich im Moment gebrauchen kann, ist ein Alphamännchen, das sich vor mich stellt und meint, mich verteidigen zu müssen. Ich bin keins dieser grauen Mäuschen, das sich nicht wehren kann und sich von den großen bösen Jungs herumschubsen lässt.

Die Sache mit meiner Mutter ist da etwas völlig anderes. Hier habe ich meinen Mund absichtlich gehalten.

Ein kleines Lächeln umspielt seine Lippen. »Glaubst du wirklich«, beginnt er ruhig und schlendert mit geschmeidigen Schritten auf mich zu, »ich würde meine Zeit mit so jemandem wie dir verschwenden?«

Er steht nun dicht vor mir, so nah, dass ich den Kopf leicht in den Nacken legen muss, um ihm in die Augen sehen zu können. Sein heißer Atem streift über die empfindliche Haut in meinem Gesicht. Er riecht nach einer Mischung aus frischer Minze und Zigaretten.

Ich bin mir seiner Nähe und der Tatsache, dass sein Körper nur wenige Zentimeter von meinem entfernt ist, nur allzu deutlich bewusst. Alles, einfach alles an ihm ist so verflucht widersprüchlich!

Aber das wirklich Verwirrende ist, dass ich mir nicht einmal sicher bin, ob ich ihn von mir stoßen oder mich an ihn lehnen will.

Ich stelle mich auf die Zehenspitzen, eine Hand gegen seine breite Brust gelehnt. »Warum tust du es dann?«, flüstere ich ihm so leise ins Ohr, dass nur er es hören kann.

Unter meinen Fingern spüre ich seinen kräftigen Herzschlag, der nun deutlich schneller schlägt.

Bevor ich etwas Dummes tun kann, lasse ich mich wieder zurück auf die Füße sinken und unterbreche dadurch unseren Körperkontakt.

Hört es sich völlig bescheuert an, wenn ich sage, dass ich seine Wärme vermisse?

Ja. Vermutlich schon. Aber es ist leider die Wahrheit.

Ich vermisse ihn. Ihn und unsere gemeinsame Zeit. Seine Nähe und dieses ganz spezielle Lächeln, das er nur mir geschenkt hat. Die stundenlangen Gespräche oder die Momente, in denen wir stumm nebeneinandergelegen und die vorbeiziehenden Wolken beobachtet haben. Er hatte ein Talent dafür, mir immer dann ein Lächeln zu entlocken, wenn mir eigentlich zum Heulen zumute war.

Während mein Verstand bereits akzeptiert hat, dass es zwischen uns nie wieder so werden kann, wie es einmal war, ist mein Herz der Meinung, dass es doch noch Hoffnung gibt. Ein Teil von mir kann den Gedanken, dass es das gewesen sein soll, einfach nicht ertragen und genau dieser Teil klammert sich an die Vorstellung, dass alles gut wird.

Mir ist klar, dass mein Wunsch naiv und in gewisser Hinsicht vielleicht sogar selbstsüchtig ist.

Selbstsüchtig deshalb, weil ich weiß, dass er glücklicher wäre, wenn ich mich nicht zurück in sein Leben gedrängt hätte.

In meinem Kopf sollte kein Platz für solche Dinge sein. Ich sollte mich voll und ganz auf mein Studium konzentrieren, alles andere ist im Moment unwichtig. Und doch kann ich nichts dagegen unternehmen.

Fuck. Ich bin so was von am Arsch.

Ehe ich an ihm vorbei zur Tür gehen kann, schlingt er seine Finger bestimmend um meinen Oberarm. »So leicht kommst du mir nicht davon.« Sein Blick ist einschüchternd und wirkt irgendwie gefährlich. Alles an ihm strahlt pure Dominanz aus.

Seine Körperhaltung; selbstsicher und arrogant.

Die Art, wie er mich ansieht; dunkel und besitzergreifend.

Nein. Das werde ich nicht und das weiß ich auch. Sein Spiel hat gerade erst begonnen und der Einsatz, um den wir spielen, ist mein Herz ...

BROOKE

Die Stimmung im Auto ist angespannt. Scheiße. Angespannt ist noch nett ausgedrückt. Die Luft knistert nur so vor unterdrückter Wut und sexueller Spannung. Ein explosiver Cocktail, der es in sich hat. Und ich bin mittendrin.

Der Abend kann doch nur besser werden, oder?

Nachdem Blake deutlich gemacht hat, dass die Sache für ihn noch lange nicht erledigt ist, bin ich, so würdevoll wie möglich und mit in die Höhe gerecktem Kinn, an ihm vorbei nach draußen stolziert. Liam und Blake sind mir wortlos gefolgt und ins Auto gestiegen. Für meinen Geschmack war das etwas zu einfach. Vielleicht bin ich aber auch zu misstrauisch.

Unruhig rutsche ich auf der mit Leder überzogenen Rückbank hin und her, unschlüssig darüber, ob es das Richtige war, mitzukommen. Total bescheuert, ich weiß.

Während er mit den Gedanken wahrscheinlich schon bei der nächstbesten Tussi ist, sitze ich hier und analysiere die Situation zu Tode. Dabei sollte das heute mein Abend werden. Aber hey, mit ihm an meiner Seite wird sicher nichts schiefgehen!

Den Blick nachdenklich aus dem Fenster gerichtet, versuche ich, das heillose Durcheinander in meinem Kopf irgendwie in den Griff zu kriegen. Vergeblich.

Warum ist nur alles so verdammt kompliziert? Warum

kann ich nicht einfach loslassen? Wenigstens für ein paar Stunden.

Da mir die vorbeiziehende Stadt nicht genügend Zerstreuung bietet, konzentriere ich mich auf den Verkehr, das hat als Kind auch immer funktioniert.

»Wie lange müssen wir denn in etwa fahren?«, frage ich Liam und durchbreche damit die unheimliche Stille, die hier drinnen herrscht, seit wir losgefahren sind.

»Ungefähr zehn Minuten«, antwortet er mit einem Blick nach hinten. »Meinst du, du hältst es aus, bis dahin keinen Hungertod zu sterben?«, fügt er lachend hinzu.

»Ich werde mir Mühe geben«, erwidere ich amüsiert.

Mit seiner unbeschwerten Art schafft er es jedes Mal, die Stimmung aufzulockern, wofür ich ihm unendlich dankbar bin.

Aus einem Impuls heraus werfe ich einen kurzen Blick in den Rückspiegel, was sich als fataler Fehler herausstellt.

Dunkle mitternachtsblaue Augen starren mich so finster an, dass ich kein Wort über die Lippen bringe und erschrocken aufkeuche. Die schwarzen Brauen sind zu einer abweisenden Linie zusammengezogen. Anklagend und irgendwie verletzt.

Er ist sauer? Auf *mich*? Was habe ich ihm denn nun wieder getan? Und warum zur Hölle meldet sich fast zeitgleich mein schlechtes Gewissen bei mir?

Okay. Das, was jetzt kommt, ist nicht nur total abwegig, sondern auch selten dämlich, aber kann es wirklich sein, dass er angepisst ist, weil ich mich so gut mit seinem Bruder verstehe?

Das ist die einzige logische Erklärung, die mir im Augenblick einfällt und die zu seinem distanzierten Verhalten passen würde.

Oder … er hat einfach nur schlechte Laune und benutzt mich als Ventil für seine aufgestaute Wut.

Letzteres ist wohl wahrscheinlicher.

Er ist nicht eifersüchtig. Nein. Dass ich mich gut mit Liam verstehe, passt ihm lediglich nicht, weil er befürchtet, ich könnte mit seiner Familie anbandeln. Oder?

Die restliche Fahrt über lehne ich mich in meinem Sitz zurück, schließe die Augen und versuche, seine provokanten Blicke, die sich regelrecht in meine Haut brennen, zu ignorieren. Denn dass er mich ansieht, *weiß* ich.

Als wir zehn Minuten später endlich unser Ziel erreichen, seufze ich erleichtert auf. Die angespannte Stimmung war kaum auszuhalten.

Ich folge den beiden zum Eingang, an dem zwei gefährlich aussehende Türsteher in maßgeschneiderten Anzügen positioniert sind, die die endlos lange Schlange an Feierwütigen abarbeitet.

Dass das hier kein gewöhnlicher Club ist, erkenne ich auf Anhieb. Wer hier feiern geht, besitzt Geld. Jede Menge davon.

Wir stellen uns nicht, wie erwartet, hinten an, sondern steuern gezielt die beiden Türsteher an.

»Mr. White«, begrüßt ihn der Blonde mit einem freundlichen Lächeln und öffnet das rote Absperrband. Blake nickt ihm lediglich knapp zu und geht mit geschmeidigen, selbstsicheren Schritten an ihm vorbei in den Club. Ohne auf uns zu warten natürlich.

»Komm«, sagt Liam mit einem frechen Grinsen auf den Lippen, verschlingt unsere Finger wie selbstverständlich ineinander und zieht mich mit sich in die schummrig beleuchtete Location.

Scheiße. Der Abend wird entweder der totale Reinfall oder aber der beste, den ich jemals hatte.

Links von uns befindet sich die Bar, die bereits belagert wird. Junge Frauen, die sich gekonnt in Szene setzen und um Aufmerksamkeit buhlen und Männer, die ihnen nur zu gerne geben, was sie wollen. Die goldenen LEDs, die rundherum angebracht sind und rhythmisch aufleuchten, sind ein echter Blickfang.

Shape of You von *Ed Sheeran* - einer meiner absoluten Lieblingssongs - dringt aus den Boxen und nimmt mir etwas von der Anspannung, die die ganze Zeit wie irgendein widerliches Insekt an mir zu kleben scheint.

Liam führt mich zum Lounge-Bereich, der ein wenig abgelegener liegt und sucht uns einen Platz in der hinteren Ecke des Raumes.

»Willkommen im Diamond. Ich bin Misty und sorge dafür, dass es euch heute Abend an nichts fehlen wird«, begrüßt uns die rothaarige Bedienung. »Wisst ihr schon, was ihr trinken wollt?«

»Einen Sex on the Beach, bitte«, antworte ich nach einem knappen Blick auf die Karte und warte gespannt auf ihre Reaktion.

Liam meinte vorhin, dass dieser Club sehr *speziell* ist und nach eigenen Regeln spielt - was auch immer das heißen mag. Ich bin mir nicht einmal sicher, ob ich das überhaupt wissen möchte.

Ich weiß nur eins: Alkohol wird hier großzügig ausgeschenkt; um mein Alter muss ich mir demnach keine Sorgen machen. Das hoffe ich zumindest.

Daran, wie meine Mutter auf die Sache reagieren würde, will ich gar nicht erst denken.

Na und wenn schon!, unterbricht mich meine innere Stimme gereizt.

Sie hat recht. All die Jahre habe ich mich ihrem Willen gebeugt. Und warum das alles? Weil ich glaube, dass ich der Grund bin, weshalb uns mein Vater damals verlassen hat und deshalb ein schlechtes Gewissen habe? Weil es so leichter für mich war?

Bullshit!

Nichts war leichter. Gar nichts. Mein ganzes Leben ist auf einer einzigen beschissenen Lüge aufgebaut, die ich mir selbst eingeredet habe und das nur, weil meine Mutter zu feige ist, mir den wahren Grund zu nennen!

Das Einzige, was ich ihr zu verdanken habe, ist ihr Geld. Nicht ihre Liebe zu mir oder meine tolle Kindheit. Nein. Denn das wäre gelogen.

Ich weiß ja noch nicht mal, ob sie mir gegenüber überhaupt so etwas wie Liebe empfindet. Falls ja, dann hat sie eine ziemlich lausige Art, es mir zu zeigen.

Allein der Gedanke daran, dass mein Traum von ihren unberechenbaren Launen abhängig ist, lässt Übelkeit in mir hochsteigen. Genau aus diesem Grund darf ich mir keinen Patzer erlauben. Denn daran, dass sie ihre Drohung wahr machen wird, hege ich nicht den leisesten Zweifel.

Eines Tages werde ich ihr jeden einzelnen Dollar zurückzahlen. Die Schuld begleichen und mein eigenes Leben führen. Fernab von ihren Intrigen und ihrem Hass. Und wenn es das Letzte ist, was ich tue.

»Und was darf es für dich sein?«, fragt sie ihn mit rauchiger Stimme und blendet mich vollkommen aus.

Einerseits bin ich erleichtert, dass sie meine Bestellung so problemlos entgegengenommen hat, aber ihr offensichtliches Interesse an Liam irritiert und stört mich aus unerfindlichen Gründen.

»Irgendeine Empfehlung?«, will er wissen und setzt ein charmantes Lächeln auf.

Echt jetzt? Er flirtet mit ihr? Mein Augenrollen kann ich mir gerade noch verkneifen.

Ein zufriedenes Lächeln umspielt ihre Lippen. »Hmmm«, summt sie und tippt sich nachdenklich gegen die blutrot geschminkte Unterlippe. »Wie wäre es mit dem hier«, schlägt sie vor und zeigt mit dem Zeigefinger auf die Karte. Dabei beugt sie sich so weit nach vorne, dass sie Liam einen perfekten Einblick in ihre Bluse gewährt, woraufhin ich genervt schnaube. Es ist ja nicht so, dass der fast durchsichtige Stoff nicht ohnehin schon alles offenbart hätte.

»Gute Wahl«, raunt er und zwinkert ihr zu.

Vielleicht sollte ich sie alleine lassen, überlege ich ironisch. Die beiden scheinen sich ja blendend zu verstehen.

»Eure Getränke kommen sofort«, informiert sie uns gut gelaunt und verschwindet wieder. Bilde ich mir das nur ein oder wackelt sie absichtlich so mit ihrem Arsch?

Einsatz zeigt sie ja, das muss man ihr lassen.

»Soso«, sage ich mit einem vielsagenden Blick in seine Richtung. »Du bist also ein Gintrinker.«

»Deinem Gesichtsausdruck nach zu urteilen vermute ich, dass du etwas anderes erwartet hast«, stellt er amüsiert fest.

»Möglich«, erwidere ich achselzuckend und schlage die Karte erneut auf, um nach was Essbaren zu suchen.

»Versuchst du etwa, mir auszuweichen?«

»Nein, wieso?«, frage ich und sehe kurz auf. »Du siehst nur einfach nicht wie jemand aus, der in seiner Freizeit Gin trinkt, das ist alles.«

Er lehnt sich in seinem Stuhl zurück und verschränkt lässig die Arme vor der breiten Brust. »Wie sehe ich denn dann aus?«

»Hmmm«, summe ich übertrieben und tippe mir gegen die Unterlippe, um unsere flirtwillige Bedienung nachzuäffen. »Wie jemand, der gerne Rum trinkt? Bist du nicht ohnehin zu jung, um Alkohol zu trinken?«

»Hmm«, brummt er ebenfalls und fixiert mich nachdenklich. »Kann es sein, dass du eifersüchtig bist?«, will er wissen und lehnt sich nun so weit über den Tisch, dass seine Fingerspitzen beinahe meine berühren.

Seinen durchdringenden Blick absichtlich meidend, konzentriere ich mich wieder auf die Karte. »Nein, wieso?«

Shit! Er muss meinen genervten Gesichtsausdruck gesehen haben, als Missy oder Mary oder wie auch immer das rothaarige Biest heißt, das ihre Hormone nicht im Griff hat, aufgetaucht und ihre spitzen Krallen in sein Fleisch geschlagen hat. Natürlich nur im übertragenen Sinn.

»Nur so ein Gefühl«, murmelt er geheimnisvoll, was nun doch meine Neugier weckt.

»Nun sag schon«, dränge ich und ignoriere für einen Moment meinen knurrenden Magen.

»Wenn Blicke töten könnten, würden wir jetzt vermutlich eine neue Kellnerin brauchen«, schmunzelt er, was meine Befürchtung bestätigt.

»Fein«, gebe ich mich widerwillig geschlagen. Leugnen ist sowieso zwecklos. »Vielleicht war ich ein *klitzekleines bisschen* eifersüchtig. Können wir uns jetzt bitte wieder auf das Wesentliche konzentrieren? Du hast mir ein Essen versprochen und zufälligerweise bin ich gerade am Verhungern.«

»Das reicht mir.« Er klingt zufrieden. »Vorläufig«, fügt er mit einem vielsagenden Lächeln hinzu und schnappt sich ebenfalls eine Karte.

Gerade als sich die Situation zwischen uns zu entspannen scheint, taucht Missy - für irgendeinen Namen muss ich mich ja entscheiden - mit unseren Getränken auf.

Während sie mir meinen Cocktail lieblos vor die Nase knallt und mich keines Blickes würdigt, serviert sie seinen Drink mit völliger Hingabe und extra tiefem Dekolleté. Auf dem Weg hierher muss sie wohl einen weiteren Knopf ihrer Nuttenbluse verloren haben. Knöpfe werden sowieso vollkommen überbewertet.

»Darf es sonst noch etwas sein?«, haucht sie verführerisch und senkt kokett die Lieder.

Da scheint es jemand aber ziemlich nötig zu haben, schießt es mir höhnisch durch den Kopf.

»Brooke?«, sagt er sanft und legt seine große warme Hand besitzergreifend auf meine. Meine Haut reagiert auf ihn, wird von einem prickelnden, nervösen Schauer überrollt, der in mir den Drang weckt, meine Augen für einen winzigen Augenblick zu schließen.

Missy starrt ungläubig auf unsere Hände, ehe sie sich leise räuspert und aufrichtet, um meine Bestellung aufzunehmen.

Richtig so, denke ich zufrieden und lächle.

»Ich hätte gerne den *Triple Thunderburger* mit extra viel Cheddar-Käse und dazu Pommes mit Mayo und Ketchup.«

Liams überraschten Gesichtsausdruck ignorierend, klappe ich die Karte in aller Seelenruhe zu und sehe sie unbeeindruckt an.

»Rare, medium oder well-done?«, fragt sie mich kleinlaut und meidet meinen Blick.

»Medium bitte«, antworte ich höflich und genieße ihren zerstreuten Anblick.

Normalerweise ist das nicht meine Art, aber das ist mir im Moment scheißegal.

»Und was darf es für dich sein?«, will sie wissen und sieht ihn verschüchtert an. Wenn ich es nicht mit eigenen Augen gesehen hätte, würde ich glatt denken, dass vor mir ein völlig anderer Mensch steht. Liams Geste hat ihrem Selbstbewusstsein wohl einen ganz schön fiesen Knacks verpasst.

»Für mich bitte das Rindersteak. Ebenfalls medium.«

»Vielen Dank für eure Bestellung«, murmelt Missy und eilt hastig davon. Fast so, als könnte sie es gar nicht erwarten, von hier zu verschwinden.

»Den *Triple Thunderburger* also?«, fragt er schmunzelnd.

»Ja«, antworte ich knapp. »Ich hab' Hunger und stehe eben auf Fleisch und fettiges Essen. Das ist mein Laster.«

»Gefällt mir«, erwidert er grinsend, wodurch eine Reihe perfekter weißer Zähne zum Vorschein kommt. »Ich halte nichts von diesen Magerpüppchen, die sich ausschließlich von ein paar Grashalmen ernähren und von Oberflächlichkeit verblendet sind. Ihr Anblick genügt, um ihnen am liebsten vor die dürren Füße kotzen zu wollen.«

»Dito«, stimme ich zu und erwidere sein ansteckendes Grinsen.

Die Stimmung zwischen uns ist ausgelassen und obwohl ich Spaß habe und seine Nähe genieße, will mir Blake und das, was er getan hat, einfach nicht aus dem Kopf gehen. Was stimmt nur nicht mit mir?

»Bin gleich wieder da.« Ich werfe ihm einen entschuldigenden Blick zu und schiebe mich schnell an ihm vorbei, bevor ich es mir doch noch anders überlege.

»Lass mich raten«, überlegt er kurz und sieht mich schelmisch an, »das ist jetzt so ein Frauending, oder?«

»Genau.« Die Lüge schlüpft mir erstaunlich leicht über die Lippen.

Was hätte ich ihm denn sonst sagen sollen? Etwa die Wahrheit? Tolle Idee, Brooke! Bei der Gelegenheit sag ich ihm dann gleich noch, dass ich ihn vorhin belogen habe, weil ich zu feige war, ihm von dem Vorfall mit Blake zu erzählen. Und wenn ich schon dabei bin, gestehe ich ihm am besten auch, dass ich auf seinen Bruder stehe und ihn einfach nicht mehr aus meinem Kopf bekomme. Das ist doch bescheuert!

Ich will die Sache nur schnell hinter mich bringen. Hingehen, mich bei ihm bedanken, einen blöden Spruch kassieren, wieder abziehen und endlich den Abend genießen. Klingt doch nach einem tollen Plan, oder?

Nur widerwillig schiebe ich mich durch die Menge, vorbei an den tanzenden Körpern, die sich rhythmisch zu den dröhnenden Beats, die aus den Boxen dringen, bewegen und alles um sich herum ausgeblendet haben.

Die Luft hier ist stickig. Der Geruch von Schweiß, Parfüm und Alkohol schlägt mir entgegen, benebelt meine Sinne und weckt in mir den Wunsch, von hier zu verschwinden. Bevor ich mich verliere und mich dem Sog der Musik hingebe.

Nackte, heiße Haut, die meine streift, Hände, die mich wie selbstverständlich berühren und mich zum Bleiben bewegen möchten. Körper, die sich eng an meinen drängen und diese unerträgliche Hitze, die droht, mir den restlichen Sauerstoff zu rauben. Und das alles nur für einen einzigen Mann.

Ein erleichtertes Seufzen löst sich aus meinem Mund,

als ich sehe, dass ich mein Ziel fast erreicht habe. Die VIP-Lounge, die sich in einem abgelegeneren Teil des Clubs befindet.

Noch bevor ich ihn überhaupt entdeckt habe, spüre ich seine Präsenz, was sich selbst in meinen Ohren total absurd anhört. Suchend lasse ich den Blick über die zahlreichen namenlosen Gesichter gleiten, bis ich auf ein dunkelblaues Augenpaar treffe, das mich intensiv anstarrt. Obwohl ich diejenige bin, die nach ihm gesucht hat, fühlt es sich für mich an, als hätte ich ihm schön brav in die Karten gespielt, genau so, wie er es von mir erwartet hat.

Statt zu ihm zu gehen und die Sache endlich hinter mich zu bringen, stehe ich wie angewurzelt da, unfähig, die Augen auch nur für eine einzige Sekunde von ihm zu lösen.

Der Blick seiner eisblauen Augen durchbohrt mich, sieht hinter die Fassade, die ich mühsam aufrechtzuerhalten versuche. Sein schöner Mund verzieht sich wieder zu diesem unwiderstehlichen Lächeln, das er immer dann zu zeigen scheint, wenn er zufrieden ist. Beinahe so, als wüsste er genau, was gerade in meinem Kopf vorgeht.

Die Beine leicht gespreizt, jeweils einen Arm auf die Lehne der teuren schwarzen Ledercouch gelegt, die oberen Knöpfe des schwarzen Hemdes geöffnet, die Ärmel lässig nach oben gekrempelt - so sitzt er da.

Arrogant.

Männlich.

Und unwahrscheinlich sexy.

Gott, ich hasse mich für meine dämlichen Hormone und ihn dafür, dass er so verdammt gut aussieht.

Für einen Moment vergesse ich, warum ich hier bin, und stelle mir vor, wie es wäre, auf seinem Schoß Platz zu nehmen. Die Beine weit gespreizt, die Hände um seinen Nacken geschlungen, während sich diese sündigen Lippen gegen meinen empfindlichen Hals pressen und die Bewegungen meiner Hüften nachahmen.

»Wer ist diese Person, Blake?«, reißt mich eine unglaublich nervtötende Stimme aus meinen Gedanken.

Ich unterdrücke krampfhaft den Drang, mir die Ohren zuzuhalten und löse den Blick von seinem attraktiven Gesicht, um nach der schrillen Quelle zu suchen, was nicht sonderlich schwer ist. Ihre babyblauen Augen scheinen Giftpfeile in meine Richtung zu schießen und die Art, wie sie ihre perfekt manikürte Hand auf seinen Oberschenkel legt, spricht Bände. Sie steht auf ihn und markiert ihr Territorium.

Wen glaubt sie, mit diesem lächerlichen Verhalten beeindrucken zu können?

Mit ihrer langen schwarzen Extensionmähne, den falschen Wimpern und Fingernägeln, den gemachten Brüsten, die ihr jeden Moment aus dem roten Nuttenkleid quellen werden und dem perfekt gespritzten Schmollmund sieht sie aus wie eine lebendige Barbiepuppe.

Das ist also der Typ Frau, auf den er steht. Interessant. Ich hätte ihm mehr Klasse zugetraut.

»Niemand«, lautet seine gelangweilte Antwort, woraufhin ich genervt mit den Augen rolle. Habe ich etwa was anderes erwartet?

»Warum steht sie dann da und glotzt dich an?«, fragt Barbie mit dieser grässlichen Stimme und sieht mich feindselig an.

Ja, warum eigentlich?

Ich sollte mich umdrehen, meinen Dank, der ihn ja sowieso nicht interessieren wird, herunterwürgen und den beiden ihre beschissene Zweisamkeit lassen. Wieso möchte ich dann alleine bei dem Gedanken daran, ihn mit dieser Puppe hier zurückzulassen, am liebsten kotzen?

»Warum fragst du sie nicht einfach selbst?«, sagt er an Barbie gewandt und sieht mich dabei abschätzend an.

Tolle Idee. Bei der Gelegenheit können wir dann gleich noch ein anregendes Gespräch führen und beste Freundinnen werden.

Was soll der Scheiß?

Er weiß, dass ich wegen ihm hier bin und dennoch schickt er dieses Püppchen vor, um ... Ja, was? Mich vorzuführen? Mir zu zeigen, dass er sie und nicht mich gewählt hat? Dass ihm mein Anliegen am Allerwertesten vorbeigeht?

»Also?« Sie hebt abwartend eine ihrer sorgsam gezupften Augenbrauen in die Höhe, was mich wohl irgendwie beeindrucken soll.

Denkt Blake ernsthaft, dass ich so einer wie *ihr* eine Antwort schuldig bin?

»Nichts also. Das ist eine Sache zwischen ihm und mir. Ich wüsste nicht, was dich mein Privatleben angeht.«

Ihm entgeht natürlich nicht, wie eisig meine Stimme klingt, als ich sie zurechtweise.

Barbie sieht fragend zu ihm auf und lehnt sich noch dichter an ihn, wodurch sich ihre falschen Brüste gegen seinen Oberarm pressen. »Blake?«

»Schon gut, Babe.«

Babe? Ist das sein Ernst?

»Was willst du, Brooke?«, möchte er wissen und legt eine Hand auf Barbies nackten Schenkel, die mir daraufhin einen triumphierenden Blick zuwirft.

Bitch!

»Kann ich dich kurz alleine sprechen?«, bitte ich beherrscht und versuche, das schwarze Gift zu ignorieren.

»Wenn du etwas zu sagen hast, dann sag es hier.«

»Bitte Blake«, setze ich nach und unterdrücke ein Schnauben.

Sag mal, geht's noch? Bin ich gerade echt dabei, ihn anzubetteln? Wenn er nicht mit mir reden will, kann er mir das auch einfach sagen, statt mich vor seiner Freundin zum Gespött zu machen.

»Also?« Seine Miene ist vollkommen ausdruckslos, sein Blick dunkel und eindringlich.

Die gleiche Frage, die mir Barbie gestellt hat, mit dem feinen Unterschied, dass ich bei ihm das bescheuerte Bedürfnis verspüre, auf der Stelle zu antworten.

Meine Augen heften sich auf seine Hand, dort, wo er mit dem Daumen sanft über ihre Haut streichelt. Ich beiße mir auf die Unterlippe und versuche nicht zu knurren.

Es sollte mich nicht stören, dass er eine andere Frau berührt, aber verdammt, es stört mich.

»Ich wollte mich nur für vorhin bei dir bedanken«, erkläre ich knapp und verschränke die Arme vor der Brust.

»Wofür?« Nun scheint auch Barbies Neugier geweckt worden zu sein.

Du weißt genau, wovon ich rede!, keift ihn meine innere Stimme wütend an.

Fast so, als hätte er sie gehört, schleicht sich just in diesem Augenblick ein wissendes Lächeln auf seine Lippen.

Er will also, dass ich die Worte ausspreche? Schön, das kann er haben.

»Dafür, dass du das Chaos im Flur beseitigt und mich vor unangenehmen Fragen bewahrt hast«, antworte ich mit fester Stimme und sehe ihn herausfordernd an.

»Stimmt das, Blake? Du hast dieser ... dieser Person

geholfen?«

»Diese *Person* hat einen Namen, Barbie«, knurre ich nun doch.

»Wie bitte?«, schnaubt sie empört.

»Du hast mich schon verstanden.«

Wird das restliche Gespräch etwa so ablaufen? Er fragt mich etwas, ich antworte und Barbie mischt sich dauernd ein?

Die Sache macht ihm Spaß, das weiß ich. Wie mich seine kleine Freundin mit ihren dämlichen Fragen nervt, während er unbeeindruckt und wie ein gottverdammter Prinz auf diesem Luxussofa sitzt und zusieht. Er will wissen, wie ich reagiere. Ob ich einen Fehler begehe und die Fassade fallenlasse. Das gehört zu seinem Spiel.

Er versucht, mir etwas vorzumachen. Er möchte mich mit seinen verletztenden Worten absichtlich auf Abstand halten, aber so leicht werde ich es ihm nicht machen. Früher oder später wird er mit mir reden *müssen* und bis es so weit ist, werde ich sein Spiel mitspielen.

Dass der Einsatz hoch und mein Plan mehr als riskant ist, ist mir bewusst. Bleibt nur zu hoffen, dass ich am Ende nicht diejenige bin, die verlieren wird.

»Ich denke, es ist an der Zeit, dass du gehst«, sagt er. Seine Stimme klingt so tief und rau, dass sie mir unweigerlich eine Gänsehaut über den Rücken jagt.

Ich schlucke. Er schickt Barbie wirklich weg? Um mit mir zu reden? Womöglich habe ich ihn doch falsch eingeschätzt.

»Du hast ihn gehört«, sage ich an sie gewandt und kann die Zufriedenheit, die in meiner Stimme mitschwingt, nicht unterdrücken. Wenn ich ehrlich bin, will ich das auch gar nicht. Sie soll ruhig wissen, wo ihr Platz ist. »Such dir einen Kerl, der sich auf dein billiges Niveau herablässt.«

Barbie reißt nach meiner Ansage die ohnehin schon großen Kulleraugen auf und sieht mich entgeistert an. Ein kurzer Blick nach links verrät mir, was ich wissen möchte. Das verräterische Zucken seiner Mundwinkel ist Antwort genug. Die Show, die wir ihm liefern, amüsiert ihn.

Für einen klitzekleinen Moment bereue ich meine Worte sogar, bis mir wieder einfällt, wie unglaublich daneben sie sich mir gegenüber verhalten hat.

Für gewöhnlich kann mich so schnell nichts aus der Ruhe bringen. Meine Mutter hat meine Strapazierfähigkeit tagtäglich auf eine harte Zerreißprobe gestellt, bis mir ihre spitzen Bemerkungen irgendwann nichts mehr ausgemacht haben. Bei Blake scheint meine so sorgsam aufgebaute Fassade allerdings permanent zu bröckeln.

Er geht mir unter die Haut, macht mich angreifbar und schwach. Dieses ständige Auf und Ab und das damit verbundene Gefühlschaos sind eine völlig neue Erfahrung für mich.

»Ich meine nicht sie, sondern dich«, erwidert er nüchtern, den Blick seiner eisblauen Augen auf mich gerichtet. Hart und unnachgiebig. Seine Miene wirkt vollkommen ausdruckslos, distanziert und kühl, während mein Herz für einige endlose Sekunden stillzustehen scheint.

Nur ein einziger Satz aus seinem sündigen Mund reicht aus, um mir jeglichen Sauerstoff aus der Lunge zu pressen und mich taumelnd und fassungslos zurückzulassen.

Er will mich aus der Reserve locken, aber den Gefallen werde ich ihm nicht tun.

Nein. Ich werde keine Szene machen, auch, wenn alles in mir danach schreit, ihm eine schallende Ohrfeige zu verpassen und ihm zu zeigen, wohin er sich seine beschissene Arroganz schieben kann.

Das hämische Grinsen von Barbie ignorierend, straffe ich die Schultern und halte seinem Blick eisern stand. »Warst du es, der mir geholfen hat oder nicht?«, frage ich mit zusammengebissenen Zähnen und versuche die heftige Wut, die in mir brodelt, unter Verschluss zu halten.

Er antwortet nicht, lediglich seine Züge scheinen für einen Moment weicher zu werden, womit er mir einen kleinen Einblick hinter die knallharte Fassade gewährt.

Ich nicke und schließe für ein paar Sekunden die Augen, ehe ich ein leises ›Danke‹ wispere und, ohne die beiden eines weiteren Blickes zu würdigen, auf dem Absatz kehrtmache.

BROOKE

Und? Wie ist das Gespräch mit meinem Bruder gelaufen?«, fragt Liam, als ich mich wieder neben ihn setze.

»Wow«, erwidere ich kopfschüttelnd und stoße einen genervten Seufzer aus. »Bin ich etwa so leicht zu durchschauen?«

»Na ja, die Toiletten befinden sich in der entgegengesetzten Richtung«, antwortet er grinsend, woraufhin ich mir für meinen durchdachten Plan innerlich auf die Schulter klopfe. »Außerdem hast du deine Handtasche liegengelassen und ich kenne keine einzige Frau, die ohne ihr Heiligtum auch nur einen Schritt macht.« Beim letzten Teil wird sein Grinsen breiter.

»Ob du es glaubst oder nicht, doch ich bin tatsächlich eines dieser seltenen Exemplare, die auch ohne ihre Handtasche aufs Klo gehen können.«

»Sicher, dass du wirklich eine Frau bist?«, hakt er mit einem Augenzwinkern nach.

»Ich würde dich ja gerne vom Gegenteil überzeugen, aber dann werden wir vermutlich schneller aus dem Laden geworfen, als dir lieb ist.«

»Jetzt wird es interessant.« Sein Blick ist eine Spur dunkler geworden. »Baby, wir leben in einem der größten Bundesstaaten, hier gibt es fast an jeder Ecke einen Club. Ich pfeif auf die Konsequenzen und nehme die Show.«

»Vielleicht ein andermal«, weiche ich aus und nippe an meinem Cocktail. Dass er meinen Vorschlag, den ich ihm - natürlich völlig unbedacht und als Scherz gemeint! - gemacht habe, mit Kusshand annehmen wird, hätte ich mir selbst denken können.

»Du machst einen Rückzieher?« Er klingt irgendwie enttäuscht.

»Ich bin sicher, dass diese Missy nur allzu gerne meinen Platz einnimmt und dir deine Show liefert«, sage ich spöttisch und beiße mir auf die Innenseite meiner Wange, um mir jeden weiteren bissigen Kommentar zu verkneifen.

»Misty«, verbessert er mich.

»Was?«

»Ihr Name ist Misty«, wiederholt er langsam und sieht mich eindringlich an. Warum zur Hölle verziehen sich seine Lippen schon wieder zu diesem selbstgefälligen Grinsen, das ich so verdammt anziehend finde?

»Wie auch immer«, motze ich gelangweilt und mache eine wegwerfende Handbewegung. Für mich heißt das rothaarige Biest nach wie vor Missy, davon muss Liam ja nichts erfahren.

»Hey«, sagt er sanft, legt mir seinen Zeigefinger bestimmt unters Kinn und hebt meinen Kopf an. »Die einzige Show, die ich sehen möchte, ist *deine*.« Der Blick aus seinen bernsteinfarbenen Augen, die mich an flüssiges Gold erinnern, trifft mich und berührt etwas tief in mir, das ich nicht in Worte fassen kann.

»Okay«, murmel ich und lächle ihn offen an. »Du hast dich wirklich verändert.«

»Ach ja? Hab' ich das?«, fragt er und zieht die Brauen hoch.

»Ja. Keine Ahnung, was in den letzten drei Jahren

passiert ist, aber ich erkenne dich kaum wieder«, antworte ich ehrlich und löse mich vorsichtig aus seinem Griff.

Wenn er mich auf diese Art berührt, fällt es mir schwer, mich zu konzentrieren, und meine Gedanken zu sortieren. Das scheint, seit ich hier bin, leider ständig zu passieren.

Er greift nach seinem Getränk, setzt das Glas an und nimmt dann einen großen Schluck. Dabei lässt er mich keine Sekunde aus den Augen. »*Wie* genau habe ich mich denn verändert?«, will er wissen und sieht mich neugierig an.

»Du hast auf mich immer süß und unschuldig gewirkt. Der zurückhaltende Typ, der nichts mit Mädchen am Hut hatte und seine Freizeit lieber mit Büchern und irgendwelchem Technikkram verbracht hatte. Eben das exakte Gegenteil von dem Mann, der im Moment neben mir sitzt.«

»Du findest mich also nicht mehr süß?«, hakt er nach und lehnt sich in seinem Sitz zurück.

»So war das nicht gemeint«, verteidige ich mich und tue es ihm gleich, indem ich ebenfalls einen großen Schluck von meinem Cocktail nehme.

Ich spüre, wie der Alkohol durch meine Adern rauscht, meine Sinne benebelt und mich etwas lockerer macht. Für jemanden, der in seinem Leben nur wenige Male alkoholische Getränke zu sich genommen hat, ist das wohl eine normale Reaktion.

»Wie war es denn dann gemeint?« Das leichte Lächeln, das auf seinen Lippen liegt, der provozierende Blick, mit dem er mich ansieht und der mich dazu drängt, ihm zu antworten. Die Selbstsicherheit, die ihm aus jeder Pore sickert - all das vermischt sich zu einem gefährlichen Cocktail.

»Du bist intelligent, selbstbewusst und weißt, was du willst. Die Anziehung, die du auf das weibliche Geschlecht ausübst, muss ich nicht erst erwähnen, oder?

Was ich damit eigentlich sagen will, ist, dass nichts mehr an den schüchternen, unschuldigen Jungen von damals erinnert. Wenn ich ehrlich bin, schüchtert mich deine souveräne Art manchmal sogar etwas ein; außerdem bringst du mich andauernd aus dem Konzept.

Andererseits gibt es aber auch immer wieder Momente, in denen du richtig süß sein kannst und mir ein Lächeln entlockst. Du kannst also sehr wohl süß sein, wenn du es darauf anlegst.«

Der Alkohol hat anscheinend nicht nur mich lockerer gemacht, sondern auch meine Zunge. Wie ich das finden soll, kann ich gerade nicht sagen, das wird sich zeigen.

Ehrlichkeit hat noch niemandem geschadet, selbst wenn mir meine Mutter jahrelang etwas anderes vorgelebt hat.

»Sprachlos?«, frage ich, als er nicht antwortet und mich nur weiterhin anstarrt.

»Du bist noch genauso süß, wie damals, weißt du das eigentlich?« Seine Miene ist ernst, als er sich vorbeugt und meine Hand mit seiner umschließt. So wie vorhin, als er Missy in ihre Schranken gewiesen hat.

»Ich bin nur ehrlich«, sage ich leise und sehe auf seine Finger, die mich wie selbstverständlich berühren.

Ein tiefes männliches Lachen löst sich aus seiner Kehle, bevor er mir antwortet. »Ich übe also eine Anziehung auf das weibliche Geschlecht aus, was? Schließt das dich mit ein?«

»Möglich«, erwidere ich geheimnisvoll und klemme den pinken Strohhalm zwischen meine Lippen, um einen weiteren Schluck zu trinken. Der Cocktail schmeckt überraschenderweise fruchtig-süß und nicht - wie erwartet - zu stark nach Wodka.

Sein Blick wird dunkler, als er sich auf die Saugbewegungen meiner Lippen konzentriert. »Ich könnte die Wahrheit aus dir herauskitzeln ...«, droht er. Ich kann den Schalk in seinen Augen blitzen sehen und keuche empört auf.

»Das wagst du nicht!« Meine Augen verengen sich leicht, während ich abzuschätzen versuche, wie ernst er es meint. Er wird sich doch nicht gemerkt haben, wie kitzelig ich bin, oder?

Seine Finger lösen sich von meinem Handrücken und kriechen Millimeter für Millimeter an meinem Unterarm hinauf. Mit den Fingerspitzen streift er fast beiläufig über die inzwischen aufgerichteten Härchen, was meine Gänsehaut nur noch verstärkt. »Willst du es auf einen Versuch ankommen lassen?«, raunt er und hält inne.

»Das halte ich für keine gute Idee«, wispere ich und möchte zur Beruhigung an meinem Getränk nippen, als ich merke, dass mein Glas bereits leer ist. »Oh.«

»Wie wärs, wenn du mir von dem Gespräch mit meinem Bruder erzählst und ich bestelle dir noch einen dieser eklig süßen Cocktails?«

»Für Ihren mangelnden Geschmack kann ich nichts, Mr. White«, sage ich mit zuckersüßer Stimme und entziehe ihm meinen Arm.

»Ich könnte dich ja vom Gegenteil überzeugen ...«, sagt er rätselhaft, »aber dann werden wir vermutlich aus dem Club geworfen«, beendet er den Satz mit einem eindeutigen Blick.

»Wer weiß? Vielleicht komme ich irgendwann darauf zurück.«

»Ja, vielleicht«, murmelt er. »Also? Was hat Blake jetzt

wieder angestellt?«

Blake. Wenn ich den Namen schon höre, möchte ich am liebsten dauerseufzen und mit den Augen rollen. Das wird noch zur schlechten Angewohnheit. »Tja, keine Ahnung, wo ich anfangen soll.«

»Am besten beim Anfang«, schlägt er vor und lächelt mich aufmunternd an.

»Ich wollte mich bei ihm lediglich für seine Hilfe bedanken und anstatt meinen Dank wie jeder normale erwachsene Mensch anzunehmen, fährt er diese ›Überheblichkeits-Tour‹. Als ob das noch nicht schlimm genug wäre, schickt er die Barbie-Tussi vor, um mich weiter bloßzustellen und mir zu zeigen, wie scheißegal ich ihm doch bin.«

»Bedanken?«, fragt er verwundert. »Wofür?«

»Meine Klamotten im Flur«, beginne ich zögerlich, »die hab' nicht ich, sondern er weggeräumt. Als ich auf dem Weg ins Bad war, bin ich blöderweise mit ihm zusammengeprallt. Im Anschluss lag mein ganzes Zeug dann auf dem kompletten Fußboden verstreut.«

Komischerweise fühlt es sich sogar gut an, mit ihm über die Sache zu reden. Wer lügt, erspart sich meistens unangenehme Fragen, die irgendwann immer aufkommen werden. Und da mir dieser Weg bisher am leichtesten erschien - vor allem im Umgang mit meiner Mutter -, habe ich mich dafür entschieden.

»Warum hast du das Chaos nicht einfach selbst beseitigt?«, hakt er nach.

Seht ihr? Das meine ich.

»Wir hatten eine kleine Meinungsverschiedenheit«, gebe ich widerwillig zu und knirsche mit den Zähnen. »Die ist ein wenig außer Kontrolle geraten und nachdem er wieder zu diesem Ekel mutiert ist, wollte ich nur noch weg. An meine Sachen habe ich dabei nicht gedacht.«

»Das klingt leider ganz nach ihm«, seufzt er und fährt sich mit einer Hand durchs Haar. »Keine Ahnung, was passiert ist, aber seitdem ihr euch nicht mehr seht, hat er sich zu diesem kaltherzigen Arschloch entwickelt, für den Frauen nichts weiter als ein Spielzeug sind.«

»Du weißt also auch nicht, was mit ihm los ist?«, frage ich und spüre, wie meine Hoffnung, von ihm die ersehnten Antworten zu bekommen, allmählich schwindet.

»Tut mir leid, dich enttäuschen zu müssen, aber den Grund musst du wohl selbst herausfinden.« Er wirft mir einen entschuldigenden Blick zu.

»Was denkst du, was ich die ganze Zeit über versuche?«, stöhne ich frustriert. »Der Typ ist unglaublich stur und versucht ständig, mich auf Abstand zu halten«, beschwere ich mich bei ihm und hoffe, auf etwas Verständnis zu treffen. »Na ja, meistens zumindest«, füge ich leise hinzu.

»Was macht er denn, wenn er dich gerade nicht auf Abstand hält?«

Will ich ihm das wirklich erzählen?

Mir ist die Sache ja selbst unangenehm, vor allem der Teil, bei dem mein verräterischer Körper auch noch auf seine Berührungen und schmutzigen Worte reagiert hat. Das geht so nicht!

Ich beschließe, ehrlich zu ihm zu sein und jetzt keinen Rückzieher zu machen. Ob es am Alkohol liegt oder daran, dass ich Liam vertraue, kann ich nicht ausmachen, aber ist das überhaupt von Bedeutung? Schätze nicht.

»Er hat mich angebaggert und ich bin darauf angesprungen«, sage ich so beiläufig wie möglich, weil ich mir, nachdem ich die Worte laut ausgesprochen habe, noch bescheuerter vorkomme, als ich mich eh schon fühle. »Ja, ich weiß. Das war dumm von mir. Er macht sich vermutlich an jedes weibliche Wesen ran, das einigermaßen gut aussieht und Brüste hat.« Das dringende Bedürfnis genervt mit den Augen zu rollen, überkommt mich in letzter Zeit ständig. Woran das nur liegen mag?

Er stößt einen Pfiff aus. »Verdammt, zwischen euch brennt die Luft ja ganz schön.«

Ein verzweifelter Seufzer kriecht aus meiner Kehle. »Glaub mir, ich wünschte, es wäre anders. Ich meine, wir sind Freunde, zumindest waren wir das mal und dann so was. Er lässt mich nicht kalt und das macht mir Angst«, gestehe ich und klammere mich an mein leeres Glas.

»Auf sexueller Ebene?«

»Ja«, hauche ich und sehe zögerlich auf. Sein Blick ist verständnisvoll und nicht, wie erwartet, abweisend und anklagend. »Ich weiß ja nicht, wie es dir geht, aber ich könnte jetzt etwas zu trinken gebrauchen.«

Als hätte Missy meinen Wunsch erhört, steht sie plötzlich neben unserem Tisch; seinen Blick meidend und nach wie vor verschüchtert. Irgendwie vermisse ich ihre nuttige Art ein wenig.

»Euer Essen kommt sofort. Darf ich euch noch was zu trinken bringen?«, fragt sie an mich gerichtet, was mich überrascht, da sie mich zuvor beflissen ignoriert hat.

»Für mich bitte einen lila Caipirinha.«

»Ich hätte gern die Cajun Lemonade.«

Sie notiert eifrig unsere Bestellung, allerdings ohne ihn auch nur ein einziges Mal anzusehen, und verschwindet anschließend genauso schnell, wie sie gekommen ist.

»Du hast das arme Mädchen ganz schön eingeschüchtert«, sage ich gespielt vorwurfsvoll.

»Ich? Du meinst wohl eher dich«, kontert er schmunzelnd. »Deine Todesblicke haben ihr bestimmt Angst eingejagt. Mit ihr hätte ich in dem Moment nicht Plätze tauschen wollen.«

»Lassen wir das«, beschließe ich und beiße mir auf die Unterlippe. »Sie beruhigt sich schon wieder. Spätestens dann, wenn sie sich nach Feierabend einen Drink genehmigt.«

»Du kleines Luder«, raunt er mit diesem wissenden Lächeln.

»Also doch ein Rumtrinker?«, frage ich, nachdem ich einen Blick auf die Karte geworfen habe.

»Möglich«, erwidert er wage und lässt mich, genau wie ich ihn vorhin, mit einem unbefriedigenden Gefühl zurück.

»Hmm«, summe ich und spiele nachdenklich mit dem pinken Strohhalm. »Und was hast du die letzten Jahre so getrieben?«

»Du willst jetzt aber nicht wissen, mit wem ich es getrieben habe, oder?«, fragt er mit rauer Stimme und grinst mich dreckig an.

Vor Schreck werfe ich beinahe mein Glas um, was ich gerade noch verhindern kann. »Gott, nein! Natürlich nicht!«

»Schade.«

»Und?«, hake ich nach. Nicht, weil ich ablenken möchte, sondern weil es mich wirklich interessiert.

»Das Übliche, schätze ich«, sagt er achselzuckend. »Ich hab' die Highschool beendet und gehe inzwischen aufs College. So viel Interessantes gibt es da nicht zu erfahren.«

»Welchen Studiengang belegst du denn?«

»Betriebswirtschaft«, antwortet er und sieht mich abschätzend an. »Ich arbeite auf den CEO-Posten hin und wenn ich mir etwas in den Kopf gesetzt habe, ziehe ich es bis zum bitteren Ende durch. Bislang habe ich noch *immer* bekommen, was ich wollte.« Das ›immer‹ betont er dabei ganz besonders, woraufhin sich mein Pulsschlag beschleunigt.

Wieso muss ich bei diesem Teil an was völlig anderes als seine berufliche Karriere denken? Womöglich weil mir die subtile Zweideutigkeit nicht entgangen ist.

Ich räuspere mich verlegen. »Ich dachte, du würdest dich mehr für Technik interessieren.«

»Lässt sich beides denn nicht miteinander verbinden?«

»Doch, schon«, lenke ich ein. »Dass du dich für ein Wirtschaftsstudium und gegen ein Technikstudium entschieden hast, wundert mich nur etwas.«

»Man muss Prioritäten setzen und meine haben sich eben geändert«, erklärt er und sieht mich eindringlich an. »Du bist dir treu geblieben, genauso wie ich es von dir erwartet habe.«

Dass ich so leicht zu durchschauen bin, gefällt mir überhaupt nicht. »Ist das nun gut oder schlecht?«, will ich wissen und rutsche unruhig auf meinem Sitz herum.

»Daran, sich und seinen Prinzipien treu zu bleiben, ist nichts Verwerfliches, Brooke. Ganz im Gegenteil. Du hast dir vor Jahren etwas in den Kopf gesetzt und setzt nun alles daran, deinem Traum nachzugehen und ihn wahr werden zu lassen. Das bewundere ich so an dir.«

Er hat recht. Ich würde einfach alles dafür geben.

»Nachdem uns mein Dad von heute auf morgen verlassen hat, ist in mir ein Entschluss herangewachsen, den ich nicht mehr aus dem Kopf bekommen habe. Der Wunsch, in unserer engstirnigen und oftmals ungerechten Gesellschaft zumindest für ein wenig Gerechtigkeit zu sorgen, hängt sicherlich auch mit meiner Kindheit zusammen, das möchte ich gar nicht abstreiten.

Das Wissen, dass ich anderen mit meiner Arbeit in gewisser Hinsicht sogar unheimlich helfen könnte, reicht mir und gibt mir das Gefühl, gebraucht zu werden. Etwas, das ich in den letzten Jahren so sehr vermisst habe. Hegt nicht jeder von uns diesen Wunsch?«

Es tut gut, mit jemandem so offen darüber reden zu können. Mit meiner Mutter wäre so ein Gespräch undenkbar gewesen und meine sogenannten ›Freundinnen‹ haben sich doch sowieso immer mehr für ihre dämlichen Klamotten und Beautyprodukte interessiert. Wie es mir tatsächlich ging, ist ihnen in Wirklichkeit am operierten Arsch vorbeigegangen.

Wenn ich ehrlich bin, hatte ich nie so etwas wie *echte* Freunde, mal abgesehen von Blake und Liam. Unsere ›Freundschaft‹ diente letztendlich nur dem Schein.

Meine Mutter hat von mir verlangt, dass ich meine wertvolle Zeit nicht ausschließlich den White-Brüdern widme, sondern Bekanntschaften mit Mädchen in meinem Alter knüpfe und genau das hatte ich auch getan. Wie viel Echtheit tatsächlich hinter meinen Freundschaften steckt, hat sie doch eigentlich gar nicht interessiert. Sie war zufrieden und hat mich mit ihrem Gefasel bezüglich Etikette und unserem ach so wichtigen Ruf in Ruhe gelassen, mehr wollte ich nicht.

»Insgeheim vermutlich schon«, sagt er nachdenklich. »Die meisten werden das aber wohl kaum zugeben.«

Der Strohhalm, den ich zwischen meinen Fingern hin- und herbewege, beruhigt mich irgendwie. »Was die meisten denken, ist mir egal«, erwidere ich schulterzuckend. »Ich werde mich für das einsetzen, was mir wichtig ist und bin der Meinung, dass das jeder machen sollte. Ob nun in privater oder beruflicher Hinsicht, spielt dabei keine Rolle, denn beides ist in meinen Augen miteinander gleichzusetzen. Verstehst du, was ich meine?«

Die Falte zwischen seinen dunklen Brauen wird tiefer, als er mich stumm ansieht und abzuwägen scheint, welche Antwort er mir auf meine Frage geben soll.

»Ich schätze schon«, beginnt er vorsichtig, lehnt sich nach vorne und stützt sich mit den Ellbogen auf dem Tisch ab. »Tun wir nicht alle das, was wir für richtig halten? Die einen mehr und die anderen weniger, aber jeder auf seine Weise.«

»Wenn du mich fragst, tun wir lediglich das, was die Gesellschaft für richtig hält und was uns Familie, Freunde oder Bekannte vorgeben.«

Ein kleiner Seufzer dringt aus seiner Kehle, bevor er mir antwortet. »Den meisten fehlt die Courage, sich aus ihrem gewohnten Umfeld zu lösen, um einen neuen Weg einzuschlagen. Die Angst vor dem Versagen und davor, alles zu verlieren, falls ihr Entschluss nach hinten losgeht, ist einfach zu groß.

Warum sollte jemand seinen einigermaßen gut bezahlten Job gegen das Ungewisse eintauschen wollen?

Klar, viele können ihren Job nicht leiden, hassen ihn vielleicht sogar. Menschen wie du und ich fragen sich deshalb, wieso sie dann nichts an ihrer Situation ändern.

Ganz einfach: Weil wir Gewohnheitstiere - was für ein bescheuertes Wort! - sind. Das Durchbrechen alter Muster und dem damit verbundenen Ausstieg aus dem Hamsterrad gelingt leider nur den wenigsten.«

Der Gedanke gefällt mir zwar gar nicht, aber in seinen Worten steckt weitaus mehr Wahrheit, als ich zugeben möchte. Wer verlässt schon gerne seine Komfortzone aufgrund eines Traums?

Unser Gespräch wird jäh unterbrochen, als Missy endlich mit dem Essen und den Getränken auftaucht.

Im Moment wäre mir sowieso keine passende Antwort eingefallen, was vermutlich daran liegt, dass ich inzwischen wirklich am Verhungern bin.

»Sorry, dass ihr so lange warten musstet. Wir haben einen neuen Koch, der sich erst noch einarbeiten muss und der Laden quillt heute über vor Bestellungen.« Ihr entschuldigendes, leicht zaghaftes Lächeln gilt mir.

Es wird Zeit, dass sie die verschüchterte Tour auf Eis legt und endlich wieder etwas mehr Biss zeigt. Vorher hat sie mir besser gefallen, auch, wenn mir ihr offensichtliches Interesse an Liam und ihre bitchige Art ein wenig auf die Nerven gegangen sind. Aber das hier kann sich ja niemand auf Dauer mit ansehen.

»Kein Problem«, sage ich und lächle zurück. »Falls wir dich vorhin irgendwie verunsichert haben sollten, tut uns das leid. Das war nicht unsere Absicht.«

Während ich von Liam nur einen fassungslosen Blick ernte, läuft Missy nach meinen Worten knallrot an. »Ach w-was«, stottert sie und sieht betreten zu Boden. Ihr habt nichts falsch gemacht. Mein Verhalten war vielleicht ein wenig ... unpassend.«

Ein schöner Ausdruck, ja ...

»Mach dir keinen Kopf, alles ist gut«, erwidere ich und berühre sie vorsichtig am Arm. Die unerwartete Berührung lässt sie merklich zusammenzucken, was mir leidtut. Mit meiner Entschuldigung wollte ich ihr lediglich die Anspannung nehmen, stattdessen scheint sie nun noch schüchterner zu sein. Verdammt.

Sie räuspert sich und sieht auf. »Danke«, sagt sie mit fester Stimme. »Lasst es euch schmecken. Ich sehe später noch mal vorbei.« Und damit eilt sie erneut davon.

Bilde ich mir das nur ein oder hat sie ihren Hüftschwung wieder?

»Was war das denn bitte?«, bricht es plötzlich aus ihm heraus, während er sich vor Lachen kaum mehr halten kann.

Ich sehe ihn misstrauisch an und probiere meinen neuen Cocktail, der zwar lecker, aber schon deutlich stärker nach Alkohol schmeckt. »Was denn?«, frage ich unschuldig.

Er beugt sich dichter zu mir heran, den Blick wissend auf mein Gesicht gerichtet. »Du weißt genau, wovon ich rede.«

»Die Kleine hat mir leidgetan und irgendwie ist es ja auch unsere Schuld, dass sie sich so verhält. Ich wollte die Sache wieder geraderücken, indem ich mich bei ihr entschuldige«, rechtfertige ich mich. »Na ja, der Schuss ist wohl nach hinten losgegangen«, sage ich kleinlaut.

»Du verstehst es wirklich, mich zu überraschen«, gibt er schmunzelnd zu. »Vergiss diese Misty jetzt mal für ein paar Minuten und konzentrier dich stattdessen lieber auf mich.«

»Bist du etwa eifersüchtig?«

»Wer weiß?«, sagt er geheimnisvoll und zwinkert mir zu. »Und jetzt iss, bevor alles kalt wird.«

Das muss er mir nun wirklich nicht zweimal sagen. Das beiliegende Besteck absichtlich ignorierend, nehme ich den Burger in beide Hände und beiße genussvoll hinein. Besteck ist was für Anfänger, außerdem *muss* ein Burger einfach mit den Händen gegessen werden, alles andere wäre in meinen Augen nicht richtig.

O Gott!

Das Angus-Rindfleisch zergeht förmlich auf meiner Zunge, während der knusprige Bacon dem Ganzen das gewisse Etwas verleiht; gepaart mit dem zartschmelzendem Cheddar-Käse die perfekte Kombination. Ich erlebe gerade einen echten Geschmacksorgasmus!

»Schmeckts?«, fragt er und sieht mich anders an als zuvor. Fast so, als wäre ich seine ... Beute.

Kauend nicke ich mit dem Kopf, weil mein Mund nach wie vor voll ist. »Sorry«, nuschel ich, nachdem ich runtergeschluckt habe. »Ich bin so hungrig, dass ich völlig vergessen habe, dir einen guten Appetit zu wünschen. Stattdessen habe ich mich wie ein wildes Tier auf mein Essen gestürzt.«

»Entspann dich«, entgegnet er belustigt. »Aber sag mal ...«, setzt er an und sieht mich schon wieder so merkwürdig an.

Ich kneife die Augen zusammen und atme tief durch. »Sag mir jetzt bitte nicht, dass du mich ernsthaft danach fragen willst, ob ich den Mund immer so weit aufbekomme«, drohe ich und verdrehe genervt die Augen.

»Kannst du denn?«, hakt er dennoch nach und grinst, als er meinen Gesichtsausdruck bemerkt.

Mein Kopf schwingt fassungslos von einer Seite zur anderen. »Was ist nur los mit euch? Gestörter Hormonhaushalt?« Bevor ich noch etwas Unüberlegtes von mir geben kann, beiße ich erneut in meinen Burger.

Langsam.

Genüsslich.

Mit extra weit geöffnetem Mund.

Ihm in die Augen sehend.

Und das mit voller Absicht.

Er hält in seiner Bewegung inne und schluckt hörbar, als er mich dabei beobachtet, wie ich ihn mit einem Stück Fleisch provoziere. »Das machst du absichtlich«, sagt er mit rauer Stimme.

»Keine Ahnung, wovon du redest«, gebe ich mich betont unschuldig und esse weiter. »Also? Steckt ihr noch in der Pubertät fest oder was ist los?«

»Ihr?«

»Blake und du. Bei euch blitzt immer wieder mal das schwanzgesteuerte Alphamännchen durch«, kläre ich ihn beiläufig auf. »Aber keine Sorge, das geht auch vorüber.« Ich angle nach zwei Fritten, tauche sie in die Mischung aus Ketchup und Mayo und schiebe sie mir anschließend in den Mund, um das Grinsen auf meinen Lippen zu überspielen.

Seine Augenbrauen schießen in die Höhe. »So denkst du also über uns? Du hältst uns für zwei testosterongesteuerte Jungs, die ihre Hormone nicht unter Kontrolle haben und jedem Rock nachlaufen?«

»Na ja«, erwidere ich zögerlich. »Blake ist schlimmer. Tröstet dich das ein wenig darüber hinweg? Oder brauchst du etwas anderes?« Ich halte ihm versöhnlich den Teller mit den Fritten entgegen, an dem er sich wortlos bedient, um sich anschließend mehrere davon in den Mund zu schieben.

»Du bist echt unglaublich«, sagt er kopfschüttelnd. »Frag mich bitte nicht nach dem Grund, aber ich kann dir einfach nicht böse sein. Und ja, das hört sich selbst für mich total idiotisch an, also erspar mir deinen Kommentar.«

Als ich dennoch zu einer Antwort ansetzen möchte, hebt er den Zeigefinger drohend in die Höhe, was mich augenblicklich verstummen lässt. Kurz darauf hält er mir ein Stück von seinem Steak vor die Nase, das ich ebenso wortlos in meinem Mund verschwinden lasse.

»Mhhh«, summe ich begeistert, weil das Fleisch einfach fantastisch schmeckt. »Wir sind schon zwei besonders seltsame Exemplare«, stelle ich grinsend fest.

»Wem sagst du das«, erwidert er und stimmt in mein

Grinsen ein.

Es vergehen einige Minuten, in denen keiner von uns etwas sagt, was allerdings nicht weiter tragisch ist. Mit Liam an meiner Seite macht mir die Stille nichts aus, denn ich fühle mich bei ihm irgendwie immer wohl, ganz egal, was wir machen.

Na schön, fast immer.

Momente, in denen er mich mit einem frechen oder anzüglichen Spruch auf den Lippen in Verlegenheit bringt, gehören nicht gerade zu meinen Lieblingsmomenten.

Keine Ahnung, wie ich das beschreiben soll. Es ist nicht so, dass ich diese Seite an ihm nicht leiden kann, das ist es nicht. Viel eher kann ich mich in dem Augenblick nicht leiden, weil ich zu einem stotternden Etwas mutiere. Etwas, das ich niemals sein wollte und auch nicht bin.

Ich bin mit den beiden aufgewachsen, genau aus diesem Grund sollte mich ihr Alpha-Gehabe nicht beeindrucken oder sogar einschüchtern. Das Problem ist, dass sie nicht mehr die unschuldigen Jungs sind, sondern in der Zwischenzeit zu richtigen Männern herangewachsen sind, die einer Frau schon mal das ein oder andere feuchte Höschen bescheren können.

Auch mir.

Fuck.

Und da wären wir wieder bei dem Punkt angelangt, der mich so in den Wahnsinn treibt.

Ich weigere mich die Freundschaftskiste wegen ein paar Hormonen, die im Moment meinen, verrückt spielen zu müssen, in den Sand zu setzen. Die Zeit wird das Problem schon irgendwie beheben. Meine - zugegebenermaßen ziemlich durcheinandergewirbelten - Gefühle werden sich irgendwann einpendeln und auf ihr Normallevel zurückkehren. Dann wird alles wieder beim Alten sein. Vorausgesetzt ich bekomme die Sache mit Blake in den Griff.

Zumindest hoffe ich das.

»Was hast du die letzten Jahre eigentlich getrieben?«, fragt er plötzlich und reißt mich damit aus meinen Grübeleien, wofür ich ihm ehrlich gesagt dankbar bin. Den Kopf kann ich mir später schließlich immer noch zerbrechen.

»Ich schätze dasselbe wie du. Die Highschool beendet und aufs College gehen«, antworte ich achselzuckend und nehme einen großen Schluck von meinem Cocktail. »Okay, wenn man es genau nimmt, gehe ich nicht aufs College. *Noch* nicht. Ab Montag kann ich mich dann aber ein waschechtes College Girl schimpfen.«

»Und sonst? Was hast du getrieben, wenn du nicht gerade für die Schule gelernt hast?«, will er wissen und wirft mir einen Blick zu, der mir sagt, dass er sich wirklich für meine Antwort interessiert.

»Hm, du meinst, abgesehen von den ständigen Schikanen meiner Mutter und meiner Bemühung, genau diese zu ignorieren und nicht an mich heranzulassen?«, frage ich sarkastisch und presse die Lippen zu einer festen Linie aufeinander.

Er sieht mich mitfühlend an und fährt sich seufzend durch die Haare, wodurch er nur noch anziehender wirkt. »Sorry. Ich wollte keine frischen Wunden aufreißen.«

Ich mache eine wegwerfende Handbewegung und versuche damit gleichzeitig die Erinnerungen, die ich tief in meinem Gedächtnis vergraben habe und die sich erneut in mir festsetzen möchten, loszuwerden. »Schon gut. Du kannst nichts dafür. Meine Mutter war ... ist eben schwierig und unser Verhältnis ist bereits seit Jahren angespannt.

Die meiste Zeit bin ihr aus dem Weg gegangen, indem ich entweder nach draußen geflüchtet bin oder mich in meinem Zimmer eingesperrt und mich aufs College vorbereitet habe. Ich weiß, klingt langweilig und das ist es sicher auch, aber es hat mir irgendwie geholfen.«

Aufregend geht anders, das ist mir klar. Doch vor Liam macht es mir nichts aus, wie eine öde Streberin dazustehen, die zu feige ist, sich dem Problem zu stellen und es ein für alle Mal aus der Welt zu schaffen.

Es ist ja nicht so, dass ich nicht schon des Öfteren versucht habe, mit ihr über die Sache zu reden. Erfolglos. Sie hat meine Versuche entweder abgeblockt, sich darüber lustig gemacht und ins Lächerliche gezogen oder ist ausgetickt, wenn ich nicht locker lassen wollte. Für sie gab es da nichts zu diskutieren, warum auch? Sie kennt schließlich den Grund und schert sich einen Dreck darum, wie es mir dabei geht.

Falls etwas nicht nach ihrer Nase lief, hat sie jedes Mal komplett dicht gemacht und die Schuld auf mich abgewälzt. Das war sowieso immer leichter, als mal selbst Verantwortung zu übernehmen und sich ernsthaft mit dem Problem auseinanderzusetzen.

Gott, es ist kaum zu fassen. Das hier ist meine Chance, endlich mal ein wenig Spaß zu haben und ich hab' nichts Besseres zu tun, als mir den Kopf über meine Mutter und ihre unmögliche Art zu zerbrechen. Als wäre es nicht schon genug, dass sie sich in den letzten Jahren über mein Wohl gestellt und mich wie eine Aussätzige behandelt hat.

Wie ich es so lange mit der Frau aushalten konnte, ist mir nach wie vor ein Rätsel und da spielt die Tatsache, dass ich ihre Tochter bin, nun wirklich keine Rolle.

»Ist alles okay bei dir?«, fragt er sanft.

Ist es das? Nein, nicht wirklich. Aber wann war es das schon jemals? Ich kann mich nicht daran erinnern.

»Lass uns nicht unsere Zeit damit verschwenden, über meine Mutter zu reden«, schlage ich vor und ringe mir ein kleines Lächeln ab. »Der Abend ist jung. Ich bin gespannt, was er noch zu bieten hat.«

»Du hast recht«, stimmt er zu, legt den Kopf leicht schief und sieht mich einige Sekunden lang nachdenklich an. »Falls du dich später immer noch über deine nervige Mutter auskotzen möchtest, stehe ich dir gerne als seelischer Beistand zur Verfügung und halte notfalls sogar Händchen.« Beim letzten Teil hebt er vielsagend eine Augenbraue in die Höhe.

»Wie aufopferungsvoll von dir, bad Romeo«, erwidere ich mit einem übertriebenen Lächeln und widme mich wieder meinem sündigen Burger.

»Man tut, was man kann«, kontert er.

In den nächsten fünf Minuten verfallen wir in erneutes Schweigen, um unser restliches Essen zu genießen. Der Club ist inzwischen brechend voll. Überall tummeln sich Pärchen, die dicht nebeneinanderstehen und sich verliebte Blicke zuwerfen. Singles, die auf der Suche nach einem unverbindlichen Abenteuer sind oder denen heute Abend einfach nur nach feiern zumute ist.

Wenn ich mich entscheiden müsste, würde ich mich wohl zu Letzteren zählen. Da ich momentan in keiner Beziehung stecke - nicht, dass ich an einer interessiert wäre -, bleiben nur noch zwei Optionen offen, die mir meinen Entschluss wirklich leicht machen. Ich bin einfach nicht der Typ für unverbindliche Abenteuer. Wobei ...

Woher soll man wissen, ob man der Typ für etwas ist, wenn man es nie versucht hat?

Fuck. Ich denke schon wieder viel zu viel über unwichtige Dinge nach. Die unzähligen einsamen Stunden, die ich in den letzten Jahren zugebracht habe, fordern jetzt wohl ihren Tribut.

Ich tupfe mir den Mund mit der weißen Stoffserviette ab, kippe den Rest von meinem Cocktail herunter - was im Nachhinein betrachtet sicher keine gute Idee war - und stehe schwungvoll auf. »Komm!«, fordere ich mit einem breiten Grinsen auf den Lippen und verschlinge unsere Finger miteinander. »Ich weiß ja nicht, wie es dir geht, aber ich könnte jetzt etwas Bewegung vertragen.«

Als die Bedeutung meiner Worte zu ihm durchdringt, verziehen sich seine Lippen zu diesem ganz speziellen Lächeln, das mir jedes Mal eine Gänsehaut beschert und mein Herz schneller schlagen lässt. »Ich bin dicht hinter dir, Baby.«

BROOKE

Die Tanzfläche ist, im Gegensatz zu vorhin, als ich mir meinen Weg durch die feiernde Menge gebahnt habe, so überfüllt, dass wir kaum einen freien Platz zum Tanzen finden.

»Ganz schön voll hier«, rufe ich unnötigerweise, woraufhin mich Liam frech angrinst.

»Ich steh ja drauf, wenns eng und warm ist«, antwortet er mit einem anzüglichen Blick in meine Richtung.

Ich verdrehe die Augen. »Kein Kommentar«, erwidere ich lachend und bewege meinen Körper zum Takt der Musik.

Ein Remix von *Sexual Healing* von *Charlie Puth feat Kygo* dröhnt aus den Boxen, was die Leute um uns herum in regelrechte Hysterie ausbrechen lässt. Pärchen beginnen sich aufreizend aneinander zu reiben, während der Rest der Männer Ausschau nach freizügigen Frauen hält, um sie für sich zu gewinnen.

Ich lasse den Blick ziellos durch die Menge schweifen, bis ich überraschend auf ein dunkelblaues Augenpaar stoße, das mich unverhohlen beobachtet.

Blake lehnt etwas außerhalb der Tanzfläche gegen eine Säule, die Hände lässig in die Taschen seiner dunklen Jeans vergraben, die Augen stur auf mich gerichtet.

Arrogant.

Einnehmend.

Und so verdammt heiß.

Shit. Was will er hier? Und wieso zur Hölle sieht er mich an, als würde er mich am liebsten sofort von der Tanzfläche schleifen und in eine dunkle Ecke zerren wollen, um mir zu zeigen, wer hier das Sagen hat?

Die bessere Frage ist wohl eher, warum mich diese Vorstellung auch noch anmacht.

Genau in dem Moment als ich beschließe, keinen Gedanken mehr daran zu verschwenden, wechselt der Song. *Attention* von *Charlie Puth* - einer meiner absoluten Lieblingslieder. Und während ich den Songtext mitsinge und mich der Musik hingebe, fällt mir auf, dass der Song auf eine verdrehte Art und Weise irgendwie zu der Situation von Blake und mir passt.

Du willst nur deinen Spaß haben
Meine Gefühle sind dir egal
Vielleicht hasst du einfach nur den Gedanken, dass ich nicht dir gehöre
Insgeheim wusste ich es
Dass alles nur ein Spiel für dich ist

Ich drehe Liam mit einem geheimnisvollen Lächeln auf den Lippen den Rücken zu, hebe die Arme über meinen Kopf in die Höhe und bewege mich geschmeidig an seinem Körper. Den Blick die ganze Zeit nur auf Blake gerichtet.

Er presst die Lippen zu einem dünnen Strich zusammen und verengt die Augen, als Liam seine Hände auf meine Hüften legt und mich enger an sich zieht.

Ich weiß, dass es Schicksal ist
Dass wir uns begegnet sind

Du weißt, was ich mir wünsche
Aber du wirst niemals mir gehören

Wieso können wir nicht einfach wieder zu der Zeit zurückkehren, in der wir unzertrennlich waren und uns ein Leben ohne einander nicht vorstellen konnten?, frage ich ihn stumm und schließe für einen Moment die Augen.

Was ist so falsch daran, in deiner Nähe sein zu wollen?

Ich möchte mit dir stundenlang über unwichtige Dinge sinnieren ... mich über deine schlechten Witze lustig machen und das Gefühl haben, dass du mich *wirklich* bei dir haben willst.

Das hier, diese beschissene Situation zwischen uns - ich hasse sie. Hörst du?

Du willst nur deinen Spaß haben
Meine Gefühle sind dir egal
Vielleicht hasst du einfach nur den Gedanken, dass ich nicht dir gehöre
Insgeheim wusste ich es
Dass alles nur ein Spiel für dich ist

Mit den Händen fahre ich in Liams Haare, suche Halt und kralle mich daran fest. Ich wiege meine Hüften im Takt, lasse mich vom Beat leiten; drücke meinen Po an seinen Schritt und reibe mich mit langsamen, kreisenden Bewegungen an ihm.

Blake wendet für keine einzige Sekunde den Blick ab, fast so, als könnte er es nicht. Die Ader an seinem Hals pocht verräterisch, als Liam den Griff um meine Hüften löst und mit den Fingerspitzen Zentimeter für Zentimeter meines Körpers berührt. Das erkenne ich sogar aus der kurzen Distanz, die uns trennt.

Seine Finger gleiten höher, streichen über meine Taille an den Seiten hinauf, bis sie schließlich meine Brüste streifen. Ein elektrisches Zucken jagt durch mich hindurch, als ich seine Berührung durch den dünnen Stoff meiner Bluse spüre.

Mir ist heiß und das nicht nur, weil ich ihm erlaube, mich auf eine so intime Weise anzufassen. Nein. Es ist *sein* intensiver Blick und die Tatsache, dass er nur dasteht, uns beobachtet und *nichts* unternimmt, um mich aufzuhalten, die mich anturnen.

Du siehst mich mit diesem kalten Blick an
Versuchst mich auf Abstand zu halten
Weil du Angst hast, dass ich dir zu nahe komme
Baby, sieh mir in die Augen
Und sag mir, dass du mich nicht willst
Dass alles eine Lüge war

Fuck. Was mache ich hier?

Neue Stadt, neues Leben und ... Ja, was und?

Es sollte mich nicht stören, dass er mich nicht aufhält, aber verdammt, es stört mich nun mal!

Ich sehe ihm doch an, dass er mich von Liam wegzerren und mir für meine dreckige Art, mit ihm zu spielen, den Arsch versohlen *will*. Sein mörderischer Blick, den schönen Mund, den er angepisst aufeinandergepresst hat, seine angespannte Körperhaltung und die zu Fäusten geballten Hände, die er nicht vor mir verstecken kann. All das sind Indizien, die dafür sprechen, dass ich recht habe und dennoch ist der Kerl zu stur, um sich vom Fleck zu bewegen und mir die Meinung zu geigen!

Tu endlich etwas, fordere ich ihn auf. Irgendwas! Schrei mich an, lass deine Wut an mir raus oder verschwinde von hier, aber unternimm was!

Was machst du nur mit mir? (Hey)
Was bezweckst du damit, hm? (Antworte mir)
Was machst du nur mit mir?
Was bezweckst du damit, hm? (Du willst nur deinen Spaß haben)
Was machst du nur mit mir? (Insgeheim wusste ich es)
Was bezweckst du damit, hm? (Es ist nur ein Spiel für dich)
Was machst du nur mit mir?
Was bezweckst du damit, hm? (Du wirst niemals mir gehören)

Ist es das, was du willst? Aufmerksamkeit? Oder die Tatsache, dass ich nicht mehr von dir loskomme?

Der Song verklingt, als ich den Blick endgültig von ihm abwende, mich umdrehe und sanft an Liam lehne. Ich weiß nicht, wie lange wir so dagestanden haben, aber als ich erneut auf die Stelle sehe, an der er gestanden hat, ist er weg. So, als wäre er nie da gewesen.

BLAKE

Gott, Blake!«, stöhnt Cindy, als ich sie grob gegen die Tischkante dränge.

»Sei still«, knurre ich und ersticke ihren lächerlichen Protest, indem ich meinen Mund auf ihren presse und die Zunge zwischen ihre leicht geöffneten Lippen schiebe.

Okay, ich muss zugeben, dass die Damentoilette nicht gerade der geeignetste Ort für einen schnellen Fick ist, aber so geil wie im Moment, war ich schon lange nicht mehr.

Schuld daran ist das kleine Biest, das vor meinen Augen diese dreckige Show abgezogen und mich heiß gemacht hat. Mit voller Absicht. Und das mit meinem verdammten Bruder.

Fuck!

Die kleinen sehnsuchtsvollen Seufzer, die Cindy ausstößt, als ich mich über ihren Mund hermache, sorgen dafür, dass ich mich wieder auf sie und ihren Körper konzentriere.

Ich löse eine Hand von ihrer Hüfte, packe mir eine Handvoll ihrer Haare und biege ihren Kopf unsanft nach hinten, um ihr in den blassen Hals zu beißen. Sie stöhnt schmerzerfüllt und gleichzeitig lustvoll auf, als ich die dünne Haut mit meinen Zähnen necke und mit der Zunge eine Spur nach unten lecke. Sie schmeckt nach teurem Parfüm und Schweiß.

Im nächsten Augenblick umschließe ich ihren runden Arsch mit beiden Händen und hebe sie hoch. Ein überraschtes Keuchen löst sich aus ihrem Mund, als sie ihre langen Beine um mich schlingt und die Arme um meinen Nacken legt. Ihr enges Minikleid rutscht über ihre Hüften nach oben, was mir die Sache leichter macht.

Ich positioniere sie mit einer schwungvollen Bewegung auf dem Schminktisch, was sie breit grinsend quittiert.

»Spreiz deine Beine«, fordere ich barsch. Cindy kommt meiner Aufforderung umgehend nach, lässt erst einen blassen Schenkel zur Seite fallen und anschließend den anderen. Meine grobe Behandlung turnt sie an, das erkenne ich an dem feuchten Spitzenhöschen, das sich an ihre Schamlippen schmiegt.

»Und nun?«, fragt sie unschuldig und wickelt sich eine lange schwarze Haarsträhne um den Zeigefinger. Sie wirft mir einen koketten Blick zu, die Augen glasig vor Lust und die Lippen zu einem kleinen Lächeln verzogen.

Ich will, dass sie die Klappe hält, also schiebe ich ihr Zeige- und Mittelfinger meiner rechten Hand in den Mund, was sie unmittelbar verstummen lässt. »Und jetzt saug«, verlange ich, schließe die Augen und stelle mir vor, dass meine Finger gerade zwischen vollen, rosa Lippen verschwinden. Ihre kleine neckische Zunge, die mich mit geübten Bewegungen reizt und ihre weichen Lippen, die mich komplett umschließen.

»Das reicht«, knurre ich und entziehe ihr meine Finger. Cindy leckt sich über den kirschroten Mund und sieht mich mit verschleiertem Blick an, der mir sagt, dass sie mehr will.

Ich schiebe den roten Spitzenstoff mit einer Hand

zur Seite und dringe mit der anderen ohne Vorwarnung tief in sie ein. Finger, die sie bis vor wenigen Sekunden noch in ihrem Mund hatte.

Ihr spitzer Schrei schießt geradewegs in meinen Schwanz, der sich bereits ungeduldig gegen den Stoff meiner Jeanshose drängt. Nicht mehr lange, dann kann ich mich in ihrer engen Pussy versenken und die blonden Locken, die mir schon den ganzen Tag über nicht aus dem Kopf gehen wollen, endlich aus dem Hirn ficken.

Ihr Kopf sackt nach hinten gegen die kühlen Fließen, als ich mich rhythmisch in ihr bewege und die Feuchtigkeit mit meinen Fingern verteile. Sie keucht und windet sich unter meinen Bewegungen. Ihre spitzen Fingernägel krallen sich vor Ekstase in den Stoff ihres roten Kleides.

»O Gott«, stöhnt sie, verdreht die Augen und drückt mir ihren Unterkörper entgegen.

Während ich unablässig in sie stoße, greife ich mit der freien Hand nach dem Knopf meiner Jeans, öffne sie und zerre sie mir herunter, bis sie mir in den Kniekehlen hängen. Cindy bekommt von alledem gar nichts mit, weil sie zu sehr mit ihrer eigenen Lust und dem Gefühl von mir in ihr beschäftigt ist.

Ich löse meine Finger aus ihr, was sie frustriert aufseufzen lässt und gleite anschließend durch ihre nassen und leicht geschwollenen Lippen. Ihren Kitzler lasse ich dabei absichtlich aus. Ihr Orgasmus gehört mir und meinem Schwanz. Wenn sie zuckend zum Höhepunkt kommt, will ich tief in ihr sein und jede einzelne Sekunde davon auskosten.

Knurrend packe ich ihre Hüften und ziehe ihren Arsch dichter an die Tischkante. Mit den Fingern angle ich nach der Kondompackung, die ich vorhin neben ihr auf dem Tisch platziert habe.

Ich halte ihr die glänzende Verpackung hin, die sie ohne Umschweife mit den Zähnen aufreißt. Klischeehaft, ich weiß, aber fuck! Was kümmern mich irgendwelche Klischees, wenn sie dabei einfach nur heiß aussieht?

Nachdem ich das Kondom über die volle Länge gerollt habe, umschließe ich meinen Schwanz mit einer Hand, um ihn gegen ihre Öffnung zu drängen.

»Fick mich«, bettelt sie mit schriller Stimme und krallt ihre Nägel in meinen Hintern.

»Ich habe gesagt, dass du still sein sollst«, raune ich und stoße zu. Hart.

Ihr heiseres Stöhnen erfüllt den Raum, während ich mich immer wieder in sie schiebe, um ihr Gesicht aus meinem Kopf zu bekommen. Ihr süßes Lächeln und ihre leicht geröteten Wangen, wenn sie mich mit diesem lüsternen Blick ansieht, und denkt, dass ich es nicht bemerke. Ihr Atem, der sich jedes Mal beschleunigt, wenn ich ihr zu nahe komme und die Worte, die ihre rosa Lippen verlassen und so gar nicht zu den Signalen passen, die ihr Körper sendet.

Sie will mich, das weiß ich und doch wehrt sie sich gegen die Anziehungskraft, die ich auf sie ausübe.

Früher oder später wird sie die kühle Fassade fallenlassen und sich mir hingeben. Bis es so weit ist, werde ich dafür sorgen, dass sie gar nicht anders kann, als zu mir zu kommen. Und ich werde jede einzelne Sekunde davon genießen.

»Blake, bitte!«, bettelt Cindy, als ich mein Tempo verlangsame und lediglich mit der Spitze in sie eindringe. Ich ficke gemächlich ihren Eingang, ohne sie über die Klippe zu stoßen, was sie frustriert aufstöhnen lässt. Sie drängt mich dazu, tiefer in sie einzudringen, indem sie die Arme um mich legt, um sich enger an mich zu klammern, und ihre Fersen gegen meinen Hintern presst.

»Hab' ich nicht gesagt«, knurre ich, greife mit einer schnellen Bewegung nach ihren Armen und pinne sie mit einer Hand über ihrem Kopf gegen die Fließen, »dass du den Mund halten sollst?«

Ihr Blick verdunkelt sich, als sie sich gegen meinen festen Griff zu wehren versucht und scheitert. Sie ist geil. Unser kleines Spiel gefällt ihr. Sie steht drauf, wenn ich über sie und ihren Körper verfüge, ohne Rücksicht auf die Worte zu nehmen, die ihren Mund so leichtfertig verlassen. Ihre Aktionen sollen mich provozieren und die Kontrolle verlieren lassen, darauf hat es das kleine Luder doch abgesehen.

»Wenn du nicht endlich die Klappe hältst, und tust, was ich dir sage, verschwinde ich und suche mir eine andere Schlampe, die ich ficken kann«, wispere ich mit kalter Stimme dicht an ihrem Ohr, was sie erschaudern lässt. »Haben wir uns verstanden?«

Sie ist so schlau, den Mund zu halten, und nickt ergeben.

»Gut«, raune ich zufrieden, vergrabe die andere Hand in ihrer Hüfte und versenke meinen Schwanz mit einem einzigen tiefen Stoß in ihr.

Ich verwöhne sie nicht, nehme keine Rücksicht auf ihre Gefühle. Hierbei geht es nicht darum, zärtlich zu sein oder sich mit schnulzigen Liebesbekundungen aufzuhalten. Das hier ist nichts weiter als rauer Sex, der mir Befriedigung verschaffen und meine abgefuckten Gedanken verstummen lassen soll.

Jedes Mal, wenn sie kurz davorsteht, zu kommen, verlangsame ich mein Tempo, lasse sie zappeln, nur um dann wieder an Fahrt aufzunehmen, wenn ich spüre, dass ihr Körper weicher wird.

Mein Herz schlägt im Takt meiner Stöße, passt sich unserem Rhythmus an. Sie legt ihre Lust in meine Hände und ich liebe das Gefühl, über sie zu bestimmen.

Cindy biegt den Rücken durch, ihr Stöhnen hallt durch den gesamten Raum. Es grenzt sowieso an ein Wunder, dass noch niemand hier drin aufgetaucht und uns erwischt hat. Aber genau das macht die Sache ja so interessant.

Der Kick, von jemandem erwischt zu werden, überwiegt die Vernunft und lässt uns all unsere guten Vorsätze vergessen. Es ist genau dieser Kick, der dafür sorgt, dass wir einen phänomenalen Orgasmus erleben, der mit nichts auf der Welt zu vergleichen ist.

Ich löse mich von ihr, lasse ihre Arme los und ziehe sie mit einem Ruck auf die wackligen Beine. »Umdrehen«, fordere ich und beobachte mit gierigem Blick, wie sie sich mit dem Oberkörper voran auf den Tisch sinken lässt, den Kopf zur Seite gedreht und den Arsch in die Höhe gereckt. Genau so wie ich sie haben möchte.

Ich schiebe meinen Schwanz zwischen ihre prallen Backen, lasse ihn einige Male durch den engen Spalt gleiten, bevor ich mich erneut in ihr versenke und damit beginne, ihr das Hirn aus dem Kopf zu vögeln.

Cindy stöhnt, wenn ich ihren ganz speziellen Punkt treffe und schreit, wenn ich mit jedem Stoß noch tiefer und härter in sie eindringe.

Die schmatzenden Geräusche, die ihre Pussy macht, wenn ich in sie gleite und der geile Anblick, wie sich ihre Schamlippen um meinen Schwanz legen, wenn ich wieder aus ihr herausgleite, machen mich noch härter und sorgen dafür, dass ich abspritzen möchte. Aber ich halte mich zurück.

Ihre schwarze unechte Mähne verwandelt sich vor

meinen Augen in blondes engelgleiches Haar, das so weich aussieht, dass ich meine Finger am liebsten darin vergraben möchte. Der blutrote aufgespritzte Mund wird durch rosafarbene volle Lippen ersetzt, zwischen die ich nicht nur meine Zunge schieben will. Aus den grünen geschminkten Augen werden große braune Rehaugen, umgeben von langen, dichten schwarzen Wimpern, die lustvoll geweitet sind. Die operierten Titten werden zu natürlichen Brüsten mit kleinen dunklen Brustwarzen, die perfekt in meine Hände zu passen scheinen. Der blasse, mit Implantaten geformte Arsch, gegen den meine Eier bei jedem Stoß klatschen, verwandelt sich in einen prallen Knackarsch mit niedlichen Grübchen, der von gebräunter Haut überzogen ist.

Ich packe mir eine Faust voll blonder Haare, ziehe ihren Kopf ruckartig nach hinten und ramme mich gleichzeitig in sie. Alles, was ich höre, sind ihre kleinen Seufzer und ihr lustvolles Stöhnen. Wie gerne würde ich diese süßen Seufzer mit meinem Mund ersticken, während ich ihren Körper weiterhin in Besitz nehme, der zu Wachs in meinen Händen wird.

»Fuck!«, knurre ich, als ich realisiere, dass ich Brooke einfach nicht aus dem Kopf bekomme. Selbst jetzt, wo mein Schwanz in einer anderen Frau steckt, kann ich an nichts anderes als sie und ihren Körper denken. Die Gedanken an sie treiben mich noch in den Wahnsinn!

»Bitte, Blake, lass mich kommen«, bettelt Cindy und zerstört mit einem Schlag meine Vorstellung von ihr.

»Du kannst es einfach nicht sein lassen, hm?«, fluche ich und erhöhe das Tempo. Wenige Stöße später wird sie plötzlich ganz still, lediglich das Zucken und die unkontrollierten Kontraktionen ihrer Pussy verraten sie.

Anstatt mich in ihr zu ergießen und unser kleines

Spiel zu beenden, ziehe ich mich zurück und sehe sie abwartend an. Sie versteht sofort, richtet sich auf und lässt sich anmutig vor mir auf die Knie sinken, um mich von dem Kondom zu befreien.

Es folgt ein letzter befriedigter Augenaufschlag, ehe sie meinen Schwanz an ihre Lippen führt und mit der Zungenspitze über die pralle Eichel leckt. Mein Orgasmus steht kurz bevor und wenn es so weit ist, werde ich in ihrem Mund kommen. Und sie wird mir bereitwillig geben, was ich will.

Als mich ihr Mund feucht und warm umschließt, stütze ich mich mit beiden Händen an den kühlen Fließen ab und lasse den Kopf nach vorne sacken. Eins muss man ihr lassen: Blasen kann sie.

Sie nimmt mich gierig in sich auf, stülpt ihre Lippen um meine gesamte Länge und massiert mit der anderen Hand gekonnt meine Eier. Jedes Mal, wenn sie mich bis zum Anschlag in ihrem Mund aufnimmt, würgt sie, was mich nur noch mehr anturnt.

Während sie ihren Kopf auf und ab bewegt, sucht sie Blickkontakt. Ihr Mund ist weit geöffnet, der Lippenstift leicht verschmiert, mein Schwanz glänzt von ihrem Speichel und etwas davon tropft von ihrem Kinn auf den Marmorboden. Der Anblick könnte nicht geiler sein und doch bin ich nicht so hart, wie ich sein sollte. Erst als mir vorstelle, dass sie gerade vor mir kniet, die weichen Lippen um mich geschlossen, der herausfordernde Blick störrisch auf mich gerichtet, schwelle ich zur vollen Größe an.

Mir ist klar, dass ich ein Problem habe. Ein großes, richtig *fettes* Problem, aber darüber werde ich mir später Gedanken machen.

Ich richte mich auf, umfasse ihren Kopf mit beiden

Händen und beginne, ihren Mund mit schnellen, harten Bewegungen zu ficken. Cindy stöhnt gequält auf, als ich mich ohne Rücksicht in sie schiebe. Sie stützt sich mit den Händen an meinen Oberschenkeln ab, um etwas Kontrolle zurückzugewinnen, was ihr jedoch nicht gelingt.

Als ich kurz vor meinem Höhepunkt stehe, schwingt unerwartet die Tür auf und niemand Geringeres als Brooke steht im Türrahmen.

Ihr fassungsloser Blick, nachdem sie die Situation erfasst hat und ihr erschrockenes Keuchen reichen aus, um mich über die Klippe zu stoßen. Ich komme stöhnend zum Orgasmus und spritze der Kleinen so hart in den Mund, dass ich mich mit einem Arm an der Wand abstützen muss.

Sie analysiert für wenige Sekunden die Lage. Das achtlos auf den Boden geworfene Kondom, Cindy, die hektisch atmend vor mir kniet, mein Schwanz tief in ihrem Mund versenkt. Und die Tatsache, dass ich soeben vor ihren Augen den wohl intensivsten Orgasmus meines Lebens erlebt habe.

»Sorry für die Störung«, sagt sie erstaunlich emotionslos, wendet den Blick ab und macht auf dem Absatz kehrt, um den Raum wieder zu verlassen.

»Fuck!«, knurre ich, stoße Cindy unsanft von mir und zerre mir die Hose hektisch über die Hüften.

»Wohin willst du?«, fragt sie mit dieser schrillen Stimme, die mir Kopfschmerzen verursacht. Ich höre den Vorwurf heraus, was mir aber scheißegal ist. Deshalb ficken wir nur und reden nicht miteinander, denn unsere Gespräche würden zu nichts führen.

»Weg«, antworte ich abweisend und will hinter Brooke her, als sie mich am Arm festhält.

»Du möchtest doch nicht etwa ihr hinterherlaufen und mich hier sitzen lassen, oder?«, will sie wütend wissen.

So langsam geht sie mir echt auf die Nerven. Das Letzte, was ich gebrauchen kann, ist irgendeine dahergelaufene Bitch, die für jeden die Beine breitmacht und denkt, mir Vorschriften machen zu können.

Ich löse mich aus ihrem Griff und sehe sie kalt an. »Das geht dich einen verfluchten Scheißdreck an und jetzt entschuldige mich bitte.« Damit lasse ich sie einfach sitzen und stürme aus der Toilette.

BROOKE

Erst ignoriert er mich, führt mich anschließend mit dieser ... dieser *Person* vor, beobachtet mich auf der Tanzfläche, nur, um ohne ein Wort von der Bildfläche zu verschwinden, und diese Tussi auf dem Klo zu ficken.

Ich habe wirklich gedacht, dass mich nichts mehr schockieren könnte, aber das setzt dem Ganzen echt noch die Krone auf.

Er vögelt also lieber mit irgendwelchen hohlen Weibern herum, statt mit mir über sein offensichtliches Problem zu reden, und nach einer Lösung zu suchen. Wäre ja auch viel zu anstrengend.

Ich weiß nicht, wie er sich das vorgestellt hat - mit größter Wahrscheinlichkeit hat er daran keinen einzigen Gedanken verschwendet -, aber ich werde zukünftig nicht als Spielball für seine unberechenbaren Launen herhalten.

Wenn er spielen will, soll er sich gefälligst an seine zahlreichen Bettgefährtinnen wenden, die jede Erniedrigung über sich ergehen lassen.

Genervt bahne ich mir meinen Weg durch die Tanzfläche, vorbei an den unzähligen Körpern, die sich zum Takt der Musik bewegen und alles um sich herum ausgeblendet haben, bis ich plötzlich am Handgelenk gepackt werde.

Ich wirble wütend auf dem Absatz herum, nur um in ein ziemlich angepisstes Gesicht zu sehen.

Er ist sauer? Will er mich eigentlich verarschen?

»Was willst du?«, frage ich so ruhig, wie möglich und atme tief durch. »Falls es um die Sache auf dem Klo geht, ich habe mich bereits für die Störung entschuldigt. Du kannst also wieder zu ihr zurückkehren und dort weitermachen, wo ihr aufgehört habt.«

Nicht zu fassen, dass ich mich dafür auch noch bei den beiden entschuldigt habe!

Es war mein gutes Recht, den Raum ohne Ankündigung zu betreten, schließlich ist das das verdammte DAMENKLO. Dass er seinen Schwanz nicht in der Hose behalten und warten kann, bis sie sich ein Zimmer genommen haben, ist nämlich nicht mein Problem.

»Mit dir reden«, erwidert er. Sein Gesicht ist meinem so nahe, dass ich seinen Atem auf meiner Haut spüren kann. Alles in mir schreit danach, einen Schritt zurückzutreten, um etwas Abstand zwischen uns zu bringen, aber die Genugtuung werde ich ihm nicht gönnen.

»Ich wüsste nicht, über was«, sage ich kalt und will mich losmachen, was er jedoch nicht zulässt. Er verstärkt seinen Griff nur noch, was mich genervt mit den Zähnen knirschen lässt.

»Das auf dem Klo war nicht für deine Augen bestimmt«, erklärt er und sieht mich eindringlich an.

Ach, was er nicht sagt.

Was erwartet er von mir? Etwa Verständnis? Darauf kann er lange warten.

»Und ich dachte schon, du hättest die Show nur mir zuliebe abgezogen«, erwidere ich zynisch und wäge meine Möglichkeiten ab.

Ich könnte schreien, was vermutlich niemand hören

würde, also verwerfe ich den Gedanken wieder. Außerdem will ich keine Szene machen, das ist nicht meine Art.

Liam ist leider auch nicht in Sicht. Er ist einer der wenigen Menschen, der Blake halbwegs unter Kontrolle hat.

Die einzige Option, die mir jetzt noch einfällt, ist, mit ihm zu reden und die Sache möglichst schnell hinter mich zu bringen.

»Glaub mir, *so* war das Ganze nicht geplant«, knurrt er.

»Wie war es denn dann geplant?«, hake ich nach und sehe ihn herausfordernd an.

Er fährt sich mit der freien Hand genervt durchs Haar. »Das tut nichts zur Sache.«

Natürlich nicht. Habe ich etwa tatsächlich geglaubt, dass er mir auf meine Fragen ausnahmsweise mal eine Antwort geben würde?

»Dann weiß ich nicht, worüber du reden willst«, seufze ich.

Wir drehen uns fortwährend im Kreis, was auf Dauer irgendwie frustrierend ist. Ich verstehe nicht, was er von mir möchte, denn das mit dem Gespräch kann er ja wohl unmöglich ernst meinen.

»Wenn ich ehrlich bin, weiß ich selbst nicht, was ich hier mache«, knirscht er. »Ich bin dir aus einem Impuls heraus gefolgt, weil ich den Gedanken, dich nach alldem, was du gerade gesehen hast, alleine zu lassen, einfach nicht ertragen konnte.«

»Und das soll mir jetzt inwiefern weiterhelfen?«, frage ich und presse die Lippen zusammen.

Mal ehrlich, wer soll aus dem Kerl schlau werden?

Er kann mich doch nicht erst ignorieren und bloßstellen, um sich anschließend um mich zu sorgen. Hört er sich eigentlich selbst zu?

»Du solltest mir nicht die kalte Schulter zeigen«, fordert er. »Das wäre immerhin ein Anfang.«

»Ich denke, du bist nicht in der Position, mir Befehle zu erteilen«, zische ich und funkle ihn wütend an. »Bist du dann fertig mit deiner Ansage?«, will ich wissen und zerre an meinem Arm, den er nach wie vor mit eisernem Griff umschlossen hält.

Wenn er so weitermacht, bleibt mir von unserem anregenden ›Gespräch‹ ein Andenken zurück, denke ich zähneknirschend.

»Hör auf, so verdammt stur zu sein, Frau«, knurrt er und zieht mich enger an sich.

»Sonst was?«, knurre ich zurück.

»Sonst«, setzt er an, schmiegt seinen Körper wie selbstverständlich an meinen und fährt mit der anderen Hand in meine Haare, »passiert *das*«, raunt er und presst seinen Mund im nächsten Moment auf meinen.

Einfach so.

Ich japse nach Luft, was dieser Arsch sofort ausnutzt, um seine Zunge zwischen meine geöffneten Lippen zu schieben, und stöhne unwillkürlich auf, als er meinen Mund in Besitz nimmt. Er schmeckt nach Pfefferminze und Mann und nicht wie erwartet nach Alkohol oder Zigaretten.

Mit einem Ruck entzieht er mir seine Lippen wieder und reißt meinen Kopf an den Haaren zurück, was mich erschrocken aufkeuchen lässt. Mit der Zungenspitze leckt er einmal der Länge nach über meinen Hals, nur um anschließend fest hineinzubeißen. Der stechende Schmerz vermischt sich mit meiner Lust und lässt mir die Knie weich werden. Mein Herzschlag donnert gegen meinen Brustkorb, während meine Erregung schwindelerregende

Höhen erreicht und droht, mich um den Verstand zu bringen.

Ich sollte ihn von mir stoßen und in seine Schranken weisen. Warum tue ich es dann nicht?

Bevor ich einen weiteren Gedanken an mein irrationales Verhalten verschwenden kann, prallen seine Lippen erneut hart auf meine. Sein Kuss ist weder zärtlich, noch einfühlsam, wieso fühlt es sich für mich dann so an, als wäre *das hier* die erste ehrliche Reaktion von ihm?

Er knabbert und leckt abwechselnd an meiner Unterlippe, beißt immer wieder vorsichtig hinein, nur um seine Zunge anschließend zwischen meine Lippen zu schieben und mich um den Verstand zu küssen.

Ich verliere mich in der Empfindung, von ihm berührt und gehalten zu werden, gebe meinen Widerstand allmählich auf und lehne meinen Körper sanft gegen seinen. Zwischen uns würde nicht einmal mehr ein Blatt Papier passen, so eng hat er mich an sich gepresst.

Wie in Trance nehme ich die Musik und die tanzende Menge um uns herum wahr, unfähig, mich darum zu scheren, wie wir auf Außenstehende wirken müssen. Alles, was im Augenblick zählt, sind seine unglaublich weichen Lippen, die sich wie selbstverständlich auf meinen bewegen und sich anfühlen, als würden sie genau dorthin gehören.

Blake knurrt zufrieden in meinen Mund, lockert seine Hand in meinem Haar und legt die andere besitzergreifend auf meinen Hintern.

Für einen Moment vergesse ich, warum ich hier bin, wieso ich mich nicht von ihm löse und was für ein Arsch er in Wirklichkeit ist. Meine Gedanken sind in Watte gepackt, konzentrieren sich ausschließlich auf seine Berührungen und die Dinge, die er mit seinem Mund anstellt.

»Blake!«, kreischt eine unnatürlich hohe Stimme plötzlich und zerstört den Augenblick. Die Seifenblase, in der ich mich bis vor wenigen Sekunden noch befunden habe, zerplatzt mit voller Wucht und lässt mich taumelnd zurück. Mit einem Mal prasseln all die Dinge auf mich ein, die ich so krampfhaft zu ignorieren versucht habe und bei mir heftige Kopfschmerzen verursachen.

Das hier war ein Fehler.

Fuck.

Der Kuss war ein riesengroßer Fehler.

Ich hätte ihn aufhalten müssen. Stattdessen habe ich blöde Kuh mich auch noch in seine Arme geschmiegt und den Kuss erwidert.

Obwohl ich wusste, dass es falsch ist, habe ich die schrillen Alarmglocken in meinem Kopf ignoriert und der Versuchung nachgegeben.

Blake löst sich widerwillig von mir und sieht mich mit einer Mischung aus Bedauern, Wut und noch etwas anderem, das ich nicht einordnen kann, an.

»Was soll der Scheiß?«, ruft Barbie aufgebracht und verschränkt demonstrativ die Arme vor den riesigen Luftballons, die sie Brüste nennt. Ich werde nie verstehen können, was Männer an Silikontitten finden. Sie sehen scheiße aus und fühlen sich mit Sicherheit auch nicht sonderlich toll an. Zwei Aspekte, die mir genügen würden.

»Das fragst du mich?«, knurrt er und klingt dabei ziemlich angepisst. »Was willst du hier?«

Ihre Augen weiten sich ungläubig, als sie die Kälte in seiner Stimme heraushört. »Du kannst mich nicht erst vögeln und dann wie ein billiges Flittchen auf der Toilette zurücklassen!«, faucht sie. Ihre Brust hebt und senkt sich hektisch, als sie versucht, ihn mit ihren Blicken zu erdolchen.

»Doch. Genau das kann ich«, erwidert er gelassen und ignoriert ihre Todesblicke.

»Wie bitte?«, fragt sie und keucht empört auf.

»Du hast mich schon verstanden«, antwortet er unbeeindruckt. »Ich kann dich auf dem Klo zurücklassen und weißt du auch, wieso?« Sein Blick wird dunkler, irgendwie kühler, als er dicht an sie herantritt und sich zu ihr herunterbeugt. »Weil du genau das bist: Ein billiges Flittchen, das für jeden Kerl die Beine breitmacht und sonst zu nichts zu gebrauchen ist.«

Wenn ich geglaubt habe, ihr empörtes Gesicht bereits gesehen zu haben, dann habe ich mich wohl getäuscht. Ihre Augen hat sie so weit aufgerissen, dass ich Angst habe, dass sie ihr jeden Moment aus den Höhlen fallen und ihr Mund steht dem in nichts nach. Ihr Keuchen kann ich selbst noch über die Musik hinweg hören. Sie kann einem fast schon leidtun.

Wobei ... Nein. Ehrlich gesagt verspüre ich gerade nichts als Genugtuung. Sie hat es mehr als verdient.

»Ist es wegen ihr?«, fragt sie mit einem abfälligen Blick in meine Richtung. »Behandelst du mich wegen ihr so?«

Was habe ich denn bitte mit der ›Beziehung‹ der beiden am Hut?

Nur, weil sie mehr als offensichtliche Probleme miteinander haben - die mich im Übrigen überhaupt nichts angehen -, werde ich noch lange nicht als Sündenbock herhalten.

»Du gehst jetzt besser«, fordert er und sieht sie finster an.

Das ist mein Stichwort.

»Ich werde dann auch mal gehen und euch alleine

lassen«, sage ich an Blake gewandt und möchte mich umdrehen, als er mich unerwartet am Handgelenk festhält und daran hindert.

»Ist noch was?«, frage ich verwundert.

»Sie wollte gerade gehen«, mischt sich nun auch noch Barbie ein und sieht mich feindselig an.

Glaub mir, Schätzchen, ich habe kein Interesse daran, eure Zweisamkeit zu stören, denke ich bitter.

»Du bleibst«, sagt er mit einer Endgültigkeit in der Stimme, die keinen Widerspruch duldet. Barbie und mir klappt fast zeitgleich der Mund auf.

Ich schnaufe genervt. »Das Thema hatten wir bereits. Du bist nicht in der Position, mir Befehle zu erteilen.« Das hier vor *ihr* und inmitten der tanzenden Menge auszudiskutieren, passt mir zwar überhaupt nicht, doch mir bleibt wohl nichts anderes übrig.

Die Masche zieht vielleicht bei seinen Tussis, die er herumkommandieren kann, wie er will, aber sicher nicht bei mir.

Wieso ist er nach wie vor der Meinung, dass er mich wie alle anderen Frauen in seinem Leben behandeln und mir seinen Willen aufzwängen kann?

»Nicht jetzt, Brooke«, knurrt er in meine Richtung, während er weiterhin seine aufgebrachte Gespielin im Auge behält.

So langsam reicht es mir. Ich werde nicht wie seine nächste Eroberung brav neben ihm warten, bis er die Situation in den Griff bekommen hat und seine lästige Fickbeziehung losgeworden ist.

»Wann denn d-«, aber da unterbricht er mich auch schon, indem er mich blitzschnell an sich zieht und mir seinen Zeigefinger auf die Lippen legt.

»Muss ich dich erst wieder küssen, damit du endlich

die Klappe hältst und das tust, was ich von dir verlange?«, raunt er an meinem Gesicht und starrt hungrig auf meine Lippen.

Mein Atem stockt für einige Sekunden und mein Puls beschleunigt sich ohne mein Zutun, während ich ihn einfach nur ansehe und - so wie vorhin - alles um mich herum vergesse.

Barbie, die Tanzfläche und die Tatsache, dass ich dabei bin, exakt den gleichen Fehler noch mal zu begehen. Ich versinke in den Tiefen seiner Augen, die so dunkel sind, wie der Ozean selbst und schiele sehnsüchtig auf seine Lippen, die er erst vor wenigen Minuten leidenschaftlich auf meine gepresst hat.

Abrupt werde ich ziemlich unsanft am Oberarm gepackt und von Blake weggezerrt. Barbies lange Fingernägel bohren sich schmerzhaft in meine Haut, als sie wütend zudrückt, nur um mich kurz darauf grob von sich zu schubsen.

Ich sollte wohl froh sein, dass sie sich nicht wie eine Furie auf mich gestürzt und mir die Augen ausgekratzt hat. In ihrem derzeitigen Zustand würde ich ihr einfach alles zutrauen.

Es muss ja ziemlich am Ego nagen, wenn man jede OP über sich ergehen lässt, um wie die perfekte Frau auszusehen - wobei perfekt in diesem Fall ganz klar Geschmackssache ist -, nur um gefickt und wie ein gebrauchtes Kondom weggeworfen zu werden.

Blake beobachtet die Szene wortlos und macht keine Anstalten, etwas zu unternehmen, was mich wundert. Falls er erwartet, dass wir uns um ihn streiten und einen Bitchfight starten, muss ich ihn leider enttäuschen. Auf das Niveau von Barbie werde ich mich nicht mal dann herablassen, wenn sie mich darum anbettelt.

»Kann ich jetzt endlich gehen?«, frage ich mit hochgezogener Augenbraue und verschränke, genau wie seine Angebetete zuvor, die Arme vor der Brust. Einerseits deshalb, weil ich damit verhindern möchte, dass einer von den beiden erneut an meinem Arm herumzerrt, wenn ihm wieder mal danach ist und andererseits, weil ich meine Frage mit einer ablehnenden Pose untermauern will.

»Nein!«, kommt es knurrend von Blake, während Barbie beinahe zeitgleich ein schriller »Ja!« ruft.

»Ihr könnt mich doch beide mal«, motze ich. »Regelt gefälligst endlich euren Scheiß!«, rufe ich ihnen noch über meine Schulter zu und lasse sie einfach stehen.

»Lass uns gehen«, knurre ich Liam zu und marschiere angepisst an ihm vorbei.

»Möchtest du darüber reden?«, will er wissen, als wir ein paar Minuten später im Auto sitzen.

Sein Kumpel ist mit dem Auto hier und da er zu angetrunken ist, um selbst nach Hause zu fahren, hat er ihm angeboten, seinen Wagen zu nehmen. Auf die Frage hin, wie er denn wieder von hier wegkommt, hat er Liam bloß angegrinst und ziemlich ›unauffällig‹ zu der Blondine neben ihm geschielt.

»Negativ«, lautet meine knappe Antwort. Jedes Wort wäre zu viel.

»Okay«, sagt er ruhig und wirft mir einen schnellen Seitenblick zu. »Willst du über irgendwas anderes reden oder soll ich einfach still sein?«

Mein schlechtes Gewissen meldet sich unmittelbar bei mir, als ich seinen verständnisvollen Blick sehe.

Ich habe es nur ihm zu verdanken, dass ich endlich mal wieder unter Leute gekommen bin. Und wenn ich ehrlich zu mir bin, muss ich zugeben, dass ich schon lange nicht mehr so viel Spaß hatte.

»Sorry«, wispere ich und seufze. »Der Abend war toll, wirklich. Ich bin einfach müde und will mich heute nur noch in mein Bett kuscheln und eine Nacht drüber schlafen. Der Tag war unglaublich ereignisreich, nervenaufreibend und verwirrend. Morgen bin ich wieder die Alte, versprochen.«

Mein Verstand sträubt sich dagegen, Liam wiederholt mit den Problemen, die sich mit Blake häufen, zu belasten. Insgeheim wünsche ich mir, mit ihm darüber reden zu können, aber ich möchte nicht, dass er das Gefühl bekommt, dass es bei unseren Gesprächen ausschließlich um seinen Bruder geht. Die Sache mit ihm muss ich alleine in den Griff kriegen.

Er legt eine Hand in meinen Schoß und schließt seine Finger um meine. »Keine Sorge, ich werde dich zu nichts drängen, Brooke. Wenn du nicht darüber reden möchtest, werde ich das akzeptieren. Du weißt, wo du mich findest, falls du deine Meinung überdenken solltest.« Das kleine Lächeln, das seine Lippen umspielt, lässt mein Herz kurz schneller schlagen.

»Danke«, flüstere ich und meine es auch so.

Liam verkörpert all das, was Blake fehlt: Verständnis, Respekt und eine große Portion Humor.

Bei ihm muss ich keine Angst davor haben, in der einen Sekunde verführt, und in der anderen verletzt oder schlecht behandelt zu werden. Meine Gefühle stellen für ihn kein Spiel dar, das es zu gewinnen gilt.

Und trotz der ganzen Widersprüche fühle ich mich dennoch zu so jemanden wie Blake hingezogen. Entweder bin ich selbstzerstörerisch veranlagt, was mich nach meiner Kindheit nicht wundern würde, oder der Typ Mann, auf den ich stehe, ist total abgefuckt.

Gott, jetzt fange ich auch noch damit an, meine missratene Kindheit vorzuschieben und als Ursache für alle meine Probleme herzunehmen, schießt es mir spöttisch durch den Kopf.

Die restliche Fahrt über verfallen wir in Schweigen, aber keiner von uns scheint sich daran zu stören.

Während ich nachdenklich aus dem Fenster sehe und versuche, das Gedankenchaos irgendwie in den Griff zu bekommen, hält Liam weiterhin meine Hand. So lange, bis wir in die Einfahrt einbiegen und sich unsere Wege vor meinem Zimmer mit einem harmlosen Kuss auf die Wange trennen.

BROOKE

K ann ich dir sonst noch bei irgendwas behilflich
sein?«, frage ich Shane, als ich mir die Hände am
Waschbecken in der Küche wasche.

Nachdem Blake gestern beschlossen hat, mich den
ganzen Tag zu meiden, habe ich die Zeit genutzt, um
mein Zeug einzuräumen und das Gespräch mit meiner
Mutter endlich hinter mich zu bringen.

Letzteres habe ich schließlich so lange vor mich her-
geschoben, dass ich kurz davor war, das Telefonat erneut
zu verschieben. Da ich mir damit nur mehr Probleme
eingehandelt hätte, habe ich ihre Nummer nach einem
ziemlich langgezogenen Seufzer doch noch gewählt und
hätte am liebsten sofort wieder aufgelegt.

Sie war sauer, dass ich sie versetzt hatte. Zwei Tage,
wie sie so schön betonte.

Okay, das ist dezent untertrieben. Eigentlich war sie
so wütend, dass ich das Handy in den ersten drei Minuten
neben mich legen musste, weil sie so dermaßen laut in
den Hörer gebrüllt hatte, dass ein Gehörsturz vorpro-
grammiert gewesen wäre.

Die Gesprächsfetzen, die ich dabei aufgeschnappt
hatte, beinhalteten nur das übliche Genörgel und ein paar
Vorwürfe. Meine Erklärungen stießen bei ihr lediglich
auf Unverständnis, aber das war mir egal. Nachdem sie
sich halbwegs beruhigt hatte, wollte sie noch mit Shane

sprechen - wahrscheinlich um ihn über mich auszuquetschen.

Als wir später alle gemeinsam beim Abendessen saßen - ja, auch Blake war zu meiner Verwunderung anwesend, hat allerdings kein einziges Wort mit mir gewechselt -, war die Stimmung ausgelassen, was irgendwie beunruhigend war. Selbst Blake war zur Abwechslung mal gut gelaunt und hat sich am Gespräch beteiligt. Was ich davon halten soll, weiß ich ehrlich gesagt nicht.

Hat er jetzt für sich beschlossen, mich für den Rest seines Lebens zu ignorieren und mir aus dem Weg zu gehen? Oder arbeitet er an seinen Stimmungsschwankungen und sucht nach einer Möglichkeit, sich mir gegenüber wie ein normaler Mensch zu verhalten?

Reden soll da angeblich helfen, habe ich gehört. Na ja, was weiß ich schon?

Dass er mich ignoriert, ist eine Sache, aber dass er sich gemeinsam mit mir an einen Tisch setzt und NICHT beleidigend wird, werte ich jetzt einfach mal als gutes Zeichen.

»Danke, das wärs für heute«, antwortet Shane und lächelt mich an. »Wer hätte gedacht, dass in dir eine kleine Gärtnerin steckt?«

»Du übertreibst maßlos«, erwidere ich lachend und boxe ihm leicht gegen den Arm. »Ich mag Pflanzen. Deshalb hab' ich dafür mit der Zeit wohl ein Händchen entwickelt.« Ich zucke mit den Schultern und lehne mich gegen die Küchenzeile.

Er legt den Kopf schief und grinst. »Dein Händchen möchte ich haben. Du warst mir heute wirklich eine Hilfe.«

»Wenn du willst, leihe ich dir meine Zauberhände mal aus. Oder ...« Ich mache eine kleine Pause und sehe ihn schelmisch an. »... ich helfe dir ab sofort bei der Gartenarbeit.«

»Deal«, sagt er und hält mir seine Hand hin.

»Deal«, wiederhole ich und schlage ein.

»Schön, dass wir das geklärt haben.« Er klingt zufrieden und ich fühle mich ein wenig besser.

Die Gartenarbeit macht mir nichts aus, außerdem verbringe ich gerne Zeit mit Shane. So kann ich mich für seine Hilfe zumindest etwas erkenntlich zeigen.

»Und jetzt geh raus, leg dich an den Pool und genieß das tolle Wetter«, fordert er und wirft mir einen Blick zu, der keinen Widerspruch duldet.

»Ich schätze, das ist gar keine üble Idee«, gebe ich nach. Meine Antwort scheint ihn wohl zu überraschen, denn seine Stirn legt sich kurz in Falten.

»Seit wann machst du es mir so leicht?«, hakt er nach und sieht mich misstrauisch an. »Wo bleiben die Widerworte und die schlauen Argumente, die gegen meinen Vorschlag sprechen?«

»Die gäbe es schon«, sage ich langsam und verkneife mir mein Grinsen.

Ich kann es ihm ja nicht mal verübeln. Normalerweise habe ich immer mindestens eine Begründung auf Lager. »Du hast recht. Ab morgen geht der Ernst des Lebens wieder los, ich sollte die Zeit heute nutzen und etwas entspannen. Meine Sachen habe ich eingeräumt und für morgen bin ich auch vorbereitet. Ich sehe demnach keinen Grund, der dagegen sprechen sollte.«

Er schiebt mich in Richtung Treppe. »Jetzt geh schon hoch und zieh dir deinen Bikini an, bevor die Sonne wieder untergeht«, drängt er kopfschüttelnd und lacht.

»Bin schon dabei!«, rufe ich ihm gut gelaunt zu, als ich wie eine Verrückte zu meinem Zimmer sprinte, die

Schublade aufreiße und mich umziehe.

Ja, vielleicht übertreibe ich, aber wen kümmert das?

Zwei Minuten später habe ich es mir auf einer der Sonnenliegen bequem gemacht und genieße die Sonnenstrahlen, die meine Haut wärmen.

Ich liebe den Sommer und vor allem die Sonne. Den strahlend blauen Himmel, den Duft der Blumen, das melodische Vogelgezwitscher, die luftige Kleidung, dass man sich jeden Tag ein Eis gönnen kann, ohne ein schlechtes Gewissen haben zu müssen und die gut gelaunten Menschen. Ja, sogar das Schwitzen nehme ich gerne in Kauf, wenn ich im Gegenzug etwas Sonnenschein abbekomme. Ein waschechter Sonnenfreak eben.

Heute ist ein besonders heißer Tag. Die Sonne knallt erbarmungslos vom Himmel und kein einziges Lüftchen weht, um für ein wenig Abkühlung zu sorgen. Die Schweißperlen sammeln sich unter meinem Rücken, dem Po und den Beinen, aber ich genieße das Gefühl. Ich kann mich nicht daran erinnern, wann ich mich zuletzt so ausgeglichen und wohl gefühlt habe.

Als ich höre, wie jemand die Terrassentür öffnet, schiebe ich meine Sonnenbrille ein Stück nach oben, nur um kurz darauf erschrocken nach Luft zu japsen und meine Augen wieder hektisch mit der Brille zu bedecken.

War ja klar.

Von allen, die hier auftauchen könnten, muss es ausgerechnet ER sein.

Echt klasse.

Ich hab' aber auch ein Glück, schießt es mir sarkastisch durch den Kopf, während ich versuche, so zu tun, als hätte ich seine Anwesenheit nicht bemerkt. Das erspart uns beiden jede Menge Ärger, Worte und vor allem Nerven.

Scheinbar sieht er das anders, denn ein paar Sekunden

später liege ich plötzlich im Schatten, weil eine gewisse Person, deren Namen ich nicht nennen möchte, glaubt, mich mit seiner Gegenwart beehren zu müssen.

Da ich nur wenig Lust habe, meine wohlverdiente Ruhe kampflos aufzugeben, setze ich weiterhin auf Ignoranz und liege stocksteif da, den Mund aufeinandergepresst, damit ja kein Ton über meine Lippen kommt.

»Wie lange willst du mich noch ignorieren?«, durchbricht er die Stille. Er klingt irgendwie ... belustigt.

Er? In meiner Nähe? O Gott, es ist schlimmer, als ich gedacht habe.

»Solange, bis du wieder verschwindest«, antworte ich letztendlich doch, weil er keine Anstalten macht, sich vom Fleck zu bewegen.

Er lacht. Ein tiefes, melodisches und so verdammt anziehendes Lachen. »Dann plan schon mal etwas Zeit ein«, raunt er und beugt sich zu mir herunter, indem er sich links und rechts auf den Armlehnen abstützt. Meine Brille ist zwar abgedunkelt, aber ich bin mir sicher, dass er meine Augen trotzdem durch die Gläser hindurch sehen kann.

Die Liege bietet nicht sonderlich viele Ausweichmöglichkeiten, weshalb ich den Kopf fest in den Stoff presse, um wenigstens minimalen Abstand zwischen uns zu bringen.

Jedes Mal, wenn er mir so nahe ist, setzt mein rationales Denkvermögen aus und irgendwas total Bescheuertes, das ich im Nachhinein wieder bereuen werde, passiert.

»Du hast ja eine Gänsehaut«, stellt er zufrieden fest.

»Was du nicht sagst«, erwidere ich sarkastisch. »Das liegt vielleicht daran, dass mir irgend so ein Kerl in der Sonne steht.«

Seine perfekten weißen Zähne, als er seine Lippen zu

einem Grinsen verzieht, kann ich selbst durch die getönten Gläser erkennen. »Sag bloß, dir ist kalt.«

Mistkerl.

Ich beiße mir auf die Unterlippe. »Nein«, lautet meine wenig überzeugende Antwort. »Wärst du dann so nett und könntest deinen Arsch aus meinem Sichtfeld schaffen?«

Natürlich ist mir KALT. Bevor er hier aufgetaucht ist, habe ich die volle Dröhnung Sonnenschein abbekommen und zu allem Übel weht nun auch noch ein leichter Wind, der die Sache nicht gerade besser macht. Die Schweißperlen, die sich unter mir gesammelt und mich bis vor wenigen Minuten halbwegs abgekühlt haben, fühlen sich inzwischen einfach nur klamm und unangenehm auf meiner Haut an.

»Ich könnte dich wärmen«, bietet er an. »Körperwärme soll helfen, habe ich gehört.«

»Hast du nicht was anderes zu tun?«, frage ich und überhöre sein Angebot. Dass sich meine Gänsehaut bei seinen Worten verstärkt hat, werde ich lieber unerwähnt lassen.

»So viel ich weiß, wohne ich hier«, sagt er unbeeindruckt. »Außerdem werden wir wohl oder übel miteinander auskommen müssen. Warum also nicht direkt damit beginnen?«

»Und das fällt dir gerade jetzt ein, weil ...?«, will ich wissen und ignoriere seinen versöhnlichen Blick. Das ist doch sowieso nur wieder eine Masche von ihm.

»Ich hatte genügend Zeit, über die Situation nachzudenken, und bin zu dem Entschluss gekommen, dass das die beste Lösung ist. Außer, du willst natürlich, dass ich dir das Leben schwermache«, fügt er mit einem diabolischen Lächeln hinzu.

»Und darauf bist du innerhalb eines Tages gekommen?«, hake ich ungläubig nach. »Oder hattest du den Einfall, nachdem du Barbie das Hirn aus dem Kopf gevögelt hast?«, frage ich und beiße mir fast zeitgleich auf die Zunge. »Sorry, das war unnötig.«

»Auf ihren Namen wirst du wahrscheinlich keinen Wert legen, oder?«

»Nein, wieso? Wer wie eine operierte Barbiepuppe aussieht, hat den Namen meiner Meinung nach auch verdient«, antworte ich achselzuckend.

»Wo du recht hast ...«, stimmt er mir zu und scheint über irgendwas nachzudenken.

»Hör mal«, setze ich ruhig an und knete die Finger in meinem Schoß. »Die Sache ist mir nur so rausgerutscht, muss an der Hitze liegen.«

»Frieden?«, fragt er und hält mir seine Hand hin.

Ich wische meine Hand unauffällig an meinem Bein ab und schlage ein. »Frieden.«

Als seine Finger meine berühren, jagen kleine Stromstöße durch meinen Körper, die mich leise aufkeuchen lassen. In der Hoffnung, dass er meine peinliche Reaktion auf seine Berührung nicht bemerkt hat, entziehe ich ihm meine Hand wieder und schiebe sie unter meinen Oberschenkel.

Mit einer schnellen Bewegung reißt er sich meine Sonnenbrille unter den Nagel und grinst mich frech an. »Ich werde jetzt eine Runde schwimmen gehen. Willst du mitkommen?«

»Ich lasse mich lieber noch ein bisschen von der Sonne brutzeln. Aber danke für das Angebot.«

»Dann sieh mir wenigstens zu«, raunt er, beugt sich erneut zu mir herunter und schiebt mir die Brille in meine Haare. Ein Luftzug sorgt dafür, dass mir sein Geruch direkt in die Nase geweht wird.

Ich kann gar nicht anders, als einmal tief ein- und auszuatmen. Frisch und irgendwie männlich. Er riecht nach Duschgel, Sonne und seinem eigenen unvergleichlichen Duft.

»Ist gut«, hauche ich noch völlig benommen und bringe sogar ein kleines Lächeln zustande.

Er schreitet mit geschmeidigen Schritten und wie ein verdammter Gott zum Pool. Unfreiwillig beobachte ich jede einzelne seiner Bewegungen, betrachte jede Erhebung auf seinem Körper und jeden Muskel, den er anspannt, wenn er sich bewegt. Dabei möchte ich gar nicht starren.

Der Kerl könnte einem dieser Modelmagazine entsprungen sein, welche Frau würde da nicht starren?

Bevor er mit einem perfekten Sprung ins Wasser eintaucht, wirft er mir noch einen letzten Blick zu und schenkt mir dieses ganz spezielle Lächeln, das mein Herz schneller schlagen lässt.

Mit den Augen verfolge ich seine gleichmäßigen und anmutigen Schwimmzüge, jedes Ein- und Abtauchen und seinen nassen, gebräunten Körper, der in der Sonne glänzt und so vollkommen aussieht.

Nein, mit ihm gemeinsam in den Pool zu steigen, wäre sicher keine gute Idee gewesen.

Er schwimmt ein paar Bahnen, ohne eine einzige Pause einzulegen, und verlässt das Becken im Anschluss mit anmutigen Bewegungen wieder.

O Gott.

Ich versuche wirklich, nicht zu starren, aber es ist noch schlimmer, als ich gedacht habe.

Einzelne Wassertropfen rinnen an seinem perfekten Körper hinab, verschwinden in der knappen Shorts, die sich inzwischen an seinen knackigen Arsch schmiegt und wecken in mir eindeutige, nicht jugendfreie Gedanken. Als er sich dann auch noch zu mir umdreht und wie ein Raubtier, das auf der Jagd ist, auf mich zukommt, habe ich endgültig verloren.

Dieser Blick. Dunkel, gefährlich, einnehmend.

Sein Gang. Selbstsicher, arrogant, männlich.

Die nassen, ungebändigten Haare, die ihm diesen sexy ›Wet-Look‹ verpassen.

Der feuchte, durchtrainierte Oberkörper mit dem definierten Sixpack, der verboten gehören sollte.

Die komplizierten schwarzen Motive, die sich über seinen gesamten linken Arm und die Brust schlängeln und ihn nur noch heißer aussehen lassen.

Das wissende Lächeln, das auf seinen Lippen liegt und die kleinen Grübchen, die an ihm einfach nur sexy wirken.

Fuck.

Er sieht nicht nur wie einer dieser unnatürlich schönen Models aus, die in fast jedem Modemagazin zu finden sind, sondern wie ein gottverdammter Playboy, der dein Höschen mit einem einzigen Blick in Flammen aufgehen lassen kann.

Und nein, ich übertreibe nicht. Leider.

»Hat dir die Vorstellung gefallen?«, will er wissen, als er - genau wie vorhin - neben meiner Liege stehen bleibt und mich ansieht.

»Kondition hast du, das muss man dir lassen«, antworte ich ehrlich und verschränke die Arme, weil ich mich plötzlich seltsam nackt fühle.

Sein Blick folgt meiner Bewegung und bleibt mit unverhohlenem Interesse an meinen Brüsten hängen. Meine Brustwarzen werden unter seiner intensiven Musterung hart, was mir mehr als unangenehm ist, aber das scheint ihn nicht weiter zu stören.

»Suchst du was?«, frage ich provokant und ignoriere sein Schmunzeln.

»Fühlst du dich etwa unwohl?«

Ich seufze. Mal wieder. »Man glotzt einer Frau nicht auf die Brüste. Das hat etwas mit Anstand zu tun.«

Er wendet endlich den Blick von meiner Oberweite ab und sieht mich eindringlich an. »Ich schon.« Sein Tonfall ist ernst und lässt keinen Zweifel daran, dass er das, was er gesagt hat, auch genau so meint. »Ich bin nicht wie andere Männer, merk dir das, Brooke. Was die Leute über mich denken, könnte mich gar nicht weniger interessieren.«

»Oh, glaub mir, du erzählst mir nichts Neues«, erwidere ich lächelnd.

»Was du nicht sagst ...« Sein Lächeln sagt mir, dass er mehr weiß, als er bereit ist, zu sagen.

»Nimms mir bitte nicht übel, aber können wir das hier«, ich zeige mit dem Finger auf ihn und mich, »irgendwie schneller über die Bühne bringen? Morgen ist mein erster Tag auf dem College und da ich nicht weiß, wann ich wieder die Gelegenheit dazu erhalte, möchte ich heute einfach nur faulenzen.«

Obwohl ich mir wünsche, dass er das, was er vorhin gesagt hat, wirklich ernst gemeint hat, werde ich seine Freundlichkeit dennoch mit Vorsicht genießen. Sein plötzlicher Sinneswandel kommt für meinen Geschmack etwas zu ... ja, eben zu plötzlich.

Er führt was im Schilde. Jetzt muss ich ihm nur noch zuvorkommen und herausfinden, was er geplant hat.

»Klar, kein Problem«, antwortet er gelassen, schnappt sich einer der Liegen, rückt sie neben meine und macht es sich darauf bequem, womit er mich schon wieder völlig aus dem Konzept bringt.

»Ähm«, bringe ich perplex heraus, weil ich nicht weiß, was ich dazu sagen soll. »So hab' ich das nicht gemeint.«

»Ich weiß.«

»Okaaay?«

Was bezweckt er damit?

Ich beschließe, ihn nicht weiter zu beachten und stattdessen die restliche Zeit zu nutzen, um das schöne Wetter zu genießen.

Er hält für ganze 50 Sekunden die Klappe, bevor er erneut loslegt und mich aus meiner kleinen Blase reißt.

»Kannst du mir einen Gefallen tun?«

»Lass mich raten«, seufze ich und sehe ihn frustriert an. »Du wirst mich nicht eher in Ruhe lassen, bis ich deinen Gefallen in die Tat umgesetzt habe?«

»Möglich.« Seine Mundwinkel zucken verräterisch, als er meinen Blick erwidert.

»Bringen wir es einfach hinter uns«, erwidere ich mit einer wegwerfenden Handbewegung und stöhne gequält auf.

Was kann er schon großartig von mir wollen? Dass ich ihn bediene? Ihm Luft zufächele? Den Schweiß vom Körper tupfe?

Was auch immer es ist, ich werde es irgendwie überstehen, wenn das bedeutet, dass er mich dann endlich in Ruhe lässt.

»Schnapp dir die Sonnenmilch und creme mich ein«, fordert er im nächsten Moment mit rauer Stimme von mir und sieht mich unter dichten Wimpern an.

»Was?«, frage ich und erstarre in meiner Bewegung.

»Du. Sollst. Mich. Eincremen.«, wiederholt er jedes Wort einzeln. Deutlich. Provokant.

Fuck. Ist das sein Ernst?

»Das halte ich für keine gute Idee«, murmel ich vor mich hin und überlege fieberhaft, wie ich aus der Sache wieder rauskomme.

»Brooke«, knurrt er leise. »Nimm jetzt endlich die verdammte Sonnenmilch und *fass mich an*. Oder muss ich dich erst dazu zwingen?«

»Ist das so? Wir können das hier gerne aussitzen, White«, knurre ich ebenfalls.

»An deiner Stelle würde ich es nicht drauf anlegen.«

Shit.

Ja, mein Verhalten ist dermaßen unreif, das ist mir klar. Aber wir sprechen schließlich nicht von irgendwem. Hier geht es um Blake und wir wissen, wie die Situation unweigerlich enden wird, wenn ich nachgebe und ihn berühre.

Intimer Körperkontakt ist tabu, das habe ich für mich beschlossen. Und DAS HIER ist verdammt noch mal zu intim, zu nah, zu alles!

Lauter können meine Alarmglocken nicht mehr schrillen und sie raten mir brüllend und mit riesigen gelben Warnschildern dazu, meine Finger besser bei mir zu behalten.

»Warum stellst du dich so an? Ich verlange von dir nicht, dass du mir einen runterholst. Noch nicht.«

»Ich habe meine Gründe«, rechtfertige ich mich knapp.

»Wir können das entweder auf die einfache oder aber auf *meine* Tour regeln. Die Entscheidung liegt ganz bei dir.«

»Weißt du, Blake«, fauche ich, schiebe die Sonnenbrille zurück über meine Augen und stehe mit einer fließenden Bewegung auf, »deine arrogante Art geht mir echt auf die Nerven.« Damit greife ich nach der Sonnenmilch, die ich zuvor eilig in meine Tasche gestopft habe und setze mich mit voller Absicht und extra viel Schwung breitbeinig auf seinen Hintern.«

Wenn ich schon gegen meine Prinzipien verstoße - mal wieder -, dann wenigstens richtig.

»Wer hätte gedacht, dass du so zur Sache gehst.« Er verschluckt sich beinahe an seinem überheblichen Lachen, als ich die kalte Milch direkt auf seine Haut tröpfel.

»Fuck, Brooke!«, zischt er zwischen zusammengebissenen Zähnen. »Die Sonnenmilch ist eiskalt! Hast du sie absichtlich im Kühlschrank gelagert, um mir eins auszuwischen oder was?«, beschwert er sich, was mir ein Gefühl der Genugtuung verschafft.

Geschieht ihm ganz recht!

»Ich weiß«, lautet meine ungerührte Antwort. »Und nein, ich habe nichts dergleichen getan. Du musst dich also wohl oder übel damit abfinden. Du könntest natürlich auch eine deiner Freundinnen fragen, ob sie meinen Platz einnehmen möchte«, schlage ich vor.

»Oder aber«, sagt er und legt seinen Kopf seitlich auf seinem Arm ab, »du wärmst die Creme in deinen Händen etwas auf.«

Na klar!

»Man kann nicht alles haben«, erwidere ich schulterzuckend und beginne damit, die Lotion in seine Haut einzumassieren. Sein Kreuz ist breit, der Rücken und die Arme sind muskulös und seine Haut ist makellos und weich. Irgendeinen Makel muss der Kerl doch haben!

»Es würde dir nicht schaden, wenn du ein wenig netter wärst.«

»Und dir würde es nicht schaden, wenn du anderen nicht immer deinen Willen aufzwingen würdest«, kontere ich und lasse die Finger über seine kräftigen Schultern gleiten.

»Du warst auch schon mal besser gelaunt«, stellt er fest.

»Woran das nur liegen mag ...«, sinniere ich und verdrehe die Augen, was er natürlich nicht sehen kann.

Meine Hände wandern über seinen Rücken nach unten, fühlen die Muskeln, die unter seiner gebräunten Haut schlummern und prägen sich unwillkürlich jede einzelne Erhebung und jedes Muttermal ein. Fasziniert streichen meine Finger über das beeindruckende Sonnentattoo und die haifischähnlichen Zähne von denen sie umgeben ist.

Welche Bedeutung das Tattoo wohl für ihn haben mag?

Ich gebe es nicht gerne zu, aber ich genieße das hier sogar ein klein wenig.

»So, fertig!«, teile ich ihm gut gelaunt mit und möchte mich erheben, als er mich am Handgelenk packt und sich blitzschnell umdreht.

»Du hast hier was übersehen«, raunt er und zwingt meine Hände damit direkt auf seine muskulöse Brust.

Moment mal ... Auszeit!

Ich erstarre in meiner Bewegung und bin im ersten Augenblick zu perplex, um zu reagieren, bevor ich mir seiner Nähe mit voller Wucht bewusst werde.

Die Muskeln unter meinen Fingern sind so hart, so unnachgiebig, so verflucht heiß und so was von tabu!

Wie hypnotisiert betrachte ich das komplizierte Tattoo, das sich von seiner Brust über den gesamten Arm schlängelt und gleite mit dem Zeigefinger vorsichtig über die wunderschöne Schildkröte.

»Was bedeuten diese Zeichen?«, wispere ich und sehe ihn neugierig an.

Sein Blick ist verschleiert, er sieht unter dichten Wimpern zu mir auf, den Mund leicht geöffnet; fast so, als würde er meine Berührungen genießen.

»Siehst du die Schildkröte da?«, fragt er mit rauer Stimme und führt meine Finger zu dem Motiv auf seiner Brust. »Sie steht für Schutz und Intimität.« Meine Finger gleiten weiter zu seinem Oberarm. »Das Meer ist ein Symbol des Todes und des Jenseits«, erklärt er leiser und presst den Mund aufeinander. *Er steht für den Tod meiner Mutter.* Die Worte spricht er zwar nicht laut aus, aber sein Blick sagt mir, dass ich damit richtig liege.

»Das hier«, er deutet auf die spitzen Pfeile, die auf seinem gesamten Arm zu finden sind und sich wie ein roter Faden bis zu seinem Handgelenk schlängeln, »sind Speerspitzen. Sie stehen für Mut und Kampf.«

»Und was bedeutet die Sonne auf deinem Rücken?«, flüstere ich und schätze das Vertrauen, das er mir gerade entgegenbringt.

Er lässt mich für keine Sekunde aus den Augen und beobachtet meine Reaktionen auf seine Worte. »Der Sonnenaufgang symbolisiert die Wiedergeburt und die Haifischzähne stehen für Schutz, Führung, Macht und Wildheit.« Beim letzten Begriff werden seine Augen eine Spur dunkler, irgendwie gefährlicher. Er will mich provozieren, aus der Reserve locken, so, wie er es schon die ganze Zeit über versucht hat.

Ha! Was sage ich da? Der Kerl besteht quasi aus Provokationen und dem zwanghaften Drang, anderen seiner Dominanz zu unterwerfen. Dass er mich an einem so intimen Moment teilhaben lässt, überrascht mich daher umso mehr.

Er vertraut mir, auch, wenn er das mir gegenüber niemals zugeben würde. Zwischen uns existiert nach wie vor dieses unsichtbare Band, das uns miteinander verbindet, nur schwächer, aber es ist da.

»Wow«, hauche ich. »Das sind eine Menge Symbole und Bedeutungen.«

»Ja, wow ...«

»Und Shane hat nichts gegen deine Tattoos?«, hake ich vorsichtig nach und wappne mich innerlich bereits für den nächsten verbalen Schlag, der allerdings ausbleibt.

Er schüttelt mit dem Kopf. »Nein. Er ist nicht begeistert, das nicht, aber er akzeptiert meine Entscheidung. Ich schätze, dass er insgeheim weiß, was mir diese Zeichnungen auf meiner Haut in Wirklichkeit bedeuten.«

»Ihr beide wart schon immer ein eingespieltes Team«, sage ich mit einem kleinen Lächeln auf den Lippen. »Es wundert mich nicht, dass er sich verständnisvoll zeigt und dich bei allem, was du tust, unterstützt.« Meine Stimme hat einen wehmütigen Klang angenommen, das ist selbst mir klar.

Nachdem er mir einen Blick hinter seine gleichgültige Fassade gewährt hat, kann ich meine Schutzmauern auch ein Stück weit herunterlassen. Dennoch bin ich vorsichtig, weil ich den Moment nicht zerstören will.

»Ich nehme an, das Verhältnis zu deiner Mutter ist nach wie vor beschissen?«

Ich kenne niemanden, der die Dinge so schmerzlich direkt auf den Punkt bringt, wie Blake.

»Schätze schon«, murmel ich zögerlich. Mir wird schlagartig bewusst, dass er meine Hände immer noch umschlossen hält. »Du solltest den Rest wohl auch eincremen, bevor du dir einen üblen Sonnenbrand holst«, füge ich mit einem schnellen Blick auf seinen Oberkörper hinzu.

»Fass mich an«, wispert er.

»Was?«, hake ich verwirrt nach.

Er zwingt meine Hände erneut bestimmend auf seine breite Brust. »Du sollst mich anfassen, Brooke.«

Meine Augenbrauen heben sich wie von selbst. »Wieso? Vorne kommst du doch alleine ran.«

»Tu es einfach und denk nicht so viel darüber nach«, fordert er rau.

Ich schlucke angestrengt und ziehe meine Unterlippe nervös zwischen meine Zähne. »Okay.«

Nachdem ich etwas von der Sonnemilch auf seinen Oberkörper geträufelt habe, lasse ich meine Hände über seine glatte Brust wandern und gleite hinab zu seinem Waschbrettbauch. Er spannt die Muskeln an, als ich mit den Fingerspitzen an den Bund seiner Shorts stoße.

Mir ist klar, dass ich ihn nur eincreme, aber die Sache hier ist so verdammt heiß, dass ich das Gefühl habe, mich an seiner Haut zu verbrennen.

Dass ich durch seine unerwartete Bewegung auf seinem Schoß sitze und gewisse Körperteile intensiver spüre, als ich sollte, macht es auch nicht gerade besser.

Mein Blick bleibt an seinem schönen Gesicht heften. Die Lippen leicht geteilt und wie er mich unter halb geöffneten Lidern ansieht. Sexy und fordernd.

Mit den Hüften rutsche ich ein Stück nach unten, um nicht direkt auf seinem Schritt sitzen zu müssen, und spüre dabei ein Zucken seinerseits.

»Ich, ähm.«

»Mach weiter«, murmelt er und ignoriert mein Gestammel.

Mein Puls beschleunigt sich gegen meinen Willen, während ich meine Bewegungen wieder aufnehme und über seine heiße Haut streiche, diesmal langsamer, intensiver, bedachter. Die Berührung hallt bis tief in meinen

Bauch wider, löst ein lustvolles Pochen zwischen meinen Beinen aus und lässt mich leise aufkeuchen, was mir extrem unangenehm ist. Blake scheint davon Gott sei Dank nichts mitzubekommen.

Okay, wenn ich ehrlich bin, kann ich das nicht mit Gewissheit sagen, denn im Moment kann ich ihm einfach nicht ins Gesicht sehen. Nicht nach meiner peinlichen Reaktion auf seinen Körper.

Stattdessen tanzen meine Fingerspitzen über seine Tattoos, ziehen die Motive in Gedanken nach und gleiten erneut über seine wohlgeformte Brust und das Sixpack. Mit den Augen verfolge ich meine Bewegungen, sehe, wie ich zum wiederholten Mal an den Bund seiner Shorts stoße und ...

Fuck!

Ich halte erschrocken inne und versuche krampfhaft zu realisieren, was meine Augen zwar gesehen, mein Verstand allerdings nicht wahrhaben möchte.

Er ist hart.

Die eindeutige Beule unter dem Stoff lässt keinen Zweifel daran, dass er tatsächlich geil ist und ich mir das hier nicht nur einbilde.

Wenn ich mir vorstelle, wie sehr ihn meine Berührungen erregt haben, wird mir ganz anders. Das Pochen zwischen meinen Schenkeln wird stärker und am liebsten möchte ich die Beine zusammenkneifen, um dieses unerträgliche Ziehen irgendwie unter Kontrolle zu bekommen.

»Hey«, raunt er und reißt mich damit aus meinen Gedanken und befördert mich wieder ins Hier und Jetzt.

»Hm?«, brumme ich, hebe den Kopf und laufe prompt rot an, was er aber zum Glück nicht auf die Sache mit seinem ... Schw ... ach, ihr wisst schon, was ich meine, schieben kann.

Zum einen deshalb, weil ich die weise Entscheidung getroffen habe, meine Sonnenbrille anzubehalten und zum anderen, weil ich die Röte auch der Sonne zuschreiben kann.

Er öffnet die Augen und sieht mich nun neugierig und völlig unschuldig an. »Warum hast du aufgehört?«

Das fragt er noch?

Nach dem ersten großen Schock habe ich meine Stimme wiedergefunden. »Deine Erektion hat mich ziemlich aus dem Konzept gebracht«, antworte ich betont gelassen. Angriff ist bekanntlich die beste Verteidigung. »Außerdem bin ich fertig.«

»Wenn du willst«, raunt er und verzieht seine Lippen zu einem Lächeln, »kannst du da unten gerne weitermachen.« Seine mitternachtsblauen Augen werden eine Spur dunkler und funkeln verräterisch, als er meine Handgelenke unerwartet packt und meine Hände auf seinen Schritt presst.

»Cut!«, rufe ich überfordert und möchte meine Hände wegziehen, was er jedoch nicht zulässt.

Unter meinen Fingern spüre ich, wie hart er wirklich ist. Fühle das heiße Pulsieren durch den Stoff seiner Shorts hindurch und das unkontrollierte Zucken, wenn ich mich leicht bewege.

»Tu es«, murmelt er und hebt mühelos die Hüften an.

»Was?«, frage ich perplex.

»Berühr mich.«

»Was meinst du, was ich die ganze Zeit gemacht habe?«

»Hier.« Er drängt meine Hände, die er nach wie vor fest umschlossen hält, auf seine pochende Erektion.

Meine Augen weiten sich und mein Mund klappt

sprachlos auf. »Ich ... ich«, stottere ich immer noch überfordert. »Ich kann das nicht«, bringe ich mit klarer Stimme heraus, nachdem ich einmal tief durchgeatmet habe.

Wir sind sowieso schon viel zu weit gegangen. Über die Grenzen, die wir alleine in den letzten zehn Minuten überschritten haben, möchte ich gar nicht erst nachdenken.

»Wieso nicht?«

»Weil es nicht richtig ist«, erwidere ich nachdrücklich. »Du solltest das hier nicht mit mir, sondern mit jemandem, den du wirklich magst, tun.«

Er lässt meine Handgelenke so abrupt los, dass ich mich mit einem Arm auf seinem Oberschenkel abstützen muss, um nicht das Gleichgewicht zu verlieren. »Fuck«, knurrt er und fährt sich anschließend frustriert durch die dunklen Haare. »Du hast ja recht.«

»Gut«, sage ich zufrieden und stehe mit einer einzigen fließenden Bewegung auf. Meine Beine fühlen sich inzwischen wie Wackelpudding an und das unerträgliche Pochen zwischen meinen Schenkeln treibt mich noch in den Wahnsinn, doch davon lasse ich mir nichts anmerken.

Ich werfe meine Sonnenbrille achtlos auf die Liege und tapse leichtfüßig zum Pool. »Ich weiß ja nicht, wie es dir geht, aber ich brauche jetzt dringend eine Abkühlung«, rufe ich ihm über meine Schulter hinweg zu.

Als ich realisiere, wie falsch sich das in seinen Ohren anhören muss, füge ich noch was hinzu. »Die Hitze macht mich fertig.«

Er beobachtet mich wortlos, nachdenklich, abwartend. Sein durchdringender Blick brennt sich in meine Haut.

Bevor ich etwas Unüberlegtes sagen kann, springe ich mit einem gezielten Sprung in das kalte Wasser und versuche das, was soeben passiert ist, aus meinen Gedanken zu verbannen.

Ich will einfach nur weg und vergessen.

Weg von Blake. Weg aus seiner Nähe. Und vor allem weg von seinem Körper.

BLAKE

Und wie war eure erste Begegnung nach drei endlosen Jahren?«, will Carter wissen und lächelt mich übertrieben freundlich an.

Als ob ich auf seine Tour hereinfallen würde.

»Ja, wie war sie?«, stimmt Liam mit ein und grinst mich süffisant an, was ich jedoch ignoriere.

»Intensiv«, antworte ich kurz angebunden und sehe nachdenklich auf Kendras Arsch, der in einer engen weißen Hotpants steckt.

»Intensiv?«, hakt er überrascht nach.

»Ja.«

»Das wars? Und sonst? Was habt ihr gemacht? Über was habt ihr geredet?«

»Seit wann bist du so verdammt neugierig?«, knurre ich.

Er stoßt mir mit dem Ellbogen leicht in die Seite. »Was hast du denn erwartet? Dass ich um das Thema ab sofort einen großen Bogen machen werde und versuche, alles totzuschweigen?«

Ich massiere mir die Nasenwurzel und seufze genervt. »Ja. Warum eigentlich nicht?«

»Alter«, protestiert er, woraufhin ich ihm einen flüchtigen Blick zuwerfe. »An deiner Art, mit Problemen umzugehen, musst du echt noch arbeiten«, erwidert er kopfschüttelnd und greift in die Tasche seiner Jeans.

Bevor er sich den Joint anzünden kann, entwende ich ihn mit einer geschickten Bewegung aus seinen Fingern, stecke mir den Stängel zwischen meine Lippen und sehe ihn herausfordernd an. »Feuer.« Das war keine Frage und auch keine Bitte, sondern eine Aufforderung und das weiß Carter.

Er zückt umgehend sein Feuerzeug und hält mir stumm die Flamme entgegen. »Manchmal kannst du ein echtes Arschloch sein«, stellt er angepisst fest.

Ich ziehe den Stoff mit einem tiefen Zug in meine Lunge und lasse den Rauch genüsslich entweichen. »Was mischst du dich auch ständig in mein Leben ein?«, frage ich und ignoriere seinen genervten Gesichtsausdruck.

»Hab' gehört, dass man das unter Freunden so macht, aber was ist bei uns schon normal?«

Ich zucke gleichgültig mit den Schultern. »Was weiß ich.«

»Fuck, Blake!«, poltert Kendra plötzlich los und kommt wütend auf mich zu. »Wie oft muss ich dir noch sagen, dass du hier drin nicht rauchen sollst?«, keift sie und verschränkt die Arme. Ihre kleinen Brüste heben und senken sich hektisch, während sie versucht, mir ein schlechtes Gewissen einzureden.

Soll ich ihr sagen, dass sie ihre Zeit besser anderweitig investieren sollte?

»Meine Eltern killen mich, wenn sie den Rauch riechen und das weißt du!«

Ach, ist das so?

Klar, die werden dich natürlich wegen dem Gestank und nicht wegen der Party, die du unerlaubterweise veranstaltest hast, killen.

»Und wie kommst du darauf, dass mich das auch nur im Geringsten interessieren würde?«, will ich wissen, nehme einen weiteren Zug von Carters Joint und blase ihr den Rauch direkt ins Gesicht.

Ihre grauen Augen weiten sich, als sie begreift, dass mir ihre Ansage und die Konsequenzen am Arsch vorbeigehen. »Das kannst du unmöglich ernst meinen«, keucht sie empört.

Bevor sie überhaupt reagieren kann, habe ich sie blitzschnell am Handgelenk gepackt und zu mir heruntergezogen. »Baby«, säusel ich. »Wie lange kennen wir uns schon? Du solltest es besser wissen.«

»Wo er recht hat«, mischt sich nun auch noch Liam ein und schmunzelt. Er scheint die Show sichtlich zu genießen.

»Okay«, faucht sie leise, »nur noch dieses eine Mal. Das muss echt aufhören. Irgendwann gehen mir die Ausreden aus.«

Natürlich, denke ich ironisch. Und beim nächsten Mal erzählst du mir den gleichen Scheiß noch mal.

»Dir fällt schon was ein«, erwidere ich lächelnd und lasse sie abrupt los, was sie kurz das Gleichgewicht verlieren lässt.

Sie wirft mir einen Blick zu, der einerseits sauer und andererseits schmachtend wirkt, so, als könnte sie sich nicht für eine Richtung entscheiden.

Dass Kendra - genau wie die meisten anderen Weiber auf dem College - auf mich steht, ist kein Geheimnis. Und dass ich ihre Schwärmerei für mich ausnutze, dürfte ihr ebenfalls klar sein.

Und dennoch folgt sie mir blindlings, lässt mir alles durchgehen und würde ihre Beine jederzeit für mich spreizen, wenn ich es von ihr verlangen würde.

Sie ist ersetzbar und das weiß sie auch. Aus dem Grund legt sie sich vermutlich so ins Zeug und sieht über mein Verhalten hinweg. Da draußen laufen genügend willige Frauen herum, die ihr letztes Höschen hergeben würden, um Zeit mit mir verbringen zu dürfen.

Bin ich eingebildet? Ein selbstsüchtiges Arschloch? Fuck, ja!

Aber seien wir mal ehrlich: Ich kann es mir leisten.

Warum etwas ändern, wenn es den Weibern ja sowieso egal ist? Sie nutzen mich aus und ich sie. Jeder bekommt das, was er will und mit der Tour bin ich bislang auch immer gut gefahren.

Kendra wirft ihre langen blonden Haare über ihre Schulter und schürzt die Lippen. »Soll ich uns was zum Essen bestellen?« Während sie ihre Frage stellt, ruht ihr Blick die ganze Zeit nur auf mir.

»Jungs?« Ich sehe in die Runde und ernte einstimmiges Nicken.

»Du hast sie gehört«, antworte ich, was natürlich nur im übertragenen Sinne gemeint ist.

»Piz-«, aber da unterbreche ich sie auch schon.

»Bestell einfach irgendwas«, fordere ich mit einer wegwerfenden Handbewegung. »Das bekommst du hin, oder?«

Sie läuft rot an, was an ihr irgendwie süß aussieht.

Vielleicht wird es Zeit, dass ich sie endlich flachlege, überlege ich und zerdrücke den Joint im Aschenbecher, der auf dem Beistelltisch neben mir liegt.

Da will mir die Kleine doch tatsächlich Rauchverbot erteilen und sorgt gleichzeitig dafür, dass ein Aschenbecher in Reichweite ist.

Sie stellt sich absichtlich gegen mich, um mich zu reizen und eine Reaktion zu provozieren. Ihre widerspenstige Art dient lediglich dazu, mich zwischen ihre Schenkel zu locken, und meinen Frust an ihr rauszulassen.

157

Wem will sie hier eigentlich etwas vormachen?

Kaum dass Kendra eilig und arschwackelnd den Raum verlassen hat, taucht Alexa vor mir auf und lässt sich mit einem frechen Lächeln auf meinen Schoß sinken.

»Ich habe gehört, dass du im Moment ziemlich schlecht gelaunt bist«, säuselt sie und fährt mit dem Zeigefinger aufreizend über meine Brust. »Weißt du, was dagegen helfen könnte?«

»Danke, aber der Fick am Freitag hat schon nichts gebracht. Außerdem bin ich gerade nicht in Stimmung«, erwidere ich gleichgültig.

Jede andere Frau wäre beleidigt gewesen oder hätte mir zumindest einen bösen Blick zugeworfen. Alexa ist da anders. Wo bei vielen das Gezicke losgeht, fängt für sie der Spaß erst richtig an.

»Du weißt«, schnurrt sie und schlüpft mit den Händen unter mein Shirt, »dass ich dich auf andere Gedanken bringen kann.«

Shit. Und wie ich das weiß.

Ihre Vorlieben sind sehr ... speziell, ja fast schon extrem.

Ja, ich stehe auf harten Sex, darauf, jederzeit die Oberhand über die Situation zu behalten und die Frau unter mir zum Schreien zu bringen, aber ihr Hang zur Selbstverletzung ging mir irgendwann zu weit.

Alexa steht auf Schmerzen. Vorzugsweise beim Sex und wenn er ihr von Männern zugefügt wird. Über ihre krankhaft masochistische Veranlagung habe ich nur hinweggesehen, weil mir der Sex mit ihr den gewissen Kick gegeben hat. Etwas, das ich bei anderen Frauen vergeblich gesucht habe.

Ich habe sie nie verletzt. Stattdessen hatten wir den wildesten Sex an den ausgefallensten Orten. Ihr hat das gereicht, mir nicht.

Irgendwann ging der Reiz verloren, Ernüchterung stellte sich ein. Mir wurde klar, dass ich mich geirrt hatte. Dass das, was sie mir zu bieten hatte, nicht das war, was ich wirklich wollte, brauchte. Also habe ich die Sache beendet.

Alexa wollte das nicht akzeptieren, rief mich an, wenn ihr nach spielen zumute war, wenn sie mal wieder auf der Suche nach diesem ganz speziellen Kick war. Sie war, *ist* süchtig danach.

Irgendwann hat sie aufgegeben. Die Anrufe und die Nachrichten haben aufgehört. Es war, als hätte es sie nie gegeben. Bis jetzt.

»Und du weißt«, sage ich mit gefährlich leiser Stimme, packe ihre Hände, die wie beiläufig über meine Brust streicheln und zwänge sie zurück auf ihren Schoß, »dass diese Zeit vorbei ist. Und jetzt runter von mir«, knurre ich.

Ihre Augen verengen sich, ihre Lippen sind leicht geteilt und ihre Atmung wird eine Spur schneller.

Sie ist erregt.

Es gefällt ihr, wie ich mit ihr umspringe. Dass ich sie nicht will, bewirkt, dass sie mich nur umso mehr will.

Sie leckt sich mit der Zungenspitze über die Lippen. »Komm schon, Blake. Was hast du zu verlieren?«

Carter und Liam sitzen neben mir, beide sagen kein einziges Wort, aber ihre Blicke sprechen Bände.

Was ist los mit dir?

Was los ist? Keine Ahnung. Ich weiß nur, dass mich Alexa nicht mehr reizt. Wenn ich sie ansehe, fühle ich *gar nichts.* Und damit meine ich wirklich NICHTS. Mein Schwanz regt sich nicht, obwohl die Frau auf meinem Schoß mehr als nur heiß ist.

Ihre feuerroten Haare trägt sie zu einem trendigen Bob, der ihr schmales Gesicht umspielt. Die grünen Augen sind leicht schräg und erinnern mich an Katzenaugen. Sie hat eine gerade Nase, hohe Wangenknochen und gewöhnliche Lippen, die sie allerdings gekonnt in Szene setzt. Die kleinen Brüste recken in der engen schwarzen Korsage, die sie anhat, keck in die Höhe und die knallenge kurze Jeans betont ihren Arsch. Sie ist so blass, wie ein Vampir nur sein könnte, was im krassen Kontrast zu ihren Haaren steht.

Alexa ist keine klassische Schönheit, doch sie hat etwas an sich, das Männer reizt und damit meine ich nicht nur ihr loses Mundwerk.

»Zeit«, lautet meine knappe Antwort. Und mit diesem Wort hebe ich sie schwungvoll von meinem Schoß, was sie überrascht aufkeuchen lässt. »Such dir gefälligst jemanden, der mit dir spielen *will*.«

Mein nutzloser Bruder und mein Freund starren mich fassungslos an, was mir im Moment aber scheißegal ist.

Alexa wirft mir lediglich einen erstaunten Blick zu, bevor sie wortlos weiterzieht, um sich ein neues Opfer zu suchen. Vorerst.

Liam pfeift anerkennend durch die Zähne. »Die Sache mit Brooke ist wohl ernster, als ich angenommen habe.«

»Wieso denkt jeder, dass mein Verhalten etwas mit *ihr* zu tun hat?«, frage ich bitter, ziehe die Zigarettenschachtel aus meiner Hosentasche und zünde mir eine Kippe an.

»Hallo? Du hast gerade eine der schärfsten und willigsten Frauen weggeschickt, die sich auf dem gesamten Campus herumtreiben.«

»Alexa ist krank«, weiche ich aus und lasse den Blick gelangweilt durch den weitläufigen Raum schweifen.

»Das hat dich früher auch nicht davon abgehalten, sie zu vögeln«, mischt sich Carter ein.

Ich fahre mir genervt durch die Haare. »Was wollt ihr hören? Dass ich abgelehnt habe, weil ich Brooke wiedergesehen habe und ihr der Meinung seid, dass ich irgendwas für sie empfinde?« Ich sehe beide an. »Darauf könnt ihr lange warten. Und jetzt lasst mich endlich mit dem Thema in Ruhe.«

»Dass du so vehement abstreitest, dass sie etwas mit deiner schlechten Laune und der urplötzlichen Verhaltensänderung zu tun hat, beweist nur, dass wir damit richtig liegen«, schlussfolgert Liam und grinst mich an. Sein dämliches Grinsen würde ich ihm nur zu gerne aus dem perfekten Gesicht wischen, das meinem so ähnlich sieht.

Mein Blick wird gleichgültig. »Denk, was du willst.«

Wieso hab' ich mich überhaupt dazu überreden lassen, auf diese beschissene Party mitzukommen? Seit ich hier bin, werde ich entweder am laufenden Band angebaggert oder ins Kreuzverhör genommen.

Ich bin von heißen, willigen Frauen umgeben und alles, an was ich denken kann, ist *sie*.

Sie und ihre verfluchten blonden Haare und den großen braunen Rehaugen, in denen sich abwechselnd Spott und Lust spiegeln, wenn sie mich ansieht. Die vollen Lippen, die sie zu diesem süßen Lächeln verzieht und dem ich einfach nicht widerstehen kann. Ihre perfekten Kurven, die wie dafür gemacht zu sein scheinen, von mir berührt zu werden.

Bei dem Gedanken daran, wie sie heute Nachmittag in dem knappen weißen Bikini ausgesehen hat und wie sie sich auf mir bewegt hat, als sie mich eingecremt hat, werde ich umgehend hart.

Die Mühe, meine Erektion zu verbergen, mache ich mir erst gar nicht. Die Leute, die auf der Party sind, wollen Spaß und Sex haben. Dass morgen früh die ersten Vorlesungen anstehen, kümmert hier niemanden.

Die Tatsache, dass es sich für meinen Geschmack viel zu gut angefühlt hat, Zeit mit ihr zu verbringen, stellt ein echtes Problem dar. Eigentlich wollte ich sie nur etwas aufziehen, in Verlegung bringen und sehen, wo ihre Grenzen liegen. Keiner konnte ahnen, dass die Sache so aus dem Ruder laufen würde.

Aber das wirklich Schlimme ist, dass es nicht ihr Körper ist, den ich am anziehendsten finde, sondern ihr Lächeln. Ihr LÄCHELN!

Wie schnulzig ist das denn bitte?

Fuck!

Die Frau ist noch keine Woche hier und raubt mir bereits völlig den Verstand.

»Wie wärs, wenn du sie einfach vögelst?«, unterbricht Carter mein gedankliches Dilemma.

»Was?«

»Du sollst mit Brooke vögeln«, wiederholt er mit fester Stimme und sieht mich eindringlich an.

Scheiße! Der meint den Mist doch tatsächlich ernst.

»Bist du jetzt völlig bescheuert?«, will ich wissen.

»Wieso? Du stehst auf sie, das kannst du nicht abstreiten.«

»Na und?«

Dass ich sie scharf finde, erkennt sogar ein Blinder. Warum also das Offensichtliche leugnen?

Er schnappt sich eine Zigarette aus der Packung, die ich auf den Tisch gelegt habe, zündet sie an und fährt dann fort. »Die Kleine geht dir unter die Haut, aber das hab' ich dir ja schon gesagt.«

»Komm endlich auf den Punkt«, knurre ich.

»Wenn du mit ihr schläfst, verliert sie den Reiz, den sie im Moment auf dich ausübt und wird zu einer von vielen. Außerdem wirst du dann wieder erträglicher.«

Er hat recht. Nachdem ich mit einer Frau geschlafen habe, verliere ich jegliches Interesse an ihr. Alexa war da eine Ausnahme. Mit ihrer durchgeknallten Art hat sie mich bei Laune gehalten und Cindy ficke ich nur, weil der Sex mit ihr unkompliziert ist. War, füge ich in Gedanken hinzu.

Seit sie Brooke getroffen hat, ist sie zur eifersüchtigen Furie mutiert, die sich wie meine Freundin aufzuführen versucht. Irgendwann musste die Lage kippen, das war mir klar.

»Möglich«, erwidere ich nachdenklich.

Ich wollte sie sowieso in mein Bett locken, was spricht demnach dagegen? Etwa mein Gewissen?

Mal ehrlich, das halte ich schon lange unter Verschluss. Jeder ist selbst für sein Leben und seine Entscheidungen verantwortlich. Ein schlechtes Gewissen bringt keinem was.

»Was hältst du davon?«, frage ich an Liam gewandt.

Einer seiner Mundwinkel zuckt verräterisch. »Du kennst meine Meinung«, antwortet er vage.

»Träum weiter«, kontere ich lächelnd und lehne das Bier ab, das mir irgendeine Tussi anzudrehen versucht.

Ja, ich rauche und kiffe, um den Kopf freizubekommen, aber von Alkohol halte ich nicht viel. Wenn ich Entscheidungen treffe, behalte ich gerne einen einigermaßen klaren Verstand und das geht am besten ohne hochprozentige Drinks.

»Wir werden sehen«, murmelt er, als auch schon die nächsten freizügigen Weiber um die Ecke kommen und sich neben uns setzen.

Der Abend verspricht doch noch interessant zu werden ...

BROOKE

Gott, ich bin so nervös.

Heute ist der Tag, auf den ich schon so lange gewartet habe. Ab heute kann ich mein Leben endlich selbst in die Hand nehmen. Das Santa Clara College ist eines der besten privaten Colleges weit und breit und bietet das perfekte Sprungbrett für meine Karriere als Anwältin.

Neben mir läuft Liam, der freundlicherweise angeboten hat, mich mitzunehmen. Darüber, wie ich zukünftig zum Campus komme, habe ich mir noch gar keine Gedanken gemacht.

Zwar habe ich auf Drängen meinen Führerschein machen dürfen, aber ein eigenes Auto kam für meine Mutter nicht in Frage. Für so etwas gibt es in ihren Augen schließlich Personal.

Der Campus ist nicht allzu weit weg, zu Fuß würde ich allerdings ungefähr eine Stunde benötigen. Zeit, die ich gerne anderweitig investieren möchte. Mit dem Bus wäre ich 20 Minuten unterwegs, was auf Dauer aber auch keine Lösung ist. Öffentliche Verkehrsmittel sind unzuverlässig und waren noch nie wirklich mein Ding; ich will flexibel sein und mir meine Zeit selbst einteilen können.

»Ab hier musst du leider alleine weitergehen. Meine Vorlesung beginnt gleich.« Er lächelt mich aufmunternd an.

»Danke. Für alles. Du bist echt meine Rettung.«

Er drückt mich kurz an sich. »Keine Ursache. Du weißt ja, wo du mich finden kannst, wenn du mich brauchen solltest«, raunt er mir ins Ohr.

Meine Lippen formen sich zu einem kleinen Lächeln. »Ja, bei den Langweilern.«

In seinen Augen blitzt etwas auf, was ich nicht einordnen kann. »Der Langweiler kennt deinen Stundenplan und wohnt mit dir unter einem Dach«, erwidert er schmunzelnd. »An deiner Stelle würde ich mir gut überlegen, was ich sage.«

»Tut mir leid, dich enttäuschen zu müssen, aber deine Drohung macht mir keine Angst«, sage ich grinsend und mache auf dem Absatz kehrt, um pünktlich zu meiner Vorlesung zu erscheinen. »Wir sehen uns dann später«, füge ich hinzu und hebe die Hand zum Abschied.

»Das sollte sie aber«, murmelt er. »Ach und Brooke?« Ich bleibe stehen und sehe ihn über meine Schulter hinweg an. »Mach dir wegen deiner Fahrmöglichkeit keine Sorgen. Ich werde versuchen, dich so oft wie möglich mitzunehmen und Blake ist auch noch da. Demnächst besorgen wir dir dann ein eigenes Auto. Viel Spaß in deiner ersten Vorlesung.« Er biegt um die nächste Ecke, ohne meine Antwort abzuwarten.

Gemeinsam mit Blake auf so engem Raum zu sitzen, halte ich für keine gute Idee, auch, wenn er sich plötzlich dafür entschieden hat, sich wie ein normaler Mensch zu verhalten. Mal sehen, wie lange sein Sinneswandel anhält.

Die Kurse, die ich belegen möchte, habe ich online ausgewählt, um mich vorab mit den Fächern auseinandersetzen zu können. Genügend Zeit hatte ich ja.

Ich atme tief durch, bevor ich die Tür zum Vorlesungssaal öffne und mir einen allerersten Überblick verschaffe. Dass um die Zeit bereits so viele Leute anwesend sein würden, hätte ich nicht gedacht, aber das erleichtert mir zumindest die Platzwahl.

Da sich der Großteil in die letzten Reihen verzogen hat und die Streber ihren Platz ganz vorne eingenommen haben, entscheide ich mich für die goldene Mitte. Nachdem ich mein Zeug aus der Tasche gekramt habe, lasse ich den Blick möglichst unauffällig durch den Saal schweifen.

Die Studenten, die in den hinteren Reihen sitzen, scheinen sich nicht sonderlich für die bevorstehende Vorlesung zu interessieren. Während die Mädels damit beschäftigt sind, ihr Aussehen im Spiegel zu checken und ihr Make-up aufzufrischen, grölen die Typen nur rum und glotzen den Tussis in den Ausschnitt. Mit den Outfits, die sie tragen, provozieren sie die Kerle ja geradezu, ihnen auf die Titten zu starren.

Keine Ahnung, wie es so jemand überhaupt aufs College geschafft hat, aber das ist schließlich nicht mein Problem. Ich bin nicht hier, um irgendwelche unbedeutenden Freundschaften zu schließen, die sowieso nicht halten werden, sondern um mein Ding durchzuziehen und damit meinem Traum, Anwältin zu werden, einen großen Schritt näher zu kommen.

Nachdem ich mir das erneut ins Gedächtnis gerufen habe, wende ich den Blick desinteressiert ab und sehe stattdessen auf die grauen Mäuschen, die in der ersten Reihe sitzen.

Warum nur müssen Streber ihrem Image auch noch gerecht werden, indem sie sich wie welche kleiden?

Dieser ganze Klischeemist geht mir gehörig auf die Nerven, aber solche Leute stecken sich ja quasi selbst in die für sie vorgesehene Schublade.

Tja, im Moment bin ich wohl diejenige, die sie in eine bestimmte Schublade zwängt. Wer sagt denn, dass es sich bei den Leuten in der ersten Reihe tatsächlich um Streber handelt?

Gut, ihr Kleidungsstil ist grässlich und die spießig frisierten Haare sind auch nicht gerade ein Hingucker, aber das sind nur Äußerlichkeiten. Sie verraten nichts über den wahren Charakter.

Ich schüttel mit dem Kopf und seufze leise auf. *Anstatt mir Gedanken um die Motive meiner Mitstudenten zu machen, sollte ich mich lieber um meinen eigenen Kram kümmern,* denke ich bitter, als auch schon der Prof reinkommt und mit dem Stoff loslegt.

Sei fokussiert, nur dann kommst du im Leben weiter.

Nachdem ich die erste Vorlesung erfolgreich hinter mich gebracht habe, mache ich mich auf den Weg zur Mensa, um wenigstens eine Kleinigkeit zu essen, bevor ich in die nächste Vorlesung muss.

»Na, ist heute auch dein erstes Mal?«

Ich hebe den Blick und sehe das Mädchen neben meinem Tisch neugierig an. »Schätze schon«, antworte ich und erwidere automatisch ihr Lächeln. »Willst du dich setzen?«, biete ich an.

»Gerne.« Sie lässt sich mir gegenüber auf die Sitzbank sinken und sieht mich ebenfalls neugierig an.

Ihre schwarzen Haare reichen ihr bis zu den schmalen Schultern und der schräge Pony passt perfekt zu ihrem

Gesicht.

Sie hat blaue Augen, die mich irgendwie an unseren Trip ans Meer erinnern, eine kleine Stupsnase und volle Lippen. Ihr weißes Shirt entblößt eine gebräunte Schulter und die kurze Jeans sitzt ihr lässig auf den schlanken Hüften. Sie ist zwar nicht besonders groß, doch ich werde das Gefühl nicht los, dass hinter diesem zarten Körper eine starke Persönlichkeit steckt.

»Ich bin Heather. Nett, dich kennenzulernen.« Sie reicht mir eine zierliche Hand. Ich ergreife sie und bin über den kräftigen Händedruck erstaunt.

»Brooke. Freut mich.«

»Schöner Name. Was führt dich hierher, Brooke?«

»Du meinst, außer mein Studium?«, frage ich amüsiert und schiebe mir einen Löffel von dem Nudelauflauf, den ich mir vor wenigen Minuten besorgt habe, in den Mund, nur um kurz darauf angewidert das Gesicht zu verziehen. Das Zeug kann doch niemand mit halbwegs funktionstüchtigen Geschmacksnerven essen.

»So schlimm?« Sie schielt auf meinen Teller und wickelt eine ihrer schwarzen Strähnen um ihren Finger.

»Ich würde dir ja etwas anbieten«, sage ich vorsichtig, »aber ich erspare dir den Fraß lieber.« Mit einem missmutigen Blick schiebe ich den Teller von mir weg und wage mich stattdessen an meinen Pudding heran. Mal ehrlich, was können sie da schon falsch gemacht haben?

Der Brei ist zwar halbwegs genießbar, aber an den selbstgemachten Pudding von Emilia kommt er bei weitem nicht ran.

»Ich nehme an, der Nachtisch ist auch verbesserungswürdig?«, stellt sie mit einem Blick auf mein Gesicht fest und lächelt wissend.

»So wie es aussieht, werde ich mir wohl doch mein

eigenes Essen mitbringen müssen, wenn ich nicht verhungern will«, antworte ich seufzend.

Heather stützt ihr Kinn in beide Hände. »Man sollte meinen, dass anständiges Essen im Preis mitinbegriffen wäre. Genügend Geld pulvern unsere Eltern dem College ja in den Hintern, damit wir hier studieren können.«

»Heute ist Montag«, murmel ich, als ob das die Erklärung für alles ist. »Vielleicht hat das Personal in der Küche einfach nur einen schlechten Tag.« Ich zucke mit den Schultern.

Wir sehen uns einige Sekunden lang stumm an, bevor wir beide in Gelächter ausbrechen. »Wohl eher nicht«, spricht Heather meinen Gedanken aus und grinst, wodurch sie eine Zahnlücke zwischen ihren Schneidezähnen entblößt. Was bei anderen komisch aussieht, sieht bei ihr irgendwie sogar ganz süß aus.

»Du hast recht. Das Essen ist zwar scheiße, aber dafür ist der Kaffee echt gut.«

Sie schielt sehnsüchtig auf meinen Latte Macchiato, woraufhin ich ihr meinen Becher hinschiebe. »Wenn du willst, teile ich ihn mit dir«, biete ich ihr an.

Heather schiebt den blauen Strohhalm zwischen die Lippen und nuschelt ein zufriedenes ›Danke‹.

»Also«, setzt sie an, als sie den Kaffee zur Hälfte leer getrunken hat, »was treibt dich außer deinem Studium hierher?«

Ich runzle die Stirn und denke ernsthaft über ihre Frage nach, aber ein anderer Grund fällt mir spontan nicht ein. »Wenn ich ehrlich bin, nichts. Ich bin nach San Francisco gezogen, um Jura zu studieren und Anwältin zu werden. Nachdem ich meinen Bachelor in der Tasche habe, werde ich mich an einer renommierten ›Law School‹ bewerben, um mein eigentliches Jurastudium zu absolvieren. Das Santa Clara genießt einen ausgezeichneten Ruf und bietet ein umfangreiches Programm an. Außerdem wohnen in der Nähe Freunde meiner Familie, bei denen ich für die Zeit unterkommen kann. Meine Mutter ist etwas ... speziell.«

»Und was sagt dein Vater dazu?« Ihr Blick ist offen, verständnisvoll, unvoreingenommen. Sie heuchelt nicht nur Interesse vor, sie interessiert sich *wirklich* für mich und mein Leben.

»Keine Ahnung. Er hat uns vor knapp zehn Jahren ohne ein Wort des Abschieds verlassen und ist von jetzt auf gleich aus meinem Leben verschwunden.« Selbst nach all der Zeit verspüre ich noch immer einen Stich, wenn ich die Worte laut ausspreche.

Ihr Blick wird eine Spur weicher, aber auch dunkler. »Was für ein Arschloch«, zischt sie.

Laut.

Abfällig.

Und ohne sich darum zu scheren, was die Leute um uns herum über sie denken.

Shit.

Ja, ich habe gesagt, dass ich nicht hier bin, um Freundschaften zu schließen, aber ich mag die Frau, die mir gegenüber sitzt und auf die Meinung anderer pfeift. Sie macht es einem auch wirklich schwer, sie nicht zu mögen.

»Wem sagst du das«, seufze ich. »Seitdem ist meine Mutter unausstehlich. Du glaubst gar nicht, wie froh ich bin, *hier* und nicht bei ihr zu sein.«

Sie zückt eine Kaugummipackung aus ihrer Jeans und hält sie mir hin - Hubba Bubba mit Erdbeergeschmack. »Die Dinger habe ich als Kind quasi inhaliert«, erwidere ich grinsend und schiebe mir die rechteckige Kindheitserinnerung in den Mund, um genüsslich drauf zu beißen.

»Danke, das habe ich jetzt gebraucht.«

»Glaub mir, ich verstehe dich«, sagt sie ernst, nachdem sie sich ebenfalls einen Kaugummi in den Mund gesteckt hat. »Meine Familie ist zwar stinknormal, nur kann einem auch das auf Dauer ganz schön auf die Nerven gehen.« Sie kaut energisch auf der roten Masse herum. »Meine Eltern sind einfach zu ... *nett*. Weißt du, was ich meine?«

»Ja, ich denke schon. Eine Mischung wäre gut. Verständnisvoll, aber nicht zu übertrieben. Nett, aber nicht dieses ›In-den-Arsch-Gekrieche‹. Man kann eben nicht alles haben.«

Sie nickt zustimmend. »Ich kenne deine Mutter nicht, bin mir allerdings sicher, dass sie von deinem Vater und nicht von dir enttäuscht ist.«

Ich verdrehe genervt die Augen. »Bitte nicht auch noch du.«

»Was hätte ich davon, deine Mutter in Schutz zu nehmen?«, fragt sie und hebt eine dunkle Braue. »Dein Dad ist abgehauen und du bist nun mal die erste Anlaufstelle, an der sie ihren Frust auslassen kann. Damit will ich nicht sagen, dass das ihr Verhalten rechtfertigt, denn das tut es nicht. Sie ist verbittert, einsam und unzufrieden mit ihrem Leben. Um das zu wissen, muss ich sie nicht kennenlernen, ihr Handeln spricht für sich.«

»Schon mal daran gedacht, Psychologin zu werden?«, möchte ich wissen und zücke mein Handy, um die Uhrzeit zu checken. Meine nächste Vorlesung beginnt in acht Minuten.

Heather schürzt die Lippen. »Du bist nicht die Erste, die mich das fragt.«

»Und? Hast du?«, hake ich nach.

»Was meinst du, was ich hier mache?«

Meine Augen weiten sich und meine Brauen schnellen

schwungvoll in die Höhe. »Nicht dein ernst.«

Sie sieht mich skeptisch an. »Warum? Ist es etwa so abwegig, dass ich genau das machen will, was ich am besten kann?«

»Nein. Ich meine nur ... na ja, normalweise läuft es doch so, dass andere darüber entscheiden, was gut für dich ist und welchen Beruf du später einmal ausüben wirst«, erkläre ich und zucke mit den Schultern.

»Schon vergessen? Meine Eltern sind die Freundlichkeit in Person. Ich könnte mich auch einfach zurücklehnen und Däumchen drehen und sie würden mich selbst dabei noch unterstützen.« Sie verzieht das Gesicht. »Was ist mit dir? Wie kommt es, dass dich deine Mutter bei deinem Studium unterstützt?«

»Sagen wir es mal so: Sie hat meinen Aufenthalt an Bedingungen geknüpft.«

»Oh, das klingt weniger gut.«

»Man wird vorsichtiger«, erkläre ich und presse die Lippen aufeinander. »Ich würde ja gerne weiter mit dir quatschen, aber meine Vorlesung beginnt gleich.«

Sie schnappt sich mein Handy, das auf dem Tisch liegt und tippt mit flinken Fingern irgendwas rein, bevor sie mir das kleine Gerät wieder reicht. »Meine Nummer. Meld dich, wenn du fertig bist. Ich werde solange in die Stadt gehen und mir die Zeit vertreiben.«

»Hast du heute keine Vorlesungen mehr?«, frage ich überrascht und stehe auf.

Heather grinst mich frech an. »Nein. Den Rest des Tages habe ich frei. Wenn du willst, können wir uns auf der Heimfahrt weiter unterhalten.«

»Du hast ein Auto?«

»Klar. Und jetzt geh schon, bevor du zu spät kommst. Um dein Tablett kümmere ich mich.« Sie winkt ab und schiebt mich zur Tür.

»Danke, du bist die Beste. Wir sehen uns dann später.« Mit diesen Worten verlasse ich gut gelaunt die Mensa.

BROOKE

Die restliche Woche ist wie im Flug vergangen. Heather hat angeboten, mich mitzunehmen, damit ich nicht mit dem Bus fahren muss. Wir haben schnell gemerkt, dass wir auf einer Wellenlänge sind und ähnliche Interessen teilen. Sie ist mir schon jetzt mehr eine Freundin, als es meine ehemaligen ›Freundinnen‹ jemals waren.

Blake habe ich die letzten Tage kaum gesehen. Entweder hat er sich spontan umentschieden und beschlossen, mir doch aus dem Weg zu gehen, oder sein Studium spannt ihn zeitlich so sehr ein, dass er sich nicht mal zum Abendessen blicken lassen kann.

Ich gebe es nicht gerne zu, aber irgendwie vermisse ich seine Art ein wenig.

Gerade als ich beschließe, dem nicht mehr Beachtung zu schenken, als nötig ist und mich auf die bevorstehende Vorlesung zu konzentrieren, schwingt die Tür geräuschvoll auf und ein einstimmiges, eindeutig weibliches Keuchen hallt durch den Hörsaal. Selbst Heather, die neben mir sitzt, stimmt mit ein, was mich dann doch neugierig macht.

Ich drehe den Kopf und werfe einen Blick zur Tür, nur um kurz darauf in meiner Bewegung zu erstarren.

Was will der denn hier?!

Er steht im Türrahmen, den Rucksack geschultert und

die Hände lässig in die Taschen seiner dunkelblauen Jeans geschoben. Das schwarze Shirt, das er trägt, schmiegt sich an seinen Oberkörper und betont die definierten Muskeln, die unter dem Stoff schlummern. Muskeln, die ich bereits ausgiebig berührt habe.

Groß.

Selbstbewusst.

Suchend.

Und verdammt anziehend.

Blake eben.

Als sein Blick auf meinen trifft, verzieht sich dieser schöne Mund zu einem zufriedenen Lächeln, so, als hätte er nur nach *mir* gesucht. Sein Körper setzt sich in Bewegung, mit geschmeidigen Schritten läuft er den schmalen Gang entlang, die Augen weiterhin nur auf mich gerichtet.

Er wird doch nicht ...?

Fuck, er tut es wirklich!

Dieser Idiot kommt doch tatsächlich auf uns zu, nur um sich anschließend mit einer fließenden Bewegung neben mir auf den freien Stuhl fallen zu lassen.

Schlimm genug, dass uns der ganze Saal beobachtet und hinter vorgehaltenen Händen tuschelt, aber während er wie ein verdammter Prinz auf mich zugeschlendert kam, konnte ich für keine Sekunde den Blick abwenden. Und das, obwohl mich mein Verstand angebrüllt hat, wegzusehen.

Das ist doch genau das, was er wollte. Er *wollte*, dass ich ihm meine volle Aufmerksamkeit widme und ihn wie alle anderen Frauen in diesem Raum mit offenem Mund anstarre.

»Was willst du hier?«, frage ich leise und versuche, die neugierigen Blicke zu ignorieren.

Er sieht mich nur unschuldig an. »Ich weiß, ich bin spät dran und die Vorlesung beginnt gleich, aber Kendra-«, doch da unterbreche ich ihn schon mit einem genervten Schnauben.

»Das meine ich nicht und das weißt du auch. Es interessiert mich nicht, was du und diese Kendra getrieben habt. Ich will wissen, was du in *meiner* Vorlesung verloren hast. Hast du dich im Saal geirrt?«

»Psychologie, stimmt's?«

»Ja.«

»Dann bin ich hier goldrichtig.« Er lehnt sich zufrieden auf seinem Stuhl zurück und verschränkt die Arme vor der breiten Brust.

»Du hast mir nicht erzählt, dass du mit den gottverdammten WHITE-ZWILLINGEN unter einem Dach lebst!«, zischt mir Heather von rechts beleidigt ins Ohr.

Ich sehe sie eindringlich an. »Nicht jetzt!«, knurre ich und widme mich wieder dem Problem zu, das seelenruhig neben mir sitzt und sich nicht darum schert, dass nach wie vor alle Augen auf uns gerichtet sind.

»Seit wann belegst du den Psychologie-Kurs?«, frage ich ruhig und verenge die Augen.

Er wirft einen flüchtigen Blick auf seine Uhr. »Seit heute.«

»Willst du mich eigentlich für blöd verkaufen, Blake? Du bist doch nur hier, um mir auf die Nerven zu gehen.«

Einer seiner Mundwinkel zuckt verräterisch. »Ach, ist das so?«

Meine Augen werden noch eine Spur schmaler. »Keine Ahnung, was du damit bezweckst, aber *lass es.*«

An der Sache ist etwas faul, das *weiß* ich.

»Warum so gereizt? Ich bin nur hier, weil ich mich für das Fach interessiere.«

Ja klar. Und ich bin der Weihnachtsmann.

»Gut.« Ich nicke und konzentriere mich wieder auf mein Skript.

Zwei Minuten später taucht auch endlich unser Dozent auf. Ein mittelgroßer älterer Mann mit ergrautem Haar und einer kahlen Stelle auf dem Kopf. Die dicke Hornbrille, die er trägt, lässt seine ohnehin schon kleinen Augen noch kleiner wirken und das unvorteilhafte Outfit betont seine Problemzonen auf unschöne Weise.

Was soll's. Solange er was von seinem Fach versteht und den Stoff interessant rüberbringt, kann da vorne meinetwegen auch der Hobbit höchstpersönlich stehen.

Heather, die unsere Unterhaltung mit argwöhnischem Blick verfolgt hat, stoßt mir mit dem Ellbogen in die Seite.

»Au«, jaule ich, drehe den Kopf in ihre Richtung und ernte einen bösen Blick. »Wofür war das denn?«, maule ich gereizt.

»Wann wolltest du mir davon erzählen?«

»Echt jetzt? Darum geht es dir?«

»Ja, verdammt«, nuschelt sie. »Ich habe von den Gerüchten gehört. Außerdem bin ich deine beste Freundin.«

Meine Augenbrauen schnellen in die Höhe. »Habe ich was nicht mitbekommen oder wann bist du zu meiner besten Freundin aufgestiegen?«

»Ich bin die Einzige, die dich aushält, also halt gefälligst die Klappe und akzeptier es«, knurrt sie.

»Meine Güte sind wir heute wieder schlecht gelaunt«, seufze ich. Als ich kurz darauf eine große warme Hand auf meinem Oberschenkel spüre, zucke ich zusammen.

»Probleme im Paradies?«, wispert mir Blake mit tiefer Stimme ins Ohr, nachdem er sich zu mir rübergelehnt hat.

178

»Geht dich nichts an.« Und damit packe ich die Hand, die wie selbstverständlich auf meinem Bein liegt und drücke sie auf die Tischplatte.

»Was war das denn?«, will Heather wissen, rutscht mit dem Hintern an die Stuhlkante und lehnt sich mit dem Oberkörper ein Stück nach vorne, um eine bessere Sicht zu haben.

»Nichts. Sei nicht immer so neugierig.« Da das Thema damit für mich erledigt ist, schlage ich demonstrativ das Skript auf. »Und jetzt Ruhe. Ich will der Vorlesung folgen.« Das ist zwar glatt gelogen, aber das muss sie ja nicht wissen.

Leider ist der Unterrichtsstil von Professor Reynold - der vollkommen in seinen Monolog vertieft ist - so langweilig wie sein Äußeres, sodass ich lediglich auf meine Unterlagen starre und das Gequatsche über das Leben und Schaffen von Raymond Bernard Cattell in den Hintergrund rückt.

Damit mich die beiden Nervensägen neben mir weiterhin in Ruhe lassen, gebe ich vor, mir Notizen zu machen, indem ich irgendwelche Stichpunkte auf meinen Block kritzel, die ich später vermutlich nicht mal mehr entziffern kann.

Das Fach habe ich mir um Längen interessanter vorgestellt, aber vielleicht braucht der Gute einfach etwas Zeit, um warm zu werden.

»Falls du glaubst, dass das Thema damit erledigt ist, indem du vorgibst, dem Stoff zu folgen, muss ich dich enttäuschen«, mault Heather ein wenig zu laut.

Ich neige den Kopf geringfügig in Blakes Richtung, um zu sehen, ob er ihre Ansage mitbekommen hat, und treffe auf ein dunkelblaues Augenpaar, das mich schonungslos anstarrt.

Klasse. Einfach klasse.

Weil ich keine Lust auf ein weiteres ›anregendes‹ Gespräch mit ihm habe, wende ich eilig den Blick ab.

»Wenn du willst, kann ich dir den Stoff während einer privaten Unterrichtsstunde erklären«, raunt er und legt einen Arm um meinen Stuhl.

»Nein, danke.«

»Ich bin besser, als dieser Langweiler da vorne«, sagt er leise und rückt mit seinem Stuhl näher an meinen heran.

»Was du nicht sagst«, erwidere ich unbeeindruckt und fahre damit fort, auf meinem Block herumzukritzeln.

»Was will er?«, mischt sich nun auch noch Heather ein.

»Sagt mal, wollt ihr mich beide eigentlich absichtlich auf die Palme bringen?«, knurre ich, was mir einen genervten Blick von dem Typen, der eine Reihe vor uns sitzt, einbringt. Professor Reynold scheint davon nichts mitzubekommen, weil er zu sehr damit beschäftigt ist, seinen eigenen Erzählungen zu lauschen.

»Wir können gerne Plätze tauschen«, murmel ich in seine Richtung und hege einen Funken Hoffnung, dass er mein Angebot annimmt. Als er lediglich den Blick abwendet und sich wieder der Vorlesung widmet, sehe ich meine Chance mit dem Mittelfinger winkend an mir vorbeiziehen.

»Willst du meinen Platz haben?«, frage ich an Heather gewandt. »Dann könnt ihr eure Neugier in aller Ruhe befriedigen.« Der Sarkasmus trieft nur so aus meiner Stimme.

Wenn ich mir vorstelle, dass *das hier* ab sofort mein Programm für Freitag sein wird, möchte ich am liebsten auf der Stelle den Kurs wechseln.

Ohne mir zu antworten, schiebt sie mir einen Schokoriegel mit Nougatcreme rüber.

»Versuchst du etwa, mich zu bestechen?«, will ich wissen und grinse sie an.

Sie zuckt mit den Schultern und erwidert mein Grinsen. »Möglich.«

»Du bist echt unglaublich.«

»So bin ich nun mal.«

Im nächsten Moment legt Blake eine gebräunte Hand auf meine Unterlagen und beugt sich zu mir herüber. »Also?« Sein unvergleichlicher Duft hüllt mich ein, lässt meinen Puls schneller schlagen.

Ehrlich, ich bin in meinem bisherigen Leben noch keinem einzigen Mann begegnet, der auch nur annähernd so heiß gerochen hat, wie er.

Herb und süß zugleich. Männlich und irgendwie gefährlich. Ein wandelndes Aphrodisiakum auf zwei Beinen.

Ich schiebe seine Hand achtlos von meinen Sachen, schnappe mir meinen Lieblingskugelschreiber - nennt mich kitschig, aber ich stehe einfach auf diese kleinen pummeligen Einhörner - und tippe mir damit nachdenklich gegen die Stirn. »Hm?«

Er ignoriert meine abweisende Art und klaut mir mit einer geschickten Bewegung den Kuli aus meinen Fingern.

»Hey«, protestiere ich leise und versuche ihm den Stift wieder abzunehmen, leider vergebens.

»Wann hast du Zeit?«, will er wissen.

»Ich brauche keinen Privatunterricht. Der Prof macht seine Sache ... ähm, ganz gut«, presse ich hervor.

Blake hebt eine dunkle Augenbraue in die Höhe und sieht mich ungläubig an. »Ich rechne dir hoch an, dass du den alten Kauz in Schutz nehmen möchtest, aber Reynold ist nun mal eine Niete, wenn es ums Unterrichten geht.«

»Sie können stattdessen ja gerne einen anderen Kurs belegen, der Ihren Ansprüchen gerecht wird, Mr. White.«

»Ich steh drauf, wenn du in dem versauten Tonfall mit mir redest«, raunt er.

»Warum wechselst du den Kurs nicht einfach, wenn du das Fach ja sowieso langweilig findest?«, frage ich und ignoriere seine Neckerei.

»Nicht das Fach ist öde, sondern der Prof«, korrigiert er mich und führt meinen heißgeliebten Kugelschreiber an seine Lippen.

»Was wird das?« Mein Blick heftet sich unbewusst auf seinen Mund.

»Du weichst meiner Frage aus, also muss ich zu drastischeren Maßnahmen greifen.«

»Und was hat mein Stift damit zu tun?«

Er grinst mich dreckig an. »Wenn du mir nicht antwortest«, murmelt er und macht eine dramatische Pause.

»Dann was?«, hake ich ungeduldig nach.

»Dann werde ich deinem Schatz hier«, er lässt den Kugelschreiber geschickt durch seine Finger gleiten, »ganz schlimme Dinge antun.«

Meine Augen weiten sich ungläubig. »Ist das dein verdammter Ernst?«

Was frage ich überhaupt so blöd? Dem Kerl, der gerade breit grinsend neben mir sitzt und mein Eigentum wie eine Trophäe behandelt, traue ich alles zu.

Die Situation ist so absurd, dass ich am liebsten laut loslachen möchte.

»In meinem Zimmer liegen ein paar nützliche Bücher ...«, sagt er vielversprechend.

»Na schön. Ich werde mir eins dieser tollen Bücher von dir ausleihen und lesen. Kann ich jetzt bitte meinen

Kuli zurückhaben?«

»Und eine Stunde deiner wertvollen Zeit«, verlangt der Pummeleinhornentführer dreist.

»Was will er denn nun wieder?«, flüstert mir Heather ins Ohr.

Da ich auf der Stelle ein großes Stück Schokolade brauche, pule ich die Verpackung von meiner Bestechung und beiße genüsslich hinein. »Erzähl ich dir später«, nuschel ich.

»Okay«, gebe ich nach, nachdem ich meinen Blutzuckerspiegel halbwegs unter Kontrolle gebracht habe. »Aber keine Minute länger.«

»Damit kann ich leben«, erwidert er schmunzelnd und drückt mir kurz darauf den Kugelschreiber in die Hand.

Nicht zu fassen, dass ich ihm die Gelegenheit gegeben habe, mich mit einem verfluchten Stift zu erpressen.

Emilia hat ihn mir letztes Jahr geschenkt und da er das einzige Geschenk ist, das von Herzen kommt, habe ich ihn wie einen kleinen Schatz gehütet. Inzwischen ist er einer meiner Lieblingsteile.

»… und bearbeiten Sie die Fragen bis zur nächsten Stunde«, reißt mich Professor Reynolds eintönige Stimme aus meinen Gedanken.

Großartig.

Meine erste Vorlesung und ich habe rein gar nichts vom Stoff mitbekommen.

Zukünftig werde ich mir einen Einzelplatz suchen, weit weg von den beiden Nervensägen neben mir.

»Wir sehen uns dann daheim«, teilt mir Blake gut gelaunt mit.

»Ja ja«, brumme ich.

Bevor er jedoch verschwindet, beugt er sich ohne

Vorwarnung zu mir herüber und drückt mir einen flüchtigen Kuss auf den Mund.

Während die Jungs grölen und anerkennend pfeifen, brechen die Mädchen in Getuschel aus.

Und was mache ich?

Ich erstarre für einige Sekunden zur Salzsäule, bevor sich mein Zeigefinger wie von selbst auf meine Lippen legt; dabei starre ich ihm wie eine Liebeskranke mit wild klopfendem Herzen hinterher.

»Damit das klar ist: Ich will ALLES wissen«, fordert Heather aufgeregt und zerrt mich aus dem Hörsaal. Vorbei an den neugierigen Blicken der anderen Studenten.

BLAKE

Wer hätte gedacht, dass die Psychologie-Vorlesung doch noch so interessant werden würde? Damit meine ich nicht etwa den langweiligen Prof, der offensichtlich der Einzige war, der sich bei seinem seitenlangen Monolog nicht die Kugel geben wollte, sondern Brooke.

Natürlich habe ich mich mit voller Absicht in den gleichen Kurs wie sie eingeschrieben. Ich bin sicher, dass sie mich längst durchschaut hat, was die Sache nur umso interessanter für mich macht.

»Und? War es das wert?«, will Carter wissen, als wir den Campus überqueren. Sein anklagender Tonfall entgeht mir nicht, was ich allerdings getrost ignoriere. In letzter Zeit verhält er sich wie einer dieser weichgespülten Klosterschüler, die einfach nicht anders können, als jedem mit ihrem Gelaber auf den Sack zu gehen.

»Willst du die Antwort wirklich hören?«, frage ich und hebe eine Braue.

»Nein, wahrscheinlich nicht«, murmelt er. »Da ich aber nach wie vor dein bester Freund bin, muss ich mich damit wohl oder übel auseinandersetzen.«

»Musst du nicht und das weißt du auch«, erwidere ich lächelnd. »Ehrlich gesagt wäre ich dir sogar ausgesprochen dankbar, wenn du dich aus der Sache raushalten würdest.«

»Und dich in dein Verderben rennen lassen?«, spottet er. »Vergiss es!«

Eigentlich hätte mir klar sein müssen, dass er nicht so leicht aufgeben würde. Carter ist der verbissenste Typ, den ich kenne, doch ein kleiner Teil von mir wollte das nicht wahrhaben.

Mein Instinkt sagt mir, dass er sich bis zum bitteren Ende einmischen wird und mein Gefühl trügt mich nie. So lange, bis einer von uns beiden entweder aufgegeben hat oder das Spiel vorbei ist. Fragt sich nur, wer den längeren Atem hat.

Ein selbstgefälliges Lächeln bildet sich auf meinen Lippen. Die Antwort liegt klar auf der Hand.

»Hey.« Er boxt mir halbherzig mit der Faust gegen den Oberarm. »Gibt es einen Grund für dein arrogantes Grinsen?«

»Gibt es den nicht immer?«

»Ich will dir ja nicht die Stimmung verderben, aber das solltest du dir unbedingt ansehen.« Etwas an seinem Gesichtsausdruck sagt mir, dass er mir nicht nur irgendeine heiße Tussi zeigen möchte.

Ich drehe den Kopf in die Richtung, in die er mit dem Kinn deutet und entdecke auf dem Parkplatz Brooke und ihre kleine neugierige Freundin, die in der Ecke stehen. Aber das meinte Carter nicht.

Vor den beiden steht ein großer blonder Typ, der ihnen den Weg zu versperren scheint.

Während ihre Freundin energisch auf ihn einzureden versucht, lehnt Brooke lediglich mit dem Rücken gegen die Mauer, die Arme abweisend vor der Brust verschränkt und sieht den Kerl mächtig angepisst an.

Wenn Blicke töten könnten, würde der Penner längst wie ein Häufchen Elend zu ihren hübschen Füßen liegen.

Ich könnte weitergehen, könnte so tun, als hätte ich nichts gesehen. Doch alleine bei dem Gedanken daran, sie hier mit dem Kerl zurückzulassen, möchte ich am liebsten kotzen.

Ja, er scheint harmlos zu sein und ja, sie scheint auch wunderbar ohne mich klarzukommen, aber fuck! Sie ist eben nicht irgendwer und ich wäre nicht ich, wenn ich mich von ihr fernhalten würde.

»Lass uns gehen«, sage ich an Carter gewandt und fixiere mein Ziel mit tödlicher Präzision.

Er hält mich im letzten Augenblick am Arm fest und hindert mich daran, dass ich mich dem Typen wie ein Irrer auf der Jagd nähere. »Bist du sicher, dass du dich einmischen willst? Die beiden scheinen die Situation im Griff zu haben.«

»Ja, verdammt«, knurre ich ungehalten. »Entweder schwingst du deinen Arsch an meine Seite oder du bleibst hier und beobachtest das Spektakel aus sicherer Entfernung. Die Entscheidung liegt bei dir. Aber ich werde hier nicht nur tatenlos rumstehen und zusehen, wie der Kerl zwei Frauen belästigt.« Mein Blick ist herausfordernd und entschlossen.

Carter atmet genervt aus, ehe er sich eine Kippe zwischen die Lippen klemmt und mir zunickt.

Auf dem Parkplatz tummeln sich unzählige Studenten, darunter einige Männer. Wieso zur Hölle interessiert sich niemand für die Szene, die sich in ihrer unmittbaren Nähe abspielt? Wie ignorant können diese Versager nur sein?

Kurz bevor wir die beiden erreichen, spitzt sich die Situation zu. Der blonde Hüne hat Brooke inzwischen mit den Armen eingekesselt und drängt seinen Körper dicht an ihren.

Aus meiner Kehle löst sich ein drohendes Knurren, als ich sehe, wie ihr dieser Wichser deutlich zu nahe kommt. Jeder einzelne Muskel in meinem Körper ist bis zum Zerreißen angespannt, dazu bereit, das zu tun, was nötig ist.

»Nun komm schon, stell disch nischt so an, Süße«, lallt ihr der Spacko sichtlich angetrunken zu und starrt einen Moment zu lange auf ihre perfekten Brüste. »Du willsch es doch auch«, nuschelt er und senkt seinen Kopf.

Das hat der Wichser jetzt nicht wirklich vor!, schießt es mir fassungslos durch den Kopf.

»Blake, nicht«, presst Carter neben mir hervor, legt mir eine große, kräftige Hand auf die Schuler und hält mich bestimmend daran fest, als er sieht, was ich vorhabe. Aber da habe ich mich schon losgerissen.

»FUCK!«, brülle ich außer mir vor Wut, als bei mir eine Sicherung durchbrennt. Ich überwinde die restliche Distanz mit wenigen Schritten, packe ihn am Hals und schleudere ihn mit dem Rücken gegen die Mauer, ehe er seinen Mund auf ihre weichen Lippen legen kann.

Brookes Freundin keucht erschrocken auf und Carter schnaubt genervt, was mir im Moment allerdings am Arsch vorbeigeht.

Ich bringe mein Gesicht ganz dicht an seines und sehe ihn hasserfüllt an. »Sie. Gehört. Mir.«, knurre ich bedrohlich und drücke fester zu. »Falls ich dich noch ein einziges Mal in ihrer Nähe sehen sollte, falls du sie auch nur *ansehen* solltest, wirst du dir wünschen, mir niemals begegnet zu sein.«

Er röchelt jämmerlich unter mir und japst nach Sauerstoff, doch ich lockere meinen Griff für keine Sekunde.

»Haben wir uns verstanden?«, frage ich leise, eiskalt. Mein Geduldsfaden hängt inzwischen am seidenen Faden.

Nur ein Fehler von ihm und ich kann für nichts mehr garantieren.

Und was macht der Idiot?

Er grinst mich an. MICH.

»Gibs zu«, presst er mühsam hervor, weil ihm das Atmen allmählich schwerfällt. »Du willsch die Kleine auch vögeln.« Sein Grinsen wird breiter, dreckiger, als er in Brookes Richtung sieht und sich über die widerlichen Lippen leckt.

Die Ader an meiner Schläfe beginnt heftig zu pochen, als ich die Zähne zusammenbeiße und die Augen gefährlich verenge. Wut wird zu blankem Hass und verdrängt den letzten Funken Vernunft, den ich zu bewahren versucht habe.

»Tu es nicht«, dringt Carters ruhige Stimme an mein Ohr. »Das ist er nicht wert. Und den Ärger übrigens auch nicht.« Er macht keine Anstalten, mich aufzuhalten, steht nur weiterhin da, während er in aller Seelenruhe seine Zigarette zu Ende raucht.

Ich werfe ihm einen schnellen Blick zu. »Sorry, aber ich kann nicht anders«, murmel ich, bevor ich mich umdrehe, die Hand von seinem Hals löse und meine Faust ohne Vorwarnung in sein Gesicht schmettere.

Sein Kopf prallt mit voller Wucht gegen die Wand, was mir etwas Befriedigung verschafft. Er stößt einen leisen Fluch aus und hält sich die Nase. Das Blut tropft ungehindert zwischen seinen Fingern hindurch auf den grauen Asphalt unter ihm und bildet ein ungleichmäßiges Muster.

»Ich wiederhole mich nur ungern«, knurre ich, packe ihn mit einer Hand am Shirt und stoße ihn von mir, was ihn straucheln lässt. »Und jetzt verpiss dich gefälligst, bevor ich mich vergesse.«

Er wirft Brooke einen letzten Blick zu, die die Szene nur gleichgültig verfolgt hat, ehe er laut fluchend um die nächste Ecke verschwindet.

»Wir sollten verschwinden«, sagt Carter und sieht mich ernst an. *»Jetzt«*, fügt er herrisch hinzu, als ich mich nicht vom Fleck rühre.

»Gleich.«

Meine Augen ruhen nur auf ihr, als ich mit geschmeidigen Schritten auf sie zugehe und sie mit einer fließenden Bewegung an mich ziehe. Ihr warmer, weicher Körper schmiegt sich perfekt an meinen, als ich die Arme um sie schließe und mein Kinn sanft auf ihren Kopf stütze.

Ihr reiner, weiblicher Geruch steigt mir in die Nase, nimmt mir ein wenig von meiner Anspannung und lässt mich erleichtert aufatmen.

»Geht's dir gut?«, wispere ich in ihr Haar, sodass nur sie mich hören kann.

Sie legt beide Hände flach auf meine Brust und schiebt mich ein Stück von sich. »Was sollte das denn gerade?« Ihr Blick ist anklagend und ihr Gesichtsausdruck verrät mir, was sie von meiner Aktion hält.

Fuck.

Sie ist eindeutig wütend. Auf mich! Dabei sollte sie auf den Mistkerl sauer sein und nicht auf denjenigen, der ihr wie ein beschissener Ritter zur Hilfe geeilt ist.

Gut, meine Motive waren vielleicht nicht ganz so selbstlos, aber darum geht es hier doch überhaupt nicht.

Fakt ist, dass sie von dem Typen bedrängt und beinahe *geküsst* wurde. Allein der Gedanke daran reicht aus, um meinen Puls gefährlich in die Höhe zu treiben.

»Gut, dann antworte mir eben nicht, ist mir recht«, sagt sie schulterzuckend und duckt sich unter meinen Arm hinweg, um etwas Abstand zwischen uns zu bringen.

Mir ist klar, dass das irrational und ja, auch absolut beknackt und weichgespült klingen muss, aber das befriedigende Gefühl, das ihr Körper an meinem ausgelöst hat, fehlt mir auf der Stelle. Das nächste Mal werde ich sie nicht so einfach davonkommen lassen.

»Du hast Hilfe gebraucht und ich war in der Nähe«, antworte ich, als wäre es das Normalste auf der Welt.

»Ich bin auch gut ohne dich zurechtgekommen.« Sie legt den Kopf leicht schief und sieht mich abschätzend an. »Außerdem bin ich nicht *Dein*«, stellt sie klar.

Natürlich nicht, denke ich lächelnd. Sie gehört längst mir, sie weiß es nur noch nicht.

»Er war betrunken und nicht in der Lage, auch nur einen rationalen Gedanken zu fassen«, sage ich mit Nachdruck. »Der Kerl war gefährlich, Brooke. Er hat dich genötigt und fast geküsst.« Der letzte Teil klingt eher wie ein Knurren.

»Ich war gerade dabei, ihm mein Knie in die Eier zu rammen, als du aus heiterem Himmel aufgetaucht bist und dich wie ein Wahnsinniger auf ihn gestürzt hast. Steve ist harmlos, glaub mir.«

Ich balle die Hände zu Fäusten. *So heißt dieser Wichser also*, schießt es mir übellaunig durch den Kopf. Immerhin habe ich jetzt seinen Namen.

»Er sah aber nicht *harmlos* aus.«

Shit! Wieso kann sie sich nicht wie jeder normale Mensch bei mir bedanken?

Weil das zu einfach wäre, beantworte ich mir meine Frage selbst.

Dass sie mir nicht recht geben will und hartnäckig auf ihrer Meinung beharrt, ist eine Sache. Doch dass sie den Vorfall so herunterspielt und sich der Gefahr, in der sie sich befunden hat, überhaupt nicht bewusst ist, weckt in mir Gefühle, die ich nicht für möglich gehalten hätte.

Wenn ich könnte, würde ich sie in mein Zimmer sperren, ans Bett fesseln und so lange bearbeiten, bis sie wieder zur Vernunft kommt - was in ihrem Fall eine halbe Ewigkeit brauchen würde. Für ihre verdammte Sturheit gehört ihr nicht nur der Arsch versohlt, mir würden da noch ganz andere Dinge einfallen ...

»Du hattest genügend Zeit. Lass uns gehen.« Carter taucht an meiner Seite auf und sieht mich finster an. Seine Erscheinung wirkt auf andere sicher einschüchternd und bedrohlich, mich lässt sie nur genervt mit den Zähnen knirschen. Ich hasse es, unterbrochen zu werden, aber noch viel mehr hasse ich es, wenn jemand der Meinung ist, mir Befehle erteilen zu können.

»Ich sagte *gleich*«, presse ich hervor und versuche, die brennende Wut, die wie heiße Lava durch meine Adern rauscht, in Schach zu halten.

»Dein Freund hat recht«, erwidert Brooke und fällt mir ebenfalls in den Rücken. »Ihr solltet von hier verschwinden, bevor sich die Sache herumgesprochen hat. Wir übrigens auch«, fügt sie hinzu und wirft ihrer Freundin einen flüchtigen Blick zu.

»Du hast die Kleine gehört. Lass uns gehen.«

Die beiden pissen mich gewaltig an, aber sie haben leider recht. Unser Glück, dass die Leute auf dem Campus zu ignorant ist, um sich um meinen kleinen Ausbruch zu scheren.

»Die Sache ist noch nicht erledigt«, sage ich mit einem warnenden Blick in ihre Richtung. »Wir sehen uns daheim.« Damit lasse ich sie stehen und schlendere zu meinem Auto.

BROOKE

S ie gehört mir«, äffe ich ihn nach, als wir endlich im Auto sitzen. »Wie ein verdammter Neandertaler!«
»Wie ein verdammt *heißer* Neandertaler«, korrigiert sie mich. »Das musst du zugeben.«

Ich rolle genervt mit den Augen. Mal wieder. »Das mag ja sein, aber das rechtfertigt seinen idiotischen Besitzanspruch noch lange nicht.«

Wie kommt er überhaupt darauf, mich als *Sein* zu bezeichnen?

Heather wirft mir einen kurzen Blick zu. »Sieh es positiv. Er hat dich davor bewahrt, von Steve geküsst zu werden.«

Mein Schnauben dröhnt durch den Twingo. »Ich hatte die Situation unter Kontrolle.«

»Hattest du nicht«, widerspricht mir das kleine Biest doch glatt und lächelt in sich hinein.

»Ich war kurz davor, ihm mein Knie zwischen die Beine zu rammen, bevor Blake ihn weggezerrt hat. In meinen Augen hatte ich alles im Griff.«

Sie macht eine wegwerfende Handbewegung. »Denk, was du willst, aber Steve ist ne Nummer größer als du und hat ein paar Muckis mehr. Mit einem Schlag in die Weichteile hättest du das Problem jedenfalls nicht gelöst.«

»Mit einer gebrochenen Nase schon oder wie?«, maule ich beleidigt. »Er hätte sich nicht einmischen dürfen, das hat alles nur noch schlimmer gemacht.«

Heather schnalzt missbilligend mit der Zunge. »Noch schlimmer, als es eh schon war? Der Typ stalkt dich, Brooke. Damit ist nicht zu spaßen.«

»Aus dem Grund wollte ich die Sache auch alleine klären. Blakes Eingreifen verkompliziert das Problem nur.«

»Wenn du mich fragst-«

»Tu ich aber nicht«, unterbreche ich sie.

»... hat er dem Kerl klargemacht, dass mit ihm nicht zu spaßen ist und dass er sich ab sofort von dir fernhalten sollte, wenn ihm etwas an seinem restlichen Gesicht liegt«, fährt sie unbeirrt fort.

»Wir werden sehen«, murmel ich und lasse das Fenster herunter. Ich brauche jetzt dringend frische Luft, um wieder einen klaren Kopf zu bekommen.

Als wir eine Viertelstunde später bei mir sind, steht Blakes Auto bereits in der Einfahrt.

Natürlich.

Nichts gegen Heathers schnuckeligen Twingo, aber der Ford Mustang lässt die Karre alt aussehen.

In den letzten Tagen habe ich ihn kaum zu Gesicht bekommen, warum hat er sich dann ausgerechnet heute dazu entschlossen, auf direktem Weg nach Hause zu fahren?

»Jetzt mach nicht so ein Gesicht und lass uns reingehen. Du hast mich schon die ganze Woche hingehalten.« Sie klopft mir aufmunternd auf den Oberschenkel. »Außerdem müssen wir uns noch über die Sache, die in der Vorlesung vorgefallen ist, unterhalten.«

Mit einem gezielten Griff schnappe ich mir meine Tasche, die im Fußraum liegt. »Entscheide so was nicht immer über meinen Kopf hinweg. Du weißt, dass ich das nicht ausstehen kann.« Ich höre mich genervter an, als ich will, aber Heather versteht es einfach, meine schlechten Seiten zum Vorschein zu bringen. Sie provoziert sie geradezu.

Sie steigt mit einer anmutigen Bewegung aus und steckt ihren Kopf ins Auto. »Das sagst du jedes Mal«, erwidert sie mit einem Lächeln auf den Lippen. »Aber weißt du was? Wenn ich dich nicht dazu drängen würde, würde ich nie etwas von dir erfahren. Du bist viel zu verschlossen.«

Manchmal frage ich mich, was ich an dieser kleinen neugierigen Hexe finde. Ihre rücksichtsvolle Art kann es schon mal nicht sein.

»Und du bist zu neugierig«, kontere ich und steige ebenfalls aus.

»Glaub mir«, sagt sie, sperrt das Auto ab und geht an mir vorbei zur Haustür, »später wirst du mir für meine Hartnäckigkeit noch danken.«

»Ich hab' keine Ahnung, wovon du redest«, erwidere ich kopfschüttelnd und folge ihr. »Und jetzt komm, ich möchte dir Shane vorstellen.«

»Shane ist echt super nett. Ich kann verstehen, dass du gerne hier bist.« Heather macht es sich auf meinem Bett bequem, die Beine von sich gestreckt und den Kopf auf die Arme gestützt. »Dein Zimmer ist übrigens auch cool, vor allem der begehbare Kleiderschrank.« Sie sieht mich verschwörerisch an. »Vielleicht könntest du bei meinen

Eltern ein gutes Wort für mich einlegen.«

Ich ziehe die Brauen in die Höhe. »Hattest du nicht gesagt, dass sie zu nett sind?«

»Schon«, antwortet sie zögerlich.

»Warum brauchst du dann mich dafür?«

»Sie sind nett, ja, aber *so* nett nun auch wieder nicht.« Sie stößt einen frustrierten Laut aus und rollt sich auf die Seite, um mich besser ansehen zu können. »Wenn sie etwas nicht sind, dann verschwenderisch. Der Platz in meinem Kleiderschrank reicht locker für zwei Personen aus.«

»Lebendige oder tote Personen?«, hake ich nach und unterdrücke ein Kichern.

Sie rollt mit den Augen. »Sehr witzig.« Obwohl ich mir sicher bin, dass sie beleidigt klingen will, hört es sich eher wie ein unterdrücktes Lachen an. »Du weißt, was ich meine. Meine Eltern sind da etwas eigen. An Geld fehlt es ihnen jedenfalls nicht, es sind ihre verstaubten Ansichten, die meinem Schatz im Weg stehen.«

Heathers Vater arbeitet an der Börse und ihre Mutter ist Hochzeitsplanerin der High Society. Die beiden sind ein eingespieltes Team und liebevolle Eltern.

»Wenn du willst, darfst du stattdessen einfach meinen anschmachten«, biete ich an und ernte einen bösen Blick.

»Ich bin ja nun wirklich keine Tussi, die sich nur um ihr Aussehen Gedanken macht, aber ein begehbarer Kleiderschrank ist doch der Traum einer jeden Frau oder nicht?«

Ich zucke mit den Schultern. »Keine Ahnung, ich kann da lediglich für mich sprechen. Wie wärs, wenn du dir selbst einen kaufst?«

»Das kann ich machen, wenn ich meine eigene Wohnung habe«, erwidert sie frustriert und macht eine wegwerfende Handbewegung.

»Macht es dir etwas aus, wenn ich mich kurz umziehe?«, frage ich beiläufig.

Sie schüttelt den Kopf. »Nein, mach nur.«

»Das Outfit ist leider nicht halb so bequem, wie es aussieht«, erkläre ich und schnappe mir ein schlichtes weißes Top und eine kurze Jeanshose mit einem Totenkopf auf der Rückseite. Meine Mutter weiß nichts von der Hose, was auch besser so ist.

Da mein Geschmack - was Kleidung betrifft - in ihren Augen kaum bis gar nicht vorhanden ist, habe ich auf ihre Wünsche irgendwann keine Rücksicht mehr genommen und mir das gekauft, was ich wollte. Gemeckert hat sie sowieso, dann wenigstens in Sachen, in denen *ich* mich wohlfühle.

Heather stößt einen bewundernden Pfiff aus. »Ich wusste gar nicht, dass du ein Faible für sexy Unterwäsche hast.«

»Du weißt so einiges nicht«, sage ich geheimnisvoll und schlüpfe in die Hose.

»Ich bin schon dabei, deine dreckigen Geheimnisse zu lüften.« Sie klingt von sich überzeugt. »Angefangen bei den heißen Zwillingen.«

Nachdem ich mir das Top übergezogen habe, binde ich meine Haare zu einem unordentlichen Pferdeschwanz zusammen. »Du lässt echt nicht locker, was?«

Heather schnaubt abfällig. »Die beiden sind *das* Thema auf dem Campus. Es gibt wohl niemanden, der die Storys nicht kennt.

»Die Gerüchte interessieren mich nicht. Ich bin wegen meinem Studium hier und nicht, um mich wie alle anderen auf irgendwelche Geschichten zu stürzen.«

»Das sagst du so leicht. Du lebst mit den beiden ja auch unter einem Dach.« Sie wechselt ihre Position und rollt sich auf den Bauch.

»Wir können gerne tauschen, dann hätte ich wenigstens meine Ruhe«, murmel ich. »Hast du Lust auf ne Bionade?«

»Echt jetzt? Du trinkst dieses Zeug?«

»Klar. Es schmeckt, was will ich mehr?«

»Und dass das Zeug aus kontrolliert biologischem Anbau gebraut wird, ist ein netter Nebeneffekt, oder?«

»Was ist so verkehrt daran?«

Sie spielt mit einer schwarzen Haarsträhne. Eine Angewohnheit, die sich immer dann bemerkbar macht, wenn sie über etwas nachdenkt. »Nichts.«

»Okay.« Als ob. »Willst du nun eine oder nicht?« Ich bin am Verdursten und falls sie sich nicht bald entscheidet, werde ich sie zu ihrem Glück zwingen müssen.

»Klar. Aber beeil dich. Ich möchte dich endlich über die Zwillinge ausquetschen.« Ihre Stimme ist eine Nuance höher als sonst. Ein eindeutiges Zeichen dafür, dass sie aufgeregt ist.

»Ich kann es kaum erwarten«, brumme ich wenig begeistert und verlasse das Zimmer. Heather ruft mir noch irgendwas hinterher, doch ich bin bereits auf dem Weg nach unten und höre ihre Worte nur dumpf durch die Tür.

Da ich weiß, dass im Kühlschrank keine Bionade mehr ist, gehe ich direkt in den Keller. Shane hat die Getränkekisten dort gelagert, weil es hier dunkel und kühl ist. Außerdem kann so niemand von uns über die Kisten stolpern.

Gerade als ich mich mit den Flaschen zurück nach oben verziehen möchte, entdecke ich, dass die Tür zum Fitnessraum einen Spalt weit offen steht. In diesem Haus gibt es einfach alles.

Musik dringt aus dem Raum und als ich mich der Tür nähere und sie ein Stück aufschiebe, weigert sich mein Körper, sich auch nur einen Zentimeter von der Stelle zu bewegen. Wie in Trance beobachte ich fasziniert die Szene, die sich vor meinen Augen abspielt.

Pony von *Ginuwine* dringt aus der Anlage, während Blake Gewichte stemmt. Mit *nacktem* Oberkörper und nur mit einer schwarzen Trainingshose bekleidet.

Ich schlucke angestrengt.

Ich bin nur ein Mann
Auf der Suche nach einer Frau
Eine die weiß, wie man reitet
Ohne dabei vom Sattel zu fallen
Sie muss zu mir passen
Muss mich an meine Grenzen bringen
Wenn ich dich in den Wahnsinn treibe
Wirst du nie wieder gehen wollen

Der Schweiß glänzt auf seiner nackten Haut, rinnt an seinem Oberkörper in dünnen Rinnsalen hinab und verschwindet unter dem Stück Stoff, das den Rest seines Körpers verhüllt.

Wenn du scharf bist, lass es uns tun
Reite mich
Ich warte auf dich
Komm und trau dich

Er setzt sich auf die Trainingsbank, stützt seine Hände seitlich ab und lehnt sich leicht zurück. Die Beine streckt er im rechten Winkel zum Oberkörper und führt sie anschließend zur Brust. Wie hypnotisiert starre ich auf seine Bauchmuskeln, die sich bei der Übung sichtlich anspannen.

Ich sitze hier und warte auf dich
Starre auf deinen runden Arsch
Wenn ich die Chance hätte
Würde ich unanständige Dinge mit dir anstellen
Alles an dir
Jedes einzelne Körperteil treibt mich in den Wahnsinn
Auf deinem Rücken bildet sich eine Gänsehaut
Schweiß, der deinen Schenkel herunterfließt

Blake wechselt in den Stand, geht mit geschmeidigen Schritten auf die Trainingsstation zu, zieht die Schulterblätter zusammen und legt die Langhantel vorsichtig darauf ab. Die Füße schulterbreit geöffnet, die Knie leicht gebeugt, der Rücken gerade und den Blick stur auf die Wand vor ihm gerichtet. Er beugt den Oberkörper nach vorne, bis dieser eine parallele Linie zum Boden bildet, hält die Position für einige Sekunden und richtet sich wieder auf. Sein ansehnlicher Hintern, der sich durch die dünne Hose abzeichnet, spannt sich bei jeder weiteren Kniebeuge fest an.

Kräftige Schultern.

Starke, definierte Arme, in die sich jede Frau schmiegen möchte.

Große Hände mit langen geschickten Fingern.

Ein breites Kreuz, das in eine schmale Taille übergeht.

Schultern und Hüfte bilden dieses perfekte männliche V.

Und dazu diese einzigartigen Tattoos, die seinem heißen Körper das gewisse Etwas verleihen.

Einfach alles an diesem Mann ist vollkommen.

Wenn wir zum schmutzigen Teil übergehen
Zeige ich es dir, Baby
Wickel deine Haare um meine Faust
Dringe langsam in dich ein
Bis wir den Punkt erreichen
An dem keiner von uns zurückkann

Fuck. Wieso schießen mir bei dem Song lauter perverse Vorstellungen durch den Kopf? Sie dringen ungebremst in mich ein, während ich wie eine Stalkerin im Türrahmen stehe und ihn heimlich beobachte.

Er begibt sich in Liegestütz-Position. Die Füße weit gespreizt, beide Hände auf die Matte gestützt. Sein Körper bildet eine Linie. Er spannt die Muskeln an, hebt eine Hand vom Boden und legt sie auf dem Rücken ab.

O Gott. Wenn er so weitermacht, brauche ich im Anschluss dringend eine eiskalte Dusche.

Er beherrscht jede Übung wie im Schlaf und sieht dabei auch noch wie der verdammte Fitnessgott höchstpersönlich aus.

Wie gebannt sehe ich zu, wie er seinen Körper langsam absenkt, bis sein Gesicht beinahe den Boden berührt. Er streckt den Arm durch und drückt seinen Körper auf diese Weise zurück in die Ausgangsposition. Sein dunkles Haar ist feucht und auf seiner Haut glänzt der Schweiß.

Ich sollte aufhören, ihn anzustarren.

Ich sollte ihn nicht wollen.

Ich sollte von hier verschwinden, bevor er mich bemerkt.

Und dennoch stehe ich wie angewurzelt da und rühre mich nicht vom Fleck. Fast so, als würde ich es darauf anlegen, dass er mich erwischt.

Blake ist gerade dabei, sein Training zu beenden, als

ich mich endlich aus meiner Starre löse. Er steht auf, schnappt sich das weiße Handtuch, das er bereitgelegt hat und legt es sich um den Hals. Eine einfache Geste, aber an ihm sieht irgendwie alles unglaublich heiß aus.

Bevor er sich umdrehen und in meine Richtung sehen kann, mache ich auf dem Absatz kehrt und eile zur Treppe, um in mein Zimmer zurückzukehren.

»Das hat ja ganz schön gedauert. Wo hast du so lange gesteckt?«, motzt Heather, als ich die Tür mit einer schnellen Bewegung ins Schloss drücke.

Ich reiche ihr wortlos eine Flasche und setze mich neben sie aufs Bett. »Das Licht im Keller ist kaputt«, sage ich ausweichend und öffne die Schublade zu meinem Nachttisch. »Ich habe eine Weile gebraucht, bis ich die richtige Kiste gefunden habe.«

Sie nimmt mir das Feuerzeug aus der Hand und öffnet mit geschickten Fingern erst meine, dann ihre Flasche, bevor sie es zurück in die Schublade befördert. »Erzähl mir keinen Scheiß«, erwidert sie gelassen und trinkt einen großen Schluck. »Mhhh, Zitrone. Das Zeug schmeckt besser als gedacht.«

»Als ob ich dir was Schlechtes andrehen würde«, murmel ich und führe das Getränk an meine Lippen. Der Geschmack von fruchtiger Orange und einem Hauch Ingwer sammelt sich in meinem Mund und lässt mich genießerisch die Augen schließen.

»Also?« Sie setzt sich im Schneidersitz neben mich und sieht mich abwartend an. »Was ist da unten *wirklich* vorgefallen?«

»Nichts. Ehrlich«, versichere ich ihr. Dass sie sich damit nicht zufriedengeben wird, hätte mir klar sein müssen.

Sie seufzt melodramatisch. »Zwingst du mich jetzt echt dazu, selbst da runter zu gehen?«, will sie wissen.

»Du kleines Biest.«

»Was kann ich denn dafür? Du legst es ja quasi darauf an«, rechtfertigt sie sich und zieht einen unschuldigen Schmollmund.

»Keiner zwingt dich dazu, im Dreck anderer Leute herumzuwühlen«, antworte ich knapp. »Ich bin zufällig auf Blake gestoßen, der im Fitnessraum trainiert hat, mehr nicht.«

Heather schnalzt mit der Zunge. »Und da hast du dir gedacht, dass du ihn einfach mal beim Training beobachtest. Ich kann schließlich warten.«

»Als ob du daran vorbeigegangen wärst«, sage ich ironisch.

»Wäre ich nicht. Aber ich gebe das wenigstens offen zu.«

»Habe ich das nicht gerade?«

Ihre schwarzen Haare wippen von links nach rechts. »Nein. Du hast lediglich gesagt, dass du auf ihn ›gestoßen‹ bist.« Sie malt unsichtbare Gänsefüßchen in die Luft. »Keiner nimmt es dir übel, dass du gegafft hast. Er ist heiß, da würde jede Frau schwach werden.«

»Nachdem wir das nun geklärt haben, können wir uns ja wieder auf unsere Abendplanung konzentrieren.«

Sie legt mir eine Hand auf den Oberschenkel. »Hast du wirklich geglaubt, dass du so leicht davonkommst?«

Ich lasse mich ergeben aufs Bett fallen. »Was willst du wissen?«

»Woher kennt ihr euch? Du und die Zwillinge.«

Eine einfache Frage. »Wir sind gemeinsam aufgewachsen. Nicht hier, sondern in dem Kaff, aus dem wir kommen.«

»Und warum ist euer Verhältnis so ... angespannt?«

»Wie kommst du auf so was?«

Ein Schnauben löst sich aus ihrer Kehle. »Ich bitte dich. Jeder mit halbwegs funktionstüchtigen Augen erkennt, dass etwas vorgefallen sein muss.«

Neugierig *und* aufmerksam. Grundsätzlich zwei nützliche Eigenschaften, wenn sie nicht ausgerechnet mich im Visier haben würde.

»Keine Ahnung. Als sie vor drei Jahren plötzlich wegziehen mussten, ist der Kontakt abgebrochen.«

»Wie? Einfach so? Warum hast du dich nicht gemeldet oder sie besucht?«

»Ich muss mich korrigieren. Der Kontakt zu Blake ist abgebrochen, mit Liam habe ich ab und zu geschrieben und mit Shane telefoniert.« Ich seufze. »Es ist nicht so, dass ich nicht versucht hätte, ihn zu erreichen. Er hat seine Nummer geändert. Von Liam habe ich dann erfahren, dass er nichts mehr mit mir zu tun haben möchte. Er ist von heute auf morgen aus meinem Leben verschwunden.«

»Autsch ...«

»Du sagst es.«

Der Gedanke daran weckt Erinnerungen in mir, die ich am liebsten aus meinem Gedächtnis streichen würde. Die Zeit damals war alles andere als leicht für mich und meine Mutter hat nicht gerade dazu beigetragen, dass ich mich besser gefühlt habe.

»Und ja, ich habe sie besucht. Was gar nicht so einfach war. Aber als ich dort war, war er nicht da. Von Shane habe ich erfahren, dass er kaum noch nach Hause kommt. Manchmal hat er ihn sogar eine ganze Woche nicht zu Gesicht bekommen. Er meinte, dass ich ihm etwas Zeit geben sollte und dass sich alles wieder einpendeln würde. Tja, er hatte wohl unrecht.«

Sie stützt ihr Kinn nachdenklich auf ihrem Knie ab.

»Ihr habt bisher nicht über die Sache geredet?«

»Nein. Ich bin ja schon froh darüber, dass er beschlossen hat, sich mir gegenüber halbwegs normal zu verhalten. Du hättest ihn mal hören sollen, als er mich wiedergesehen hat.«

»Hm. Wirst du noch mit ihm reden?«

»Ja«, kommt es zögerlich über meine Lippen. »Irgendwann. Ich muss in Erfahrung bringen, was ich ihm angetan habe und woran ich bei ihm bin.«

Das Thema Blake lässt mir keine Ruhe. Ich brauche Gewissheit, damit ich weitermachen kann.

»Gut.« Sie nickt und lässt sich neben mir in die weichen Kissen fallen. »Du fühlst dich zu ihm hingezogen und empfindest etwas für ihn.« Das ist keine Frage, sondern eine Feststellung.

»Ja«, gebe ich zu und schließe für einen Moment die Augen, um mich zu sammeln. »Leugnen ist ja sowieso zwecklos, hab' ich recht?«

»Ja. Damit, dass du so schnell einknickst und dir deine Gefühle eingestehst, habe ich trotzdem nicht gerechnet.«

Ich lächle in mich hinein. »Ich erspare uns beiden nur Zeit.«

»Du bist heute ausgesprochen kooperativ, so kenne ich dich gar nicht.« Sie sieht mich mit ihren ausdrucksstarken blauen Augen ernst an. »Hast du schon einen Plan?«

»Nicht wirklich. Ich werde ihm die Zeit geben, die er benötigt und hoffe, dass wir irgendwann über die Sache reden können. Ihn zu drängen, würde zu nichts führen, also warte ich ab.«

»Das erscheint mir plausibel«, stimmt sie zu und kaut nachdenklich auf ihrer Unterlippe herum. »Und deine Gefühle für ihn?«

»Was soll damit sein?«, frage ich verwundert.

»Wirst du es ihm sagen?«

Mein Mund klappt auf. »Und wie eine komplette Vollidiotin dastehen? Natürlich nicht!«

Heather kneift die Augen argwöhnisch zusammen. Die kleine Falte, die sich kurz darauf zwischen ihren Augenbrauen bildet, lässt sie älter wirken. »Du übertreibst.«

»Ich werde es bestimmt nicht auf einen Versuch ankommen lassen, nur um dich vom Gegenteil zu überzeugen«, werfe ich rasch ein.

Als ich sehe, wie sich die Rädchen in ihrem Kopf in Bewegung setzen, um irgendeinen Schwachsinn auszuhecken, verdrehe ich nur genervt die Augen.

»Spar dir deinen Atem, ich will es gar nicht hören«, warne ich sie.

Aber sie überhört meine Warnung einfach und beglückt mich mit ihren schlauen Ratschlägen. »Wenn du nicht mit ihm redest, wirst du niemals erfahren, wie er zu dir steht. Einer von euch muss den ersten Schritt machen.«

»Wer sagt, dass mich das überhaupt interessiert?«, hake ich nach, setze mich auf und leere die Flasche zur Hälfte. Alkohol wäre im Moment eine bessere Wahl.

»Ich verwette meinen begehbaren Kleiderschrank darauf, dass du vor Neugier platzt«, erwidert sie von sich überzeugt und setzt sich ebenfalls auf.

Meine Augenbraue gleitet in die Höhe. »Du hast gar keinen begehbaren Kleiderschrank.«

»*Noch nicht*«, korrigiert sie mich und grinst triumphierend.

»Wie auch immer. Ich werde mir nicht die Blöße geben und ihm wie alle anderen Frauen hinterherlaufen.«

»Du sollst ihm nicht hinterherlaufen, sondern mit ihm *reden*.«

Ich stehe auf und schalte die Anlage ein, die mir Shane besorgt hat. Als *Feels* von *Calvin Harris feat. Pharrell Williams, Katy Perry & Big Sean* im Radio gespielt wird, bessert sich meine Stimmung schlagartig. Was würde ich nur ohne Musik machen?

»Im Augenblick halte ich das für keine gute Idee. Der richtige Zeitpunkt wird schon noch kommen.«

Heather rollt sich mit einer gekonnten Bewegung vom Bett und bewegt die Hüften im Takt zur Musik. »Dass Probleme nicht dadurch gelöst werden, dass man abwartet, sollte dir klar sein. Auf mich hörst du ja sowieso nicht.«

»Ich hab' die Sache unter Kontrolle, vertrau mir.«

Nein, habe ich nicht. Aber das muss sie nicht wissen.

Sie zuckt mit den Schultern. »Wenn du das sagst. Ich bin gespannt.«

Ich geselle mich zu ihr, passe mich ihren Bewegungen an und verbanne die Gedanken an Blake in die hinterste Ecke in meinem Kopf. Vorerst.

»Also? Was hast du für heute Abend geplant?«, will ich wissen und lächle sie verschwörerisch an.

BROOKE

Ich weiß nicht, wie lange ich hier schon liege und an die Decke starre.

Allein in diesem Zimmer, allein mit meinen Gedanken.

Vielleicht sind es Minuten, vielleicht aber auch Stunden. Was macht das für einen Unterschied?

Letztes Wochenende war ich mit Heather aus. Nur wir beide. Abschalten, feiern und einfach ein wenig Spaß haben. Es tut gut, jemanden gefunden zu haben, mit dem ich über alles reden kann.

Sie ist so unkompliziert, natürlich und direkt. Bei ihr muss ich keine Angst haben, dass sie mir etwas vormacht. In ihr habe ich eine echte Freundin gefunden, da bin ich mir sicher. Die erste in meinem Leben.

Das Studium läuft besser als gedacht. Die Vorlesungen sind interessant und machen Spaß. Zumindest die meisten davon. Inzwischen habe ich mich sogar mit Professor Reynold arrangiert.

Ja, er ist merkwürdig und ja, er lebt in seiner eigenen verrückten Welt, aber ich bin zuversichtlich, dass er das Problem in den Griff bekommen wird. Immerhin bezieht er uns in den Stoff mit ein.

Vor ein paar Tagen habe ich es endlich geschafft, mit Emilia zu telefonieren. Zwei Stunden lang haben wir über alles Mögliche geredet, gelacht und diskutiert, weil keiner von uns das Gespräch beenden wollte. Ich kann gar nicht in Worte fassen, wie sehr ich diese quirlige Frau vermisse.

Zuhause ist alles beim Alten. Was habe ich auch erwartet? Dass meine Mutter zu einem besseren Menschen wird, wenn ich nicht mehr da bin?

Blödsinn! Menschen ändern sich nicht, erst recht nicht sie.

Wenigstens lässt sie mich die meiste Zeit in Ruhe. Einmal die Woche muss ich sie auf den aktuellen Stand bringen, das wars.

Ich bin mir sicher, dass sie Shane hinter meinem Rücken über mich ausfragt, was mir jedoch egal ist. Sie wird nichts finden. Weil es nichts zu finden gibt, weil ich mir keinen Fehltritt leisten werde.

Mit Blake läuft es gut. Sofern man das, was sich zwischen uns abspielt, als *gut* bezeichnen kann.

Er provoziert mich nach wie vor bei jeder sich bietenden Gelegenheit und mischt sich ständig in meine Angelegenheiten ein, aber etwas hat sich verändert.

Der Ausdruck in seinen Augen, wenn er mich ansieht, ist eine Spur weicher, besitzergreifender geworden. Er sieht mich an, als würde ich ihm und *nur ihm* gehören und das jagt mir eine Scheißangst ein.

Er sollte mich nicht so ansehen und doch tut er es.

Es sollte mir nicht gefallen und doch tut es das.

Obwohl ich glücklich sein sollte, bin ich es nicht.

Diese innere Unruhe, die mich wie ein dunkler Schatten begleitet und kurz davor ist, sich in mir festzusetzen, ist in den letzten Tagen unerträglicher geworden. Sie droht mich zu erdrücken. Wie ein enger Käfig, aus dem ich mich aus eigener Kraft nicht mehr befreien kann.

Und immer wieder schießt mir ein und derselbe Gedanke durch den Kopf: Ich muss hier raus. Jetzt. Sofort.

Bevor ich ersticke.

Ich schlage die Bettdecke zurück, schlüpfe aus dem Bett und tapse mit nackten Füßen zur Tür. Das Engegefühl in meiner Brust wird bedrückender, das Atmen fällt mir zunehmend schwerer. Alles in mir brüllt danach, nach unten zu rennen und die Tür aufzureißen, doch ich unterdrücke den Drang und beiße die Zähne zusammen. Stattdessen schleiche ich auf leisen Sohlen den langen Flur entlang und die Treppen hinunter, streife mir wahllos irgendwelche Schuhe über und trete ins Freie.

Kühle Nachtluft schlägt mir entgegen, lässt mich im ersten Moment gierig nach Sauerstoff japsen. Eine Gänsehaut bildet sich auf meiner Haut, kriecht mir über Arme und Beine, dort, wo das dünne Top und die kurzen Shorts meinen Körper nicht bedecken.

Ich ziehe die Tür hinter mir ins Schloss und laufe los. Lege den Schalter in meinem Kopf um und ersticke die Gedanken, die mir keinen Augenblick der Ruhe gönnen wollen.

Gedanken an meine Mutter, meinen Vater, mein neues Leben und meine Gefühle für Blake, die mein Denken beherrschen und Zweifel in mir säen.

Die Straße ist spärlich beleuchtet, alles wirkt so idyllisch und entschleunigt. Keine Menschenseele, die meinen Weg kreuzt und das Bild zerstört. Nur ich, die Dunkelheit und diese beruhigende Stille.

Wie oft habe ich mich als Kind heimlich rausgeschlichen, wenn ich das Gefühl hatte, Zuhause keine Luft mehr zu bekommen?

Unzählige Male, in denen ich mich hilflos und allein gelassen gefühlt habe. In denen ich einfach nur aus diesem Käfig ausbrechen und weglaufen wollte.

River. Ein Wort. Ein Song. Und auf so vielen Ebenen

perfekt.

Du kannst davonlaufen
So tun, als würde es dich nicht interessieren
Kannst mich von dir stoßen
Weil du niemanden an dich heranlässt
Kannst mich mit deinen Worten verletzen

Ich beschleunige mein Tempo. Lege die Arme schützend um meinen Körper, ignoriere die Kälte, die mit jedem weiteren Schritt, den ich gehe, in mich hineinzukriechen versucht.

Renn nicht vor mir davon, River
Gib nicht auf
Wohin willst du, wenn du nicht mehr weiter weißt?
Mein Herz ist dein Zuhause
Nichts ist so kalt
Als alleine davonzulaufen

Egal, wie weit ich gehe, egal, wie sehr ich dagegen anzukämpfen versuche, der Druck in meiner Brust will einfach nicht abnehmen.

Vielleicht musst du fallen
Das ist es, was Leute wie du tun
Wenn du dich verliebst
Wird alles anders
Lauf nicht vor unserer Liebe davon

Obwohl ich weiß, dass man vor seinen Problemen nicht weglaufen kann, nicht sollte, ist es doch das Einzige, das mich davon abhält, durchzudrehen.

Gerade als ich um die nächste Ecke biegen und meinen Gedanken noch ein Stück weiter entfliehen möchte, schließen sich von hinten zwei starke Arme um meine Taille, die mich daran hindern.

Bevor sich aus meiner Kehle ein erschrockener Schrei lösen kann, wird mir eine große Hand auf den Mund gepresst, die meinen Laut erstickt.

»Shhhh«, wispert mir eine bekannte Stimme beruhigend ins Ohr.

Als ich erkenne, wer mich wie selbstverständlich an sich drückt, fällt alle Anspannung von mir ab. Ich lasse mich erschöpft gegen ihn sinken und schließe für einen kleinen Moment die Augen.

»Wie hast du mich überhaupt gefunden?«, frage ich leise, als er die Hand von meinem Mund löst.

Er drückt mich noch ein wenig enger an seinen warmen Körper und stützt sein Kinn behutsam auf meinem Kopf ab. So, wie er es auf dem Campus schon einmal getan hat. »Indem ich dir gefolgt bin.«

»Wieso?«

»Ich habe mir Sorgen um dich gemacht«, gibt er leise zu. Ich spüre, wie mein Herz bei seinen Worten einen kleinen Satz macht. »Als ich mitbekommen habe, wie du dich unbemerkt rausschleichen wolltest, bin ich dir nachgelaufen.«

»Und ich dachte, ich hätte meine Ninjafertigkeiten perfektioniert«, murmel ich enttäuscht.

Ein tiefes männliches Lachen löst sich aus seiner Kehle. »Mein Gehör steht dem eines Luchses in nichts nach«, erwidert er schmunzelnd. »Fairerweise solltest du wissen, dass der Boden an ein paar Stellen knarzt.«

»Dir entgeht aber auch gar nichts.«

Er zuckt mit den Schultern. »Ich war ohnehin wach.«

»Konntest du nicht schlafen?«, will ich wissen und traue mich nicht, mich auch nur einen Millimeter zu bewegen. Aus Angst, den Augenblick zu zerstören.

»Kann sein. Was ist mit dir?«

»Mir ist alles irgendwie zu viel geworden. Ich musste einfach mal raus«, gestehe ich.

Keine Ahnung, warum ich ihm die Wahrheit sage.

Vielleicht, weil ich ihm nicht ins Gesicht sehen muss.

Vielleicht, weil es guttut, zu wissen, dass er sich um mich sorgt.

Vielleicht aber auch nur, weil ich es leid bin, davonzulaufen.

»Komm.« Er löst sich von mir, nimmt mich bei der Hand und dreht mich mit einer geschickten Bewegung zu sich herum. »Ich kenne da einen Ort, der dir gefallen könnte. Doch vorher«, er zieht seine dunkelblaue Collegejacke aus und hält sie mir hin, »ziehst du dir was über.«

Wir sehen uns einige Sekunden lang stumm an, bevor ich schließlich nachgebe und in die Jacke schlüpfe. Der Stoff fühlt sich angenehm weich und warm auf meiner Haut an. Ich versinke förmlich in ihr, aber das ist mir egal.

Als mir Blakes vertrauter Duft entgegenschlägt und mich einhüllt, kuschel ich mich unbewusst enger in sie hinein.

Die Geste ist so untypisch für ihn, so ... süß.

»Danke«, flüstere ich.

Den restlichen Weg über hält er meine Hand fest mit seiner umschlossen. Erst als wir auf dem kleinen Hügel ankommen, löst er sich von mir, nimmt mich bei den Schultern und schiebt mich sanft an den Rand.

»Von hier oben haben wir einen perfekten Blick auf

die ganze Stadt«, wispert er dicht an meinem Ohr.

»Es ist«, setze ich an und stocke, weil ich nicht weiß, was ich sagen soll.

»Wunderschön?«, vollendet er meinen Satz und ich nicke.

»Ich wusste gar nicht, dass es so einen Platz gibt.«

»Ich komme immer hierher, wenn ich für mich sein möchte oder einfach mal abschalten will.«

Dass er diesen speziellen Ort mit mir teilt, zeigt mir, dass er mich noch nicht ganz aufgegeben hat. Ein Teil von ihm vertraut mir nach wie vor.

»Das hier«, ich deute auf die atemberaubende Aussicht, »bedeutet mir wirklich viel, Blake. Ich weiß gar nicht, wie ich dir danken soll.« Ich lege den Kopf leicht schief und sehe ihn über meine Schulter hinweg an.

»Das musst du nicht«, sagt er ruhig und lässt sich unerwartet neben mir ins Gras sinken. Ehe ich reagieren kann, hat er mich am Handgelenk gepackt und zieht mich mit zu sich herunter. Er legt einen Arm um mich und bettet meinen Kopf vorsichtig auf seine warme Brust.

»Möchtest du mir verraten, was dich belastet?«

Ich sehe nach oben, sauge den Anblick des wunderschönen, klaren Sternenhimmels in mich auf und genieße diese angenehme Stille für einen Moment.

»Ich schätze, dass mir erst jetzt richtig bewusst wird, dass für mich ein völlig neuer Lebensabschnitt beginnt, den ich alleine bestreiten muss.«

»Wie kommst du darauf, dass du alleine bist?«, fragt er überrascht.

»Du kennst meine Mutter«, antworte ich gepresst. »Sie hat sich nicht verändert und wird es vermutlich auch nie tun. Da mache ich mir nichts vor.« Ich stocke kurz und atme tief durch. »Ich bin ihr dennoch dankbar.

Ohne sie wäre ich nicht hier und mein Traum wäre weiterhin nur das: ein Traum.«

Unter meinen Fingerspitzen spüre ich, wie sich seine Muskeln anspannen. Ob es an der Temperatur oder daran liegt, was ich gesagt habe, kann ich nicht ausmachen.

»Der Charakter eines Menschen wird sich nicht ändern. Der äußere Schein vielleicht, aber niemals sein wahrer Kern. Alles andere ist nur schöne Fassade.«

Ich höre den Schmerz aus seiner Stimme deutlich heraus. Wieso werde ich das Gefühl nicht los, dass seine Worte tiefer gehen, als sie vermuten lassen?

»Ja«, hauche ich. »Womöglich hast du damit sogar recht.«

»Das war noch nicht alles«, stellt er fest.

»Nein, war es nicht.«

»Ich werde niemandem davon erzählen«, raunt er und streicht mir eine vom Wind fortgetragene Haarsträhne aus dem Gesicht.

Vielleicht habe ich mich genau nach diesen Worten gesehnt.

Vielleicht hat er sich den richtigen Zeitpunkt ausgesucht, um mir seine sanfte Seite zu zeigen.

Vielleicht ist das hier auch nur eines seiner zahlreichen Spiele, auf die ich hereinfalle.

Egal, was es ist, es kümmert mich nicht.

»In letzter Zeit denke ich immer wieder an meinen Vater und daran, warum er uns damals verlassen hat. Ich meine, ich kann mich kaum an den Mann erinnern, der mich gezeugt hat, aber tief in mir schlummert diese Sehnsucht. Der Drang, ihn kennenzulernen und endlich Antworten auf meine Fragen zu finden.«

»Deine Mutter verliert nach wie vor kein Wort darüber?«

»Nein.« Ich knirsche mit den Zähnen. »Jedes Mal, wenn ich auf das Thema zu sprechen komme, macht sie entweder dicht, ignoriert meine Fragen oder tickt völlig aus.«

»Wieso bittest du nicht Shane um Hilfe?«, schlägt er vor. »Die beiden waren schließlich miteinander befreundet.«

Gedankenverloren male ich mit den Fingern unsichtbare Muster auf seine Brust. Wahrscheinlich, um mich zu beruhigen, oder so was in der Art.

»Was denkst du, was ich getan habe?«, seufze ich niedergeschlagen. »Shane kann mir leider auch nicht weiterhelfen. Als sich mein Vater damals aus dem Staub gemacht hat, hat er den Kontakt zu seinen Freunden einfach abgebrochen. Es war, als hätte es ihn nie gegeben.«

»Hm. Und das Geld?«

Ich blinzle verwundert zu ihm auf. »Was meinst du?«

»Woher hat deine Mutter das ganze Geld?«

»Ersparnisse? Erbe? Ich bin die Letzte, mit der sie über ihre Finanzen spricht.«

Er schließt seine Finger um meine und führt sie an seine Lippen.

»Was tust du da?«, frage ich etwas überfordert und starre wie hypnotisiert auf diesen verführerischen Mund.

»Deine Hände sind eiskalt«, antwortet er ernst und sieht mich eindringlich an. »Meine sind es nicht.«

Eine einfache Geste seinerseits reicht aus, um mich völlig aus dem Konzept zu bringen, und meine Gedanken durcheinanderzuwirbeln.

Seine mitternachtsblauen Augen sind nur auf mich gerichtet und mit jeder weiteren Sekunde, die vergeht, scheint meine Fassade, die ich in seiner Gegenwart mühevoll aufrechtzuerhalten versuche, Risse zu bekommen.

»Ist dir nicht kalt?«, will ich unnötigerweise wissen.

Wäre sein Körper sonst so verdammt heiß?

Er haucht kleine Küsse auf meine Fingerspitzen. »Mach dir um mich mal keine Sorgen.«

Sein warmer Atem trifft auf meine kühle Haut, was mir eine angenehme Gänsehaut beschert, doch die Berührung seiner weichen Lippen sollte sich nicht so gut, so *richtig* anfühlen.

»Du musst hinter die Quelle ihres Vermögens kommen«, wispert er. »Konzentrier dich darauf und du wirst finden, wonach du suchst.«

»Du denkst, dass mein Vater dahintersteckt?«

Sein Blick wird eine Spur düsterer. »Ich bin mir sogar sicher.«

Ich weiß nicht, ob es daran liegt, wie er mich ansieht oder ob es an der Entschlossenheit in seiner Stimme liegt. Aber ich bin davon überzeugt, dass mehr hinter der Sache steckt, als meine Mutter zugeben möchte.

Sanft entziehe ich ihm meine Finger, stütze mich mit einer Hand vom Boden ab und setze mich auf, die Arme um meine Knie geschlungen. Seine Worte haben mich nur noch nachdenklicher gestimmt.

Was, wenn er recht hat und das Geld tatsächlich von meinem Vater stammt? Ist es zu viel verlangt, mir zu wünschen, dass er Kontakt zu mir aufnimmt und sich wenigstens ein wenig für mich und mein Leben interessiert? Wieso zur Hölle stört mich das überhaupt?

Ich kann mich kaum an seine Stimme erinnern, geschweige denn an sein Gesicht und doch herrscht in mir eine Leere, die sich mit nichts füllen lässt. Diese Ungewissheit treibt mich noch in den Wahnsinn!

Von hinten schließen sich zwei kräftige Arme um mich, die meinen Körper dicht an seinen heranziehen.

Fest umschlungen zwischen seinen Beinen zu sitzen, macht mich nervöser, als ich zugeben möchte. Aber da ist auch dieses warme Gefühl in meiner Brust, das ich immer in seiner Nähe zu spüren scheine und das mir ein wenig von meiner Ruhelosigkeit nimmt.

»Beantwortest du mir eine Frage?«, wispere ich, gebe meinen Widerstand auf und lasse mich sanft gegen ihn sinken.

Ich fühle, wie sich sein Körper bei meinen Worten kurz versteift, bevor er zu einer Antwort ansetzt. »Was möchtest du wissen?«

Mir ist klar, dass ich diesen seltenen Moment, in dem er mir eine Seite von sich zeigt, die ich längst vergessen geglaubt habe, innerhalb eines einzigen Wimpernschlags zerstören kann. Nur eine falsche Frage, nur ein falsches Wort und das zarte Band zwischen uns verpufft und löst sich vor meinen Augen in Luft auf.

Da sind so viele Dinge, die mir im Kopf herumschwirren, so viele Fragen, die nach einer Antwort verlangen, doch ich werde nichts überstürzen.

Irgendwann, da bin ich mir sicher, wird der Tag kommen, an dem wir offen über alles reden können. Aber dieser Tag ist noch nicht gekommen.

»Denkst du manchmal an damals?«, will ich leise wissen und sauge den atemberaubenden Blick auf San Francisco erneut in mich auf. Ich präge mir das glitzernde Lichtermeer, die zahlreichen architektonischen Bauten, die wie bunte Bauklötze aussehen und die Golden Gate Bridge, die selbst aus der Ferne betrachtet, überwältigend wirkt, ein.

Es vergehen Minuten, die mir wie eine kleine Ewigkeit vorkommen, in denen er nichts sagt und mich einfach in seinen Armen hält. Ich rechne schon gar nicht mehr mit einer Antwort, als er plötzlich die Stille durchbricht.

»Ja.« Nur ein einziges Wort, aber die Bedeutung, die sich dahinter verbirgt, ist so viel mehr wert.

Seine Stimme klingt rau, dunkel und irgendwie melancholisch. Wenn ich ihm jetzt ins Gesicht sehen würde, wäre sein Blick vermutlich noch eine Spur finsterer.

»Ich auch«, murmel ich. »Sehr oft sogar.«

»Dass ich daran zurückdenke, heißt nicht, dass ich die Zeit auch *vermisse*«, erwidert er kühl. »Ich bin nicht der Typ dafür, der der Vergangenheit hinterher trauert und sich in die lächerliche Vorstellung flüchtet, dass es wieder genauso werden kann. Was zählt, ist das Hier und Jetzt.«

»Ist es in deinen Augen wirklich so falsch, sich nach einer Zeit zu sehnen, in der noch alles gut war? Bevor man den womöglich größten Fehler seines Lebens begangen hat?«

Vielleicht habe ich zu viel gesagt.

Vielleicht hat er mich längst durchschaut.

Aber was macht das für einen Unterschied?

Wenn ich dadurch einen Teil seines Vertrauens zurückgewinne und unsere Beziehung zueinander nur ein wenig leichter mache, nehme ich die Konsequenzen gerne in Kauf.

»Die Vergangenheit kann nicht geändert werden«, erwidert er hart. »Finde dich damit ab, Brooke«

Seine Worte lassen mich - trotz seiner Körperwärme, die auf mich übergeht - frösteln.

»Du hast recht. Fehler können nicht ungeschehen gemacht werden«, murmel ich. »Aber wir können aus ihnen lernen.«

»Wir sollten gehen. Es ist spät«, sagt er kurz angebunden, löst sich von mir und steht auf. »Komm.«

Seine warmen Finger verschlingen sich mit meinen und lassen mich erst los, als wir vor meiner Zimmertür stehen.

»Schlaf gut«, raunt er, macht jedoch keine Anstalten, zu gehen.

»Danke«, flüstere ich und sehe unsicher zu ihm auf, »dass du für mich da warst, als ich dich gebraucht habe. Und natürlich auch für die unvergessliche Aussicht.«

Er kommt näher, überwindet die restliche Distanz, die zwischen uns herrscht und kesselt mich mit seinem Körper ein. Wie ein Raubtier auf der Jagd.

Sein Blick ist dunkel, wild und wirkt entschlossen.

Diese unglaublich weichen Lippen sind einen Spalt geöffnet, dazu bereit, mich um den Verstand zu küssen.

Dieser Mann ist die pure Sünde, die reine Versuchung, der keiner Frau widerstehen kann.

Er nimmt mein Kinn zwischen Daumen- und Zeigefinger, hebt es leicht an und senkt seinen Kopf langsam zu mir herunter. In diesem Moment scheint die Welt um mich herum stillzustehen.

Mein Puls rast und pocht wie wild gegen meinen Hals.

Mein Atem beschleunigt sich.

Jeder einzelne Muskel in meinem Körper ist angespannt.

Meine Finger werden feucht und krallen sich unbewusst in den weichen Stoff seines Shirts.

Als sich unser Atem miteinander vermischt, spielen meine Sinne endgültig verrückt. Ich weiß nicht mehr, was ich denken oder fühlen soll. Hilflos schließe ich die Augen und grabe die Zähne in meine Unterlippe, um noch etwas anderes als dieses unerträgliche Verlangen zu spüren.

»Du bist nicht allein«, haucht er. »Niemals. Denk daran«, raunt er und presst seine Lippen gegen meine Stirn.

Er wirft mir einen letzten eindringlichen Blick zu, bevor er mich aus seinem Griff entlässt und mich atemlos zurücklässt.

BLAKE

Unnachgiebig halte ich ihre Arme hinter ihrem Rücken gefangen, ersticke die leisen Protestlaute, indem ich meinen Mund grob auf ihren presse und dränge sie gegen das Bett. Sie folgt meiner Bewegung und lässt sich ergeben auf die Matratze sinken.

»Blake, ich-«, keucht sie, doch bevor sie die Stimmung versauen kann, lasse ich sie los und verpasse ihr einen leichten Stoß.

»Sei still«, knurre ich, zerre mir das enge Shirt über den Kopf und entledige mich meiner Hose samt Boxershorts. Cindys Augen weiten sich, als sie ihren Blick nach unten gleiten lässt und meine pralle Erektion sieht, die sich ihr pulsierend entgegen reckt.

»Du weißt, wieso du hier bist«, raune ich.

Sie leckt sich nervös über die roten Lippen, ehe sie zaghaft nickt.

»Gut«, murmel ich zufrieden und lege mich zu ihr. »Dann zeig mir, was du kannst«, fordere ich bestimmend und befördere ihren Körper mit einer geschickten Bewegung in umgedrehter Stellung auf mich.

Sie keucht erschrocken auf, als ich sie mit beiden Händen an den Hüften packe und ihr unerwartet fest in den Arsch beiße. Ihr lustvolles Stöhnen, was kurz darauf folgt, schießt geradewegs in meinen Schwanz und macht mich nur umso geiler.

Ihre geschickten Finger schließen sich um meinen Schaft, bewegen sich in langsamen Schüben auf und ab, bevor sie ihre Lippen um die Spitze stülpt und sanft zu saugen beginnt. Mit der Zungenspitze leckt sie über die Eichel, lässt sie immer wieder in ihren warmen Mund verschwinden und platziert hauchzarte Küsse darauf. Mit einer Hand massiert sie die Wurzel, während die andere gleichzeitig mit meinen Eiern spielt.

Ich schiebe das schwarze Kleid ungeduldig nach oben und entblöße dabei ihren blassen nackten Unterkörper. Das kleine Luder trägt keine Unterwäsche, genauso wie ich es von ihr erwartet habe.

»Sag mir, was du willst«, verlange ich und lasse den Mittelfinger provozierend durch ihre feuchte Spalte gleiten.

Sie wackelt aufreizend mit den Hüften und drängt sich gierig meiner Berührung entgegen. »Dich«, nuschelt sie und nimmt meinen Schwanz noch tiefer in sich auf.

Ich verpasse ihr einen harten Schlag auf den Arsch. »Genauer.«

»Bitte«, bettelt sie, »ich will deine Finger in mir spüren.«

Ohne Vorwarnung schiebe ich Zeige- und Mittelfinger in ihre nasse Pussy und versenke mich gleichzeitig zur vollen Länge in ihrer Mundhöhle.

Ihr Würgen und Stöhnen erfüllen den Raum, vermischen sich mit meinem Knurren und treiben mich meinem Orgasmus mit jedem weiteren Stoß entgegen.

»Ich bin auch noch da«, raunt ihr Liam zu, als er nackt ans Bettende tritt und sie besitzergreifend ansieht.

Er wickelt ihre schwarze Mähne um seine Faust, zieht ihren Kopf ruckartig nach oben und drängt seinen harten Schwanz bestimmend zwischen ihre geteilten

Lippen. Cindy japst nach Luft und beginnt damit, meine Finger zu reiten. Ihr heißer Saft sammelt sich zwischen ihren Beinen, läuft an meiner Hand und ihren Schenkeln herunter.

Ich spreize ihre Schamlippen, lege ihren Eingang frei und schiebe meine Zunge in ihre zuckende Öffnung. Sie schmeckt nach Frau und Geilheit, leicht salzig und irgendwie süß. Ihr Wimmern wird lauter, als sich Liam bis zum Anschlag in ihr versenkt und ihren Mund mit langsamen Bewegungen fickt.

»Fuck«, stöhnt er und legt den Kopf in den Nacken. »Die Kleine ist gut.«

»Sie wird noch viel besser sein, wenn wir sie endlich ficken«, erwidere ich lächelnd, entziehe ihr meine Finger und schiebe ihren Körper von meinem.

Im Hintergrund läuft ein Remix von *Anywhere* von *Room 112*. Liam muss die Anlage eingeschaltet haben, als ich damit beschäftigt war, mich um Cindy zu kümmern.

Nachdem ich die Kondompackung aus der Kommode neben dem Bett gefischt habe, rolle ich die hauchdünne Latexhaut über die volle Länge und positioniere mich hinter ihr.

Meine Hände graben sich in ihre schmale Taille, als ich mich mit einem einzigen kraftvollen Stoß in ihrer heißen Enge vergrabe. Ihr spitzer Schrei wird durch den Schwanz, der sich erbarmungslos zwischen ihre Lippen schiebt, gedämpft.

Mit jedem weiteren Stoß dringe ich noch ein wenig tiefer in sie ein, dehne sie bis zum Anschlag und mache sie süchtig nach mir und meinem Körper. Sie drängt sich meinen Bewegungen entgegen, lässt sich fallen und legt ihre Lust in unsere erfahrenen Hände.

Ich spreize ihre prallen Pobacken, spucke auf ihre

Öffnung und schiebe beide Daumen in ihren Arsch. Während sie vor der intensiven Berührung flüchten möchte, zuckt ihre verräterische Pussy unkontrolliert und zieht sich um meinen Schwanz zusammen.

»Du wusstest, worauf du dich einlässt«, erinnere ich sie mit gefährlich leiser Stimme und versenke mich erneut in ihr. Härter. Erbarmungsloser.

Wir finden schnell einen gemeinsamen Rhythmus, der uns alles andere vergessen lässt.

Der leichte Schweißfilm, der sich auf ihrer nackten Haut gebildet hat.

Der gerötete Hintern, auf dem ich meinen Handabdruck erahnen kann.

Die schmatzenden Geräusche, die ihre Pussy und ihr Mund machen, wenn wir uns in ihr bewegen.

Der Anblick ihrer geschwollenen Schamlippen, die sich um meinen Schwanz schmiegen.

Ihre warme Enge, die mich bei jedem Stoß umschließt und mich meinem Höhepunkt entgegentreibt.

Liam und ich werfen uns einen flüchtigen Blick zu, der alles sagt. Wir beschleunigen zeitgleich das Tempo und nehmen uns, was uns zusteht. Cindy stöhnt hilflos zwischen uns, gefangen in ihrer eigenen Lust.

Kurz bevor ich meinen Orgasmus erreiche, ziehe ich mich aus ihr zurück. Ich rolle das Kondom von meinem Schwanz, spreize ihre prallen Backen und dringe mit der Spitze in ihren Arsch ein, ehe ich meine Ladung in harten Schüben in sie spritze. Wenig später erreicht auch Liam seinen Höhepunkt und kommt in ihrem Mund.

Er zieht sich aus ihr zurück, sinkt vor ihr in die Hocke und umfasst ihr Gesicht mit einer Hand. »Schön schlucken«, raunt er ihr mit einem bedrohlichen Lächeln zu und fährt mit den Fingerspitzen provozierend über ihren schlanken Hals.

Wenn es um Brooke geht, verhält er sich wie ein gottverdammter Gentleman, der er nicht ist.

Wie sie wohl reagieren würde, wenn sie ihn in diesem Augenblick sehen könnte?

Der finstere Blick, in dem nichts Zärtliches mitschwingt.

Das beängstigende Lächeln auf seinen Lippen, das die dunkle Seite, die in ihm schlummert, erahnen lässt.

Die Art, wie er mit ihr spricht. Drohend. Kalt. Bestimmend.

Seine ganze Körperhaltung. Groß und einschüchternd.

Im Moment erinnert nichts an den zuvorkommenden und einfühlsamen Kindheitsfreund, den sie zu kennen glaubt.

Ob sie ihn noch mit diesem verträumten und vertrauensvollen Blick ansehen würde, wenn sie von seiner wahren Natur wüsste? Ob sie weiterhin gerne in seiner Nähe wäre?

Unsere süße, unschuldige Brooke mit den wunderschönen braunen Augen und dem Aussehen eines Engels.

Sie gehört mir. Nur mir.

Ich werde sie an niemanden aushändigen. Nicht einmal an meinen eigenen Bruder.

Ein zufriedenes Lächeln umspielt seine Lippen, als sie seiner Aufforderung nachkommt und auch den letzten Tropfen herunterschluckt. Genauso, wie wir es von ihr erwarten.

»Es wird Zeit, dass wir zum interessanten Teil übergehen, findest du nicht auch?«, will er wissen und sieht sie mit einer Mischung aus Erregung und Befriedigung an. »Aber zuvor«, seine Hand schließt sich um ihren ansehnlichen Hals und drückt leicht zu, »solltest du dich um meinen Bruder kümmern.« Er lässt sie abrupt los und betrachtet sie abwartend.

Cindy richtet sich auf wackligen Beinen auf, dreht sich um und krabbelt auf allen vieren und mit schwingenden Hüften auf mich zu. Ein verführerisches Lächeln legt sich auf ihre Lippen, als sie mich ansieht, ihre Mähne zur Seite wirft und meinen Schwanz in den Mund nimmt.

Mit ihrer warmen, feuchten Zunge umspielt sie meine Eichel, leckt von der Wurzel bis zur Spitze nach oben, nur um ihn anschließend erneut tief in ihrem Mund verschwinden zu lassen. Ihre Wangen werden hohl, während ihr Kopf in gleichmäßigen Bewegungen auf und ab wippt. Meine Hände krallen sich wie von selbst in ihre dunkle Mähne und bestimmen den Rhythmus, mit dem sie sich auf mir bewegt.

»Das reicht«, knurre ich kurze Zeit später und ziehe sie an den Haaren zurück.

Ihre Lippen sind leicht geschwollen, einen Spalt geteilt und ihr roter Lippenstift ist verschmiert. Ihre Augen sind vor Lust verschleiert, ihre Frisur ist ein einziges Durcheinander und das enge Kleid enthüllt mehr, als es verdeckt. Die Beine hat sie gespreizt und aus ihrer Pussy läuft die Feuchtigkeit an ihrem nackten Schenkel hinab.

Hier kniet sie und fleht mich stumm an, ihr mehr zu geben.

Unsere perfekte kleine Schlampe.

Liam gesellt sich zu uns, lehnt sich mit dem Rücken gegen das Kopfteil und lockt sie mit einem Finger zu sich. Sie wirft mir einen letzten Blick zu, bevor sie sich mit weit gespreizten Beinen auf seinen Schoß setzt und ihre Arme um seinen Nacken legt.

Er umfasst ihren Nacken mit einer Hand, ehe er seinen Mund hart auf ihren presst, seine Zunge zwischen ihre Lippen drängt und sie um den Verstand küsst.

Ich nutze die Gelegenheit, indem ich mich hinter ihr in Stellung bringe, ihre Pobacken spreize und meine Zunge ohne Vorwarnung in ihren Arsch schiebe. Ein tiefes Stöhnen vibriert in ihrer Brust, als sie sich meiner Berührung gierig entgegendrückt.

Beide Daumen folgen, bewegen sich in ihr und dehnen sie, um sie auf das vorzubereiten, was gleich kommen wird.

Liam unterbricht ihren Kuss, zerrt ihren Kopf an den Haaren zurück und beißt ihr fest in den Hals. Er weiß, was er will und nimmt es sich. Meistens auf die harte Tour.

Ihr leises Wimmern erfüllt den Raum und wird eins mit dem satten Bass, der aus den Boxen dringt, als sich ihr Innerstes um mich herum zusammenzieht.

Sie kann es noch so oft abstreiten, aber sie steht auf *das hier*. Auf die raue Behandlung und darauf, von uns wie ein Spielzeug weitergereicht zu werden. Genau aus diesem Grund haben wir sie ausgewählt. Weil sie einfach *alles* mit sich machen lässt.

Er leckt über die wunde Stelle, ehe er sich von ihr löst und ein Kondom überzieht. Ihre Nägel graben sich in seine Oberarme, woraufhin er grob ihre Hüften packt und sie knurrend auf seinen Schwanz drängt.

Ihr Wimmern geht in ein erregtes Stöhnen über und ihr Kopf sackt voller Verzückung in den Nacken, als er im erbarmungslosen Rhythmus in sie stößt.

»Es wird Zeit«, raune ich ihr ins Ohr und schiebe meine Daumen ein letztes Mal in ihre Öffnung, bevor ich mich aus ihr zurückziehe.

Auf ihrer nackten Haut bildet sich eine zarte Gänsehaut. Sie lässt den Oberkörper ergeben nach vorne sacken und hält sich mit beiden Händen an der Kopfstütze fest. Zitternd vor Erregung und bereit für das, was wir mit ihr vorhaben.

Liam drosselt das Tempo, dringt mit beiden Mittelfingern in ihren Po ein und spreizt ihn für mich. Ich verzichte auf ein Kondom, umfasse meinen Schwanz mit einer Hand und drücke ihn gegen ihren feuchten Eingang. Ihre heiße Enge umschließt mich, nimmt mich tief in sich auf, bis auch der letzte Zentimer in ihr steckt.

Wir bewegen uns gleichzeitig, im Einklang. Jedes Vordringen hallt in meinem Unterleib wider, treibt mich immer weiter an. Ihr Körper, der zwischen uns unkontrolliert zu zucken beginnt, wird zu Wachs in unseren Händen. Sie gibt sich uns widerstandslos hin, heißt jeden harten Stoß willkommen und schreit ihre Lust hemmungslos heraus. Ihr Stöhnen klingt tief und rau, beinahe gepeinigt.

Ich spüre sofort, als sie den Raum betrifft. Die Luft verändert sich, riecht nicht mehr nur nach Sex. Ein Hauch ihres süßlichen Parfüms dringt in meine Nase und setzt sich dort fest. Gierig sauge ich ihren Duft ein, schließe genüsslich meine Augen und lasse meine Hüften im gleichmäßigen Rhythmus vorschnellen.

Ich wusste, dass sie kommen würde, um das Buch, das ich ihr vor ein paar Tagen geliehen hatte, zurückzugeben. Ich *wollte* es so.

Wollte, dass sie nichts ahnend in mein Zimmer platzt.

Wollte, dass sie *das hier* mit eigenen Augen sieht.

Wie ich eine andere Frau nehme. Wie ich ihr unvorstellbare Lust verschaffe. Und sie unter mir zum Schreien bringe.

Ich wollte ihr zeigen, was ihr gehören könnte, wenn sie endlich ihren Widerstand aufgeben würde.

Es wäre so leicht. Nur ein einziges Wort von ihr würde genügen und sie wäre diejenige, die ich im Augenblick zum Höhepunkt ficken würde.

Ihr Blick ruht auf mir, das *weiß* ich.

Auf meinem nackten Körper, den sie regelrecht mit ihren Augen verschlingt.

Auf meinen Tattoos, über die sie vor kurzem so zärtlich mit ihren Fingern gestrichen hat.

Auf meinen pumpenden Hüften, die bei jedem Vordringen gegen den blassen Arsch klatschen.

Ein zufriedenes Lächeln legt sich auf meine Lippen, als ich den Kopf in ihre Richtung drehe und sehe, wie sie in ihrer Bewegung erstarrt.

Dass ihre Augen einzig und allein auf *mich* und nicht auf meinen Bruder gerichtet sind, verschafft mir mehr Befriedigung, als es dieser bedeutungslose Fick jemals könnte.

In ihrem Blick spiegeln sich Abscheu, aber auch Lust wider. Ihre perfekten Brüste heben und senken sich hektisch, die Schenkel hat sie krampfhaft zusammengepresst. Meine süße Brooke ist eindeutig erregt.

Als sie sich mit dieser kleinen rosafarbenen Zunge über die vollen Lippen leckt, ist es um meine Selbstbeherrschung geschehen.

Fuck!

Ohne unseren Blickkontakt zu unterbrechen, erreiche ich wenige Sekunden später meinen Höhepunkt.

Es gefällt ihr, dass ich dabei *sie* und nicht Cindy ansehe, auch, wenn sie das niemals zugeben würde. Aber das genügt mir.

Wenn ich mit ihr fertig bin, wird sie stöhnend unter mir liegen und mich um mehr anbetteln. Und am Ende wird es mein Name sein, den sie schreien wird.

BROOKE

D u hast ihn beim Sex erwischt?« Heathers Augen weiten sich ungläubig, als sie sich näher zu mir herüberbeugt, um ja nichts zu verpassen.

»Geht's vielleicht noch etwas lauter? Da hinten sind zwei Leute, die dich nicht gehört haben«, maule ich und bereue auf der Stelle, meine schlechte Laune an ihr ausgelassen zu haben. »Sorry«, seufze ich und nippe an meiner Cola. »Ich weiß auch nicht, wieso ich im Moment so mies gelaunt bin. Es ist ja nicht so, dass ich so was zum ersten Mal gesehen habe.«

Sie macht eine wegwerfende Handbewegung und lächelt mich verständnisvoll an. »Mach dir nichts draus. Ich kann dich verstehen.« Mein Blick schweift zu der schwarzen Haarsträhne, mit der sie herumspielt. »Du bist in ihn verschossen. Kein Wunder, dass du schlechte Laune schiebst.«

Da gerade ein paar Mädels an unserem Tisch vorbeikommen, senke ich meine Stimme, weil mir das Thema unangenehm ist. »So ist das nicht. Die Sache mit Blake ist lediglich eine kleine Schwärmerei, irgendwelche Hormone, die verrückt spielen. Das legt sich wieder.«

Ihre Lippen kräuseln sich. »Na klar doch. Rede dir das ruhig weiter ein.« Ihre blauen Augen heften sich auf mein Gesicht. »Aber irgendwann wirst du einsehen müssen, dass das, was da zwischen euch läuft, viel tiefer geht, als du es dir selbst eingestehen willst.«

Muss ich das wirklich? Können wir nicht einfach dort ansetzen, wo wir damals aufgehört haben? Als Freunde? *Nein, natürlich können wir das nicht.*

Und wenn ich ernsthaft darüber nachdenken und das Thema nicht ständig aus meinen Gedanken verbannen würde, wüsste ich das auch.

Für uns gibt es kein Zurück und insgeheim weiß ich das. Dafür haben wir die Grenze bereits zu weit überschritten. Mehrmals.

»Vielleicht hast du recht«, gestehe ich zerknirscht. »Aber was ändert das schon?«

»Eine ganze Menge«, erwidert sie überzeugt. »Ihr müsst nur endlich miteinander reden.«

»Das haben wir. Na ja, zumindest irgendwie«, sage ich beiläufig und spiele mit meinem Glas.

Sie schnaubt. »Wieso hast du mir nichts davon erzählt?«

»Vielleicht weil du viel zu neugierig bist?«, stichel ich und ernte einen bösen Blick. »Nein, jetzt mal ernsthaft. Er ist mir gestern Nacht nach draußen gefolgt und da haben wir die Gelegenheit genutzt, um etwas zu reden.«

Heather hebt skeptisch eine Augenbraue in die Höhe. »Möchte ich wissen, warum du nicht wie andere normale Menschen geschlafen hast?«

»Ich hatte das Gefühl, dass mir daheim die Decke auf den Kopf fällt«, gebe ich zu. »Ich musste einfach mal raus, um über alles nachzudenken.«

»Hmm. Und Blake ist dir gefolgt?«

»Ja. Er konnte wohl auch nicht schlafen.«

»Über was habt ihr euch denn unterhalten? Hast du es ihm gesagt?«

Mir ist klar, was sie mit *es* meint. »Nein, habe ich

nicht. Dafür war nicht der richtige Zeitpunkt.«

Sie sackt enttäuscht in sich zusammen und zieht einen Schmollmund, der an anderen lächerlich, aber an ihr einfach nur süß aussieht. »Zwei Sturköpfe, die zu stolz sind, um zu ihren Gefühlen zu stehen«, nuschelt sie ins Glas.

»Mein Leben ist keine schnulzige Soap, Heather. Man bekommt nicht immer das, was man will.«

»Das kannst du doch gar nicht wissen, wenn du es nicht wenigstens versucht hast«, hält sie stur dagegen und schüttelt den Kopf. »Manche Menschen muss man eben zu ihrem Glück zwingen«, fügt sie hinzu und lächelt mich geheimnisvoll an.

»Keine Ahnung, was schon wieder in deinem kleinen verrückten Kopf vor sich geht, aber ich will es auch gar nicht wissen.« Ich sehe sie warnend an. »Wag es nicht, dich einzumischen.«

Als sie mich nur weiterhin mit diesem zufriedenen Gesichtsausdruck ansieht, kann ich mir ein genervtes Stöhnen nicht verkneifen. »Ich mein es ernst, Heather. Du machst die Sache nur noch komplizierter.«

Sie winkt ab und wirft mir nun einen verschwörerischen Blick zu. »Ich hab' da eine geniale Idee und du wirst sie dir anhören. Ob du willst oder nicht.«

»Wollten wir nicht einfach nur einen schönen Abend miteinander verbringen?«, hake ich nach und seufze.

»Was denkst du, was wir gerade machen?«, will sie wissen und klaut mir meine Coke.

»Hast du nicht ein eigenes Getränk?«

»Klar. Aber mir war eben nach Cola«, erwidert sie schulterzuckend und leert das Glas zur Hälfte. »Ihr habt euch gesucht und gefunden, glaub mir«, fügt sie mit einem Lächeln hinzu und schiebt mir das Glas wieder rüber.

»Aha. Bist du in den letzten Tagen zur Hellseherin

aufgestiegen oder was hab' ich verpasst?«

»Dazu muss-«, aber da wird sie von Nathan unterbrochen, der plötzlich an unserem Tisch auftaucht.

»Was für ein Zufall, dich hier zu treffen, Brooke.« Er lächelt mich an und lässt den Blick aufreizend über mein Outfit gleiten, was mir vor Heather ein wenig unangenehm ist. »Du siehst heute Abend einfach atemberaubend aus.«

»Danke«, murmel ich und meide gezielt ihren Blick. »Ich bin mit einer Freundin hier.«

»Damit bin wohl ich gemeint. Ich bin Heather. Nett dich kennenzulernen.« Sie hält ihm ihre Hand hin.

»Nathan. Wenn mich nicht alles täuscht, habe ich dich schon mal auf dem Campus gesehen.«

»Kann sein«, erwidert sie knapp und entzieht ihm ihre Hand.

Ich werde das Gefühl nicht los, dass sich die beiden insgeheim nicht ausstehen können und das hier nur Show ist. Könnte es sein, dass sie sich von irgendwoher kennen?

»Das mit Dienstag steht?«, fragt er und sieht mich wieder eindringlich an.

»Klar«, antworte ich so ungezwungen wie möglich und erwidere sein Lächeln.

»Gut. Um 7 Uhr bei dir. Ich hol dich dann ab.« Er winkt uns zum Abschied zu und verschwindet - ohne meine Antwort abzuwarten - in der Menge.

»Was war das denn bitte?«, bricht es aus ihr heraus. »Wer war der Typ?«

»Du hast ihn doch gehört.«

»Scheiß auf seinen Namen! Ich will wissen, was du mit dem Kerl zu tun hast.«

»Reg dich ab«, erwidere ich unbeeindruckt. »Ich gehe

nur mit ihm aus.«

»Du machst was?« Ihre Stimme nimmt einen schrillen Klang an.

»Du hast mich schon verstanden.« Mein Blick ist herausfordernd.

Was ist ihr Problem?

Sie zischt abfällig und winkt die Bedienung heran. »Eine Salamipizza mit extra viel Käse und eine große Cola, bitte.«

»Darf es sonst noch etwas sein?«

»Neue Nerven«, murmelt sie.

»Wie bitte?«

»Das wärs, danke.«

»Also?« Ich hebe eine Braue.

Sie atmet ein paar Mal tief ein und aus. Wahrscheinlich, um nicht zu hyperventilieren. »Woher kennt ihr euch?«, fragt sie nun beherrschter und spielt mit den Zähnen an ihrer Unterlippe herum.

»Er spielt im Footballteam. Wir sind uns zufällig über den Weg gelaufen, sind miteinander ins Gespräch gekommen und als ich gehen wollte, hat er mich spontan um ein Date gebeten.«

Ihre Augen weiten sich ungläubig. »Und da hast du einfach zugesagt?«

»Klar. Wieso auch nicht?«

Ihre Haare schwingen hin und her, als sie den Kopf schüttelt, kurz lacht und sich anschließend wieder meine Coke schnappt. Als ich zu einem Kommentar ansetzen will, wirft sie mir nur einen warnenden Blick zu. »Ich fass es nicht«, stöhnt sie genervt und kippt den Rest der Cola mit einem Zug in sich hinein.

»Das war kein Shot, ich hoffe, das ist dir bewusst«, sage ich trocken und starre auf mein leeres Glas.

»Glaub mir, wenn ich nicht fahren müsste, wäre *das hier*«, sie hebt das Glas in die Höhe, »nicht nur *ein* Shot.«

»Wenn du willst, fahre ich«, biete ich an und kann mir ein Schmunzeln nicht verkneifen. »Verrätst du mir jetzt, was das Problem ist?«

Sie runzelt die Stirn. »Ist das nicht offensichtlich?«

»Würde ich sonst fragen?«

Manchmal verstehe ich wirklich nicht, was in ihrem Kopf vorgeht.

»Okay, dann erkläre ich es dir.« Sie stützt ihren Kopf in die Hände, einige schwarze Strähnen fallen ihr sanft ins Gesicht, als sie mich nachdenklich ansieht. »Du hast Gefühle für Blake. Ich gehe sogar so weit, zu sagen, dass das, was du für ihn empfindest, Liebe ist. Statt also mit ihm darüber zu reden, schiebst du die Konfrontation - die früher oder später unweigerlich folgen wird - vor dir her und gehst ihm lieber aus dem Weg. Und dann kommt dieser Nathan, bittet dich nach einem netten Plausch um ein Date und was machst du? Du sagst zu. Einfach so!«

»Folgt die Aufklärung noch?«, hake ich vorsichtig nach und halte ihrem Blick stand.

»Shit!«, ruft sie eine Spur zu laut und fährt sich gereizt durch die Haare. »Warum bittest du Blake nicht einfach um ein Date?

Meint sie das ernst? Weiß sie überhaupt, was sie da sagt?

»Ja, ich habe Gefühle für ihn und ja, mir ist auch klar, dass es zwischen uns nie wieder so werden wird, wie es einmal war«, sage ich entschieden. »Ich weiß zwar nicht, was er wirklich im Schilde führt, aber ich bin mir sicher, dass in seinem Plan keine Beziehung mit mir vorkommt.« Ich trommle mit den Fingern auf die Tischplatte und ignoriere den Druck in meiner Brust. »Dass er irgendetwas für mich empfindet, möchte ich ja gar nicht abstreiten.«

»Aber?«

»Nichts aber.«

»Okay. Lassen wir das. Das führt im Moment sowieso zu nichts«, lenkt sie ein. »Erzähl mir lieber, was du damit gemeint hast, dass du so was nicht zum ersten Mal gesehen hast.« Sie klingt euphorisch und genau das bereitet mir Kopfzerbrechen.

»Und ich hatte schon die Hoffnung, dass du den Satz überhört hast.«

»Wo denkst du hin?«, erwidert sie mit einem kessen Lächeln auf den Lippen, kramt in ihrer Handtasche und fischt eine Packung Kaugummis heraus. »Auch einen?« Sie hält mir die Packung Hubba Bubba hin. Wassermelone und Erdbeere.

»Danke, für mich nicht«, lehne ich kopfschüttelnd ab und beobachte, wie sie sich den grünen Würfel genüsslich in den Mund schiebt.

Heather sieht nicht nur süß aus, sie steht auch auf süße Dinge. Vor allem, wenn es sich dabei um etwas Essbares handelt. Sie ist ein kleines Zuckermäulchen mit einem viel zu neugierigen Charakter.

Es ist kein Geheimnis, dass ich ihr nicht lange böse sein kann und das nutzt diese Hexe auch regelmäßig zu ihrem Vorteil aus.

»Du verpasst was«, nuschelt sie undeutlich und formt eine grüne Blase, die sie kurz darauf geräuschvoll platzen lässt. »Also dann, leg los«, fordert sie kauend.

»Als wir an meinem ersten Abend das Diamond besucht haben, hab' ich ihn auf der Damentoilette in ziemlich eindeutiger Pose bei einem Blowjob erwischt.«

Heathers Brauen schnellen schwungvoll in die Höhe, als sie jedem einzelnen meiner Worte aufmerksam lauscht.

»Weiter.«

»Nichts weiter. Ich war etwas ... perplex, habe die Toilette unmittelbar wieder verlassen und die beiden alleine gelassen.«

Wenn ich daran zurückdenke, dass ich mich für die ›Störung‹ auch noch entschuldigt habe, möchte ich am liebsten laut schreien.

Ich habe nicht nachgedacht. Als ich sie erwischt habe, habe ich mich so unglaublich dumm und fehl am Platz gefühlt. Alles, was ich wollte, war, wegzulaufen. Weg von der Szene, die sich in mein Hirn gebrannt hatte.

Sie presst die Lippen nachdenklich aufeinander. »Und was ist dann passiert?« Ihr Blick wird eine Spur weicher.

Ihre Frage lässt mich die Augen verdrehen. »Er ist mir gefolgt.« *Und hat mich geküsst,* füge ich in Gedanken hinzu.

Da ich nicht noch mehr Öl ins Feuer gießen möchte, verschweige ich ihr dieses kleine Detail.

»Er hat irgendwas davon gefaselt, dass die Sache nicht für meine Augen bestimmt gewesen war und dass er mir aus einem Impuls heraus gefolgt ist.«

»Das war noch nicht alles, hab' ich recht?«

»Nein.« Mein Blick schweift ziellos durch den Club und heftet sich letztendlich auf ein Pärchen, das nur Augen füreinander hat. »Seine kleine Freundin ist ihm nachgelaufen, hat ihn zur Rede gestellt und eine Szene gemacht. Du hättest sie mal sehen müssen.«

»Und was hast du getan?«

»Ich bin wie eine komplette Vollidiotin danebengestanden«, gestehe ich und knirsche genervt mit den Zähnen.

»Die Frage, warum du nicht einfach gegangen bist, erübrigt sich wohl, oder?« Einer ihrer Mundwinkel zuckt verräterisch.

»Findest du das etwa witzig?« Mein Blick wird düster.

»Ich müsste lügen, wenn ich sagen würde, dass ich seine selbstsüchtige Art nicht verdammt anziehend finde.«

Bevor ich ihr an den Kopf werfen kann, wohin sie sich ihre Anziehung schieben kann, kommt die Bedienung mit ihrer Pizza.

»Also?« Nachdem sie ihren Kaugummi in die Papierserviette gewickelt hat, hebt sie ein großes Stück der Salamipizza an ihren Mund und beißt genießerisch hinein. »Was wolltest du eben sagen?«

»Dass du unmöglich bist«, beantworte ich ihre Frage und zücke mein Handy.

»Das sagtest du bereits«, erwidert sie kauend und schiebt mir ihren Teller hin. »Auch was?«

»Warum eigentlich nicht?« Pizza geht immer und die Extraportion Käse macht sie erst richtig gut. Vor allem, wenn man so ein Käsefreak wie ich ist.

»Ist was passiert?«, will sie wissen und deutet auf das Handy in meiner Hand.

»Nein, wieso?«

Heather schiebt sich den letzten Bissen in den Mund, leckt sich den restlichen Käse von den Fingern und sieht mich ernst an. »Seit du auf dein Handy gestarrt hast, hat dein Gesicht diese nachdenklichen Züge angenommen.

Ich wende ertappt den Blick ab. »Es ist nichts. Nathan hat mir nur eine kurze Nachricht geschrieben, mehr nicht.«

»Aha.« Sie klingt genervt. Warum auch immer.

»Was?«, hake ich nach, weil ich wissen möchte, welches Problem sie jetzt wieder hat.

Sie schiebt sich seufzend eine Haarsträhne aus dem Gesicht und klemmt sie hinters Ohr. »Reicht es nicht, dass du dich mit ihm zu einem Date triffst? Musstest du dem Kerl auch noch deine private Nummer geben?«

»Ein wenig Abwechslung schadet sicher nicht«, sage ich und versuche es mit einem Lächeln, worauf sie jedoch nicht anspringt. »Außerdem blieb mir ja wohl nichts anderes übrig, als ihm meine Handynummer zu geben.«

»Facebook? E-Mail? Briefpost? Es gibt so viele Möglichkeiten.«

Meine Brauen schnellen in die Höhe. »Briefpost? Ist das dein Ernst?«

Sie zuckt lediglich mit den schmalen Schultern und schiebt sich ein weiteres Stück ihrer Pizza in den Mund. »Na und?«, sagt sie, nachdem sie den ersten Bissen heruntergeschluckt hat. »Früher war das ganz normal.«

»Wir leben aber im Hier und Jetzt. In Zeiten des Internets macht man so was doch ständig.«

»Tja, dann bin ich in der Hinsicht wohl altmodisch.«

»Bist du nicht und das weißt du auch«, wehre ich ab. »Aus irgendeinem unerfindlichen Grund passt es dir nicht, dass ich mich mit ihm treffe. Du bist viel zu sehr auf Blake fixiert und verrennst dich da in etwas. Glaub mir, das Date mit Nathan wird nett werden.«

»Nett?«, würgt sie hervor und rollt übertrieben mit den Augen. »Nett ist der kleine Bruder von ... ach, lassen wir das. Du wirst schon noch merken, dass er nicht der ist, den du willst.«

»Warum unterhalten wir uns zur Abwechslung nicht mal über dein Liebesleben?«, hake ich neugierig nach und lächle sie teuflisch an.

»Vergiss es. Bei mir wirst du nichts Interessantes finden. Tu dir keinen Zwang an und wühl ruhig in meinem nicht vorhandenen Dreck herum.« Sie grinst mich selbstzufrieden an und schiebt mir das letzte Stück Pizza hin.

Mein Blick heftet sich misstrauisch auf den Teller. »Versuchst du etwa schon wieder, mich zu bestechen und vom Thema abzulenken?«

»Das hab' ich gar nicht nötig.« In ihrem Gesicht ist kein Anzeichen von Nervosität zu finden. »Mein Leben ist total gewöhnlich und langweilig, glaub mir.«

Verschweigt sie mir etwas? Blufft sie nur?

Keine Ahnung. Aber wenn, dann ist sie verdammt gut darin, anderen was vorzumachen.

»Okay, wenn du das sagst«, gebe ich nach und reiße mir das letzte Pizzastück unter den Nagel.

»Um auf meine Idee zurückzukommen ...«

»Jetzt spuck es schon aus, bevor du platzt«, fordere ich zwischen zwei Bissen.

»Es gibt da doch eine Sache, die du gerne ausprobieren möchtest ...« Ihre Stimme nimmt einen geheimnisvollen Ton an und in ihren Augen blitzt etwas auf, das ich nicht genau einordnen kann. Vorfreude und ... Belustigung?

Als mir klar wird, worauf sie hinauswill, kräuseln sich meine Lippen ungewollt zu einem Lächeln. »Du kleine, manipulative Hexe ...«

BLAKE

Normalerweise würde mir die Sache am Arsch vorbeigehen.

Normalerweise würde ich mich nicht einmischen und den Dingen ihren Lauf lassen.

Aber ein entscheidender Punkt ist anders.

Sie ist mir nicht egal. Auch, wenn ich mir das ständig einzureden versuche.

Sie geht mir unter die Haut, macht mich angreifbar und zerrt Gefühle an die Oberfläche, die ich jahrelang erfolgreich unter Verschluss gehalten habe.

Nur ein einziges Lächeln genügt und meine sorgsam errichtete Mauer löst sich vor ihren Augen in Luft auf.

Ich habe verdammt noch mal klar gemacht, dass sie mir und nur MIR gehört. Und doch ist es so weit gekommen.

Meine Anweisungen wurden ignoriert, ich wurde hintergangen. Aber wer mit mir spielt, wird nicht ungestraft davonkommen. Wer sich mit mir anlegt, muss mit den Konsequenzen leben.

Vielleicht ist jetzt nicht der richtige Zeitpunkt, um sie zur Rede zu stellen. Scheiße, ich bin mir sogar sicher, dass der Zeitpunkt gar nicht schlechter sein könnte. Vielleicht sollte ich mich auch gar nicht einmischen.

Ist es falsch?

Möglich.

Wird sie ausflippen?

Ganz sicher sogar.

Aber fuck! Ich muss etwas gegen dieses beschissene Chaos, das wie ein Hurrikan in mir tobt, unternehmen, bevor ich den Verstand verliere.

Ich mache mir erst gar nicht die Mühe, anzuklopfen, reiße die Tür schwungvoll auf und erstarre in meiner Bewegung.

Was zur Hölle?

Unter anderen Umständen hätte ich den Anblick, der sich mir gerade bietet, genossen. Hätte mich an ihrem halbnackten Körper, der wie auf dem Präsentierteller auf dieser schmalen Liege liegt, gar nicht sattsehen können. Die Umstände sind aber *nicht* anders.

Egal, wie lange ich auf die gebräunten Hände starre, die das Öl unbeirrt und mit kreisenden Bewegungen in ihre zarte Haut einmassieren, sie verschwinden nicht.

Aus meiner Kehle löst sich ein bedrohliches Knurren, als mir dieser Arsch ins Gesicht sieht und sich seine Lippen zu einem selbstzufriedenen Lächeln verziehen.

Er *weiß*, was hier vor sich geht. Sie hat mit ihm geredet, das sagt mir sein Blick.

Blinde Wut steigt heiß und heftig in mir hoch und droht, mir den Verstand zu rauben. Meine Hände ballen sich zu Fäusten, als ich zu verstehen versuche, warum sie das getan hat. Warum sie die Grenze schon wieder überschritten und mich in diese Situation gebracht hat.

Ich weiß gar nicht, was mich mehr anpisst.

Die Tatsache, dass sie diesem Kerl erlaubt, sie auf so intime Weise zu berühren oder dass sie mich hintergangen und mit ihm über uns geredet hat.

»Was wird hier gespielt?«, will ich wissen und unterdrücke den Drang, auf seine verdammten Hände zu starren.

Meine Stimme klingt kalt und beherrscht. Das genaue Gegenteil zu der lodernden Wut, die hinter meiner Fassade schlummert, die ich eisern aufrechtzuerhalten versuche.

»Was willst du, Blake?« Sie hört sich müde und ... resigniert an.

»Ich habe dich etwas gefragt«, ignoriere ich ihre Frage. »Was wird hier gespielt?«

Aus ihrem Mund löst sich ein genervtes Seufzen. »Wonach sieht es denn aus? Ich werde massiert. Zumindest bis du wie ein Irrer in mein Zimmer gestürmt bist und uns unterbrochen hast.«

Mein Mundwinkel zuckt verräterisch. »Unterbrochen? Bei was denn?«

Sie dreht ihren Kopf in meine Richtung und sieht mich störrisch an. »Diese Frage habe ich dir soeben beantwortet. Wars das dann? Die Massage war teuer und ich würde meine wertvolle Zeit nur ungern mit inhaltslosen Diskussionen mit dir verschwenden.«

Ich greife in die Gesäßtasche meiner Jeans, zücke meinen Geldbeutel und werfe achtlos ein paar Scheine auf die Kommode neben mich. »Das dürfte genügen.«

Ihre braunen Augen weiten sich etwas, als sie erst mich und dann das Geld ansieht.

»Keine Sorge, du musst es mir nicht zurückzahlen«, sage ich kühl, nachdem sie keine Anstalten macht, den Blick von dem grünen Papier abzuwenden.

»Ich weiß wirklich nicht, was du damit bezweckst«, ihr Blick heftet sich erneut auf mein Gesicht, »aber es wird nicht funktionieren.«

Mit einem leichten Stoß schließe ich die Tür hinter mir und gehe mit langsamen, geschmeidigen Schritten auf sie zu. »Ist das so?«, will ich leise wissen und sinke vor ihr in die Hocke.

Mein Blick gleitet besitzergreifend über ihre nackte, gebräunte Haut, weiter zur Linie ihres schlanken Rückens, prägt sich jedes einzelne Muttermal ein. Mit den Fingerspitzen fahre ich sanft über ihren Hals, arbeite mich zu ihrer Schulter vor und streiche von dort über ihre Seite. Dabei berühren meine Finger den Ansatz ihrer weichen, warmen Brust, die, wenn sie nicht auf dem Bauch liegen würde, perfekt in meine Hand passen würde.

Auf ihrem Körper bildet sich eine zarte Gänsehaut, die einzige Reaktion auf meine Berührungen.

Den Blick hält sie weiterhin stur auf mein Gesicht gerichtet, die vollen Lippen verbissen aufeinandergepresst. »Bist du dann fertig?«

Was ist seit unserem Gespräch passiert?

»Geht es hier um das, was du gesehen hast?«, frage ich eindringlich.

Der Ausdruck in ihren Augen wird bei meinen Worten eine Spur kälter. »Keine Ahnung, wovon du redest«, lügt sie, richtet sich ein wenig auf und schiebt meine Hand beiseite.

Meine Lippen verziehen sich zu einem Lächeln. »Du willst mich eifersüchtig machen.«

»Ob du es glaubst oder nicht, aber du bist nicht der Mittelpunkt der Welt.« Ihr Blick schweift kurz zu dem Typen, der lässig gegen den Tisch lehnt und die Szene mit vor der Brust verschränkten Armen beobachtet. »Zumindest nicht meiner«, fügt sie lächelnd hinzu.

Ich stehe auf, schiebe die Hände in die Taschen meiner dunkelblauen Jeans und sehe von oben auf sie herunter. »Ich weiß, dass ich recht habe, Brooke.« Meine

Stimme wird tiefer, beschwörender. »Streite es weiter ab, lauf vor mir davon, verbann mich aus deinen Gedanken.«

Die Sehnen an ihrem schlanken Hals bewegen sich, als sie schluckt.

O ja, Baby. Du weißt genau wie ich, dass ich recht habe.

»Aber am Ende wirst du dir eingestehen müssen, dass du mir längst gehörst«, raune ich.

Eine Ader an ihrem Hals pocht wild und verräterisch, als sie langsam den Blick senkt, um mir nicht weiter ins Gesicht sehen zu müssen. Ihre langen schwarzen Wimpern werfen hauchfeine Schatten auf ihre Wangen und ihre Lippen sind leicht geöffnet, doch kein Ton kommt heraus.

Der Anblick, der sich mir bietet, ist unwiderstehlich.

Ihre weiblichen Rundungen, nur von einem lächerlichen Handtuch bedeckt.

Die blonde Mähne zu einem unordentlichen Zopf gebändigt, einzelne Strähnen, die sanft ihr Gesicht umspielen.

Ihre fein geschnittenen Gesichtszüge und diese großen, beinahe schwarzen Bambiaugen, mit denen sie jeden um ihren kleinen Finger wickeln kann.

Die kleine Stupsnase und diese vollen rosafarbenen Lippen, die sie in meiner Fantasie schon mehrmals um meinen Schwanz gestülpt hat.

Ihr Körper ist nur wenige Zentimeter von mir entfernt, die Gelegenheit wäre perfekt, wäre da nicht dieser Wichser, der sie genauso besitzergreifend ansieht, wie ich.

»Du solltest gehen, solange du noch kannst«, knurre ich in seine Richtung und verenge die Augen.

»Ich bleibe«, sagt er klar und deutlich. »Außer, Brooke möchte, dass ich gehe.«

»Möchte ich nicht«, wendet sie ein, bedeckt mit dem Handtuch, das neben ihr liegt, notdürftig ihren Körper und setzt sich auf. »Bist du endlich fertig?«

Glaubt sie wirklich, dass ich sie so einfach davonkommen lassen werde? Dass ich verschwinde und sie mit diesem Typen alleine hier zurücklasse?

»Du wirst das Date mit Nathan absagen«, verlange ich. Mein Tonfall lässt keinen Widerspruch zu.

»Spinnst du?« Sie runzelt verwirrt die Stirn und versucht, aus meinen Worten schlau zu werden. »Warum sollte ich das tun?«

»Weil ich es sage.« Meine Miene verfinstert sich, als ich den trotzigen Ausdruck in ihren Augen bemerke. Ich mahle mit dem Kiefer. »Versuch erst gar nicht, mich zu hintergehen.«

Ganz egal, wie sehr sie gegen mich anzukämpfen versucht, ich werde dieses Spiel gewinnen, koste es, was es wolle. Das ist sie mir schuldig.

»Falls du glaubst, dass ich mir von dir vorschreiben lasse, mit wem ich ausgehe, bist du noch eingebildeter, als ich gedacht habe.« Sie verschränkt die Arme vor ihrer Brust, was dazu führt, dass ihre Brüste beinahe aus dem weißen Handtuch quellen.

Ich überwinde die kurze Distanz mit wenigen Schritten, stütze mich mit beiden Händen auf der Liege ab und kessel sie mit meinem Körper ein.

Ihr reiner, unvergleichlicher Duft umhüllt mich, als ich meine Wange sanft an ihre schmiege und meine Lippen an ihr Ohr lege. »Ich glaube es nicht nur«, raune ich leise, »ich *weiß* es. Und weißt du auch, warum?« Ich spüre, wie sie zögerlich mit dem Kopf schüttelt. »Weil ich jeden, der es wagt, dir zu nahe zu kommen, vernichten werde. Ausnahmslos.« Meine Stimme wird eine Nuance tiefer, drohender. »Und ich sehe es nicht gerne, wenn mir jemand das wegzunehmen versucht, was längst *mir* gehört.«

Ich löse mich von ihr und sehe sie besitzergreifend an.

Ihre leicht geröteten Wangen und die zusammengekniffenen Lippen. Der stürmische, widerspenstige Ausdruck in ihren Augen. Die zierlichen Hände, die sich in den weichen Stoff des Handtuchs krallen. Ihr Brustkorb, der sich hektisch hebt und senkt und die kleine blaue Ader an ihrer Schläfe, die vor unterdrückter Wut pulsiert.

Ein letztes Mal sauge ich ihren Anblick tief in mich ein, ehe ich mich entschlossen abwende und zur Tür gehe.

»Bevor ich es vergesse«, sage ich, drehe mich um und fixiere sein Gesicht mit eisigem Blick. »Ich habe gesehen, wie du sie angesehen hast.« Meine Miene verfinstert sich. »An deiner Stelle würde ich mir sehr gut überlegen, wen ich mir zum Feind mache«, füge ich mit einem Lächeln hinzu und verlasse den Raum.

Ende Band 1

DANKSAGUNG

Das hier wird (vermutlich) die kürzeste Danksagung werden, die ich jemals schreiben werde.

Warum?

Weil ich gar nicht lange um den heißen Brei herumreden und dich langweilen möchte.

Fakt ist, dass ich ohne dich nicht hier wäre. Fakt ist auch, dass ich es liebe, Bücher zu schreiben.

Danke, dass du meine Geschichten liest, sie liebst und mir so wundervolle Bewertungen, Kommentare und Nachrichten hinterlässt! <3

Danke an meine Testleser, meine Familie & Freunde, meine bessere Hälfte und an Sabrina für das wunderschöne Cover.

Natürlich würde ich mich über eine anschließende Rezension freuen, aber das bleibt ganz dir überlassen.

Ich denke, wir verstehen uns schon. ;)

Deine Mel